はちみつ探偵③

泣きっ面にハチの大泥棒

ハンナ・リード　立石光子 訳

Plan Bee

by Hannah Reed

コージーブックス

PLAN BEE
by
Hannah Reed

This edition published by arrangement with
The Berkley Publishing Group,
a member of Penguin Group (USA) Inc.
through Tuttle-Mori Agency,Inc.,Tokyo

挿画／杉浦さやか

謝辞

本書は、ミツバチの繊細な生活を、つぎのような方法でご支援いただいているみなさまに捧げたいと思います。

・ミツバチが好む花を植える。
・地元の養蜂家からはちみつを買う。
・猛毒の農薬をまく代わりに、雑草との共生を選ぶ。

そして何よりもまず、ミツバチの飼い主さんたちに。

びっくりするほど美味しいはちみつ入りコーヒーを紹介してくださったジュディとリーのマルテンフォートご夫妻と、頬っぺが落ちそうな数々のレシピの生みの親、ハイディ・コックスに心から感謝いたします。

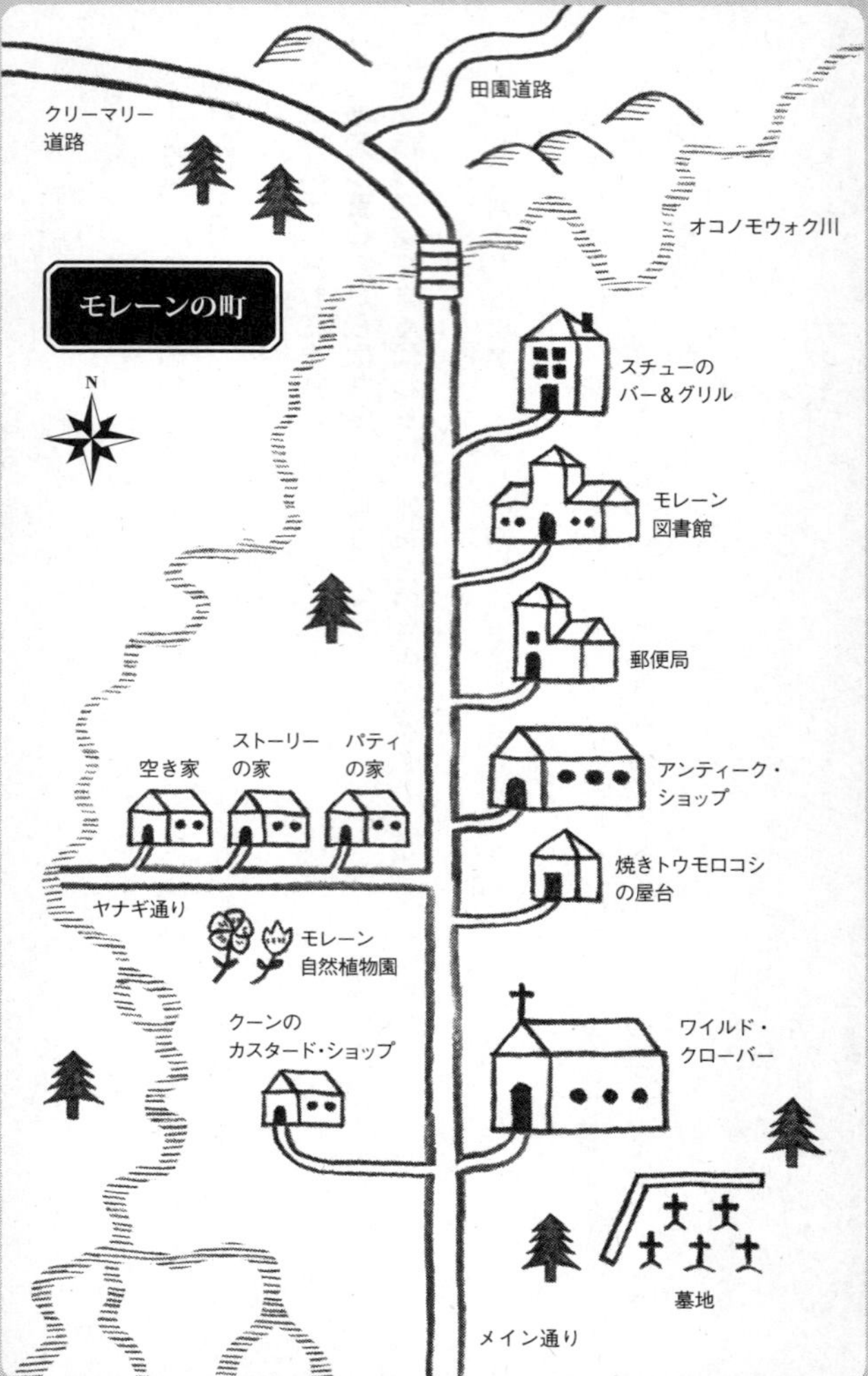

田園道路
クリーマリー
道路
オコノモウォク川
モレーンの町
N
スチューの
バー＆グリル
モレーン
図書館
郵便局
ストーリー
の家
パティ
の家
空き家
アンティーク・
ショップ
焼きトウモロコシ
の屋台
ヤナギ通り
モレーン
自然植物園
クーンの
カスタード・ショップ
ワイルド・
クローバー
墓地
メイン通り

泣きっ面にハチの大泥棒

主要登場人物

ストーリー・フィッシャー……〈ワイルド・クローバー〉の店主。養蜂家
クレイ・レーン……ストーリーのもと夫
ホリー……ストーリーの妹
ヘレン……ストーリーの母
キャリー・アン……ストーリーの従姉
スタンリー・ペック……養蜂家
ハンター・ウォレス……保安官事務所のK9係。ストーリーの恋人
ベン……ハンターのパートナー。警察犬
ジョニー・ジェイ……モレーン警察長
パティ・ドワイヤー……ストーリーの隣人
ロリ・スパンドル……不動産仲介人
グラント・スパンドル……ロリの夫。町長
ディーディー……ロリの妹
アギー・ピートリー……骨董商
ユージーン・ピートリー……アギーの夫
ボブ……ピートリー家の息子
アリシア……ボブの妻
トム・ストック……骨董商

1

母がわたしめがけてブルドッグのように突進してきた——口元をこわばらせ、あごをぐいと前へ突き出し、足取りは揺るぎなく、ややかしげた頭に、険しい目つき。わたしも一歩も引かず、わが食料雑貨店〈ワイルド・クローバー〉の入口で待ち受けた。せっかくのすばらしい土曜の朝が、母さんのせいでぶちこわしだわ、と思いながら。

それでもわたしは、空から照りつける八月のまばゆい太陽にぴったりの、とびきりの笑顔をこしらえた。精いっぱい愛想よくしているけれど、無理をしてるのが見え見えの表情で。

「ストーリー・フィッシャー」母さんが口を開いた。「話はもうついたはずじゃなかった?」と、鼻と鼻をつき合わせるようにして立ち止まる。「生きてる蜂は展示しないって」

念のために言っておくと、話がつくも何も、まともな会話すら成り立っていない。母さんが一方的に決まりを押しつけにきたから、取り合わなかっただけのこと。

うちの母はなんと、この週末に開かれるハーモニー・フェスティバルの実行委員長を拝命していた。ハーモニー・フェスティバルというのは、わたしの生まれ故郷ウィスコンシン州のモレーンで、毎年開かれているお祭りだ。周到な準備を進めること二カ月、〝親睦《ハーモニー》〟はばたばたと飛び去り、どこかへ雲隠れしてしまった。母とわたしはほとんど口もきかない。というか、一方は口をきかない。もう一方はしゃべりまくっている。

「やっぱりね」母さんは両手を腰に当てた。「図書館のエミリー・ノーランが言ってたわ。あんたはどっちみちやりとおすって。しかも、親に隠れて。おや、あれがそうなの?」

母さんは、わたしがうちのミツバチたちを直射日光から守るために、店の日除けの下に設置したテーブルをにらみつけた。ヒマラヤスギの木枠にはめこまれた携帯用の巣箱。正面と裏は二重ガラスになっているので、お客さんたちにミツバチの不思議な世界をたっぷり見てもらえる。お祭りが九時に始まったら、このテーブルは人気の的になるだろう。きっと。とくに子どもたちには受けるはず。巣箱はテーブルにねじで固定してあるから、倒れる心配もない。わたしの思いつきではないけど名案だ。

この展示用巣箱を設計したのはスタンリー・ペックで、お祭りのあいだずっとそばにいて、足を止めてくれた人たちに、巣箱のなかがどんな仕組みになっているのか説明することになっている。運がよければ、女王蜂が産卵する様子も観察できるかもしれない。

スタンリーは六十がらみの男やもめで、ミツバチを飼いはじめたばかり。蜂に関してはわたしを何かと頼っているけど、そのわたしも彼より一年ばかり先輩というだけで(いまだに)あれこれ問題を抱え、失敗をくり返している。でも、スタンリーは頭がいい。わたしが痛い目をしておぼえたことをせっせとメモに取り、同じ過ちをくり返さないようにしてるから。養蜂業の学習曲線はとてもゆるやかで、伸び悩むことも多いので。

「これはお客さんに見てもらうための巣箱なの」とわたし。母のしぶい顔で、せっかくの陽気な気分に水を差されてはたまらない。「安全そのものよ。蜂はガラスのなかで、外には出られない。仮に出たとしても、人を刺したりしないけど。これはミツバチで、スズメバチとはちがいますからね。どうぞご心配なく」

「グラント・スパンドルはどこかしら」と母はつぶやいた。巣箱の展示を中止に追いこもうとしているのは明らかだ。町長の応援を頼もうと、あたりを見まわしている。

どうしていまさらこんなことに。わたしはいわゆる町のおえらがたの面々に、母とわたしの折り合いの悪さを訴えてきた。こんな小さな町で、いまだにその事実を知らない人はいないとは思うけど。町に一軒しかない不動産屋で、わたしとは犬猿の仲のロリ・スパンドルが裏で糸を引いているにちがいない。ロリの夫グラントはこの町の町長で、母さんをお祭りの実行委員長に指名した張本人。こちらもロリがそそのかしたに決まっている。うちの店を賭けてもいい。

彼女には、幼稚園の初日から手を焼かされた。わたしをすべり台から突き落とすと、わんわん泣きながら先生のところへ行って、わたしに突き落とされたと告げ口したのだ。あれから二十九年たつけど、ロリはちっとも変わっていない。いまのは取り消し——昔に輪をかけてひどい。

ふだんのわたしは、人情味に富んだこの町の暮らしを愛している——住人どうし名前も家庭の事情もあらかた知っていて、店にくるお客さんと人生の機微を分かち合い、商店街を歩きながら挨拶を交わし、ガーデニング談義にふける。いい人ばかりとはかぎらないが、ご近所づきあいに多少のもめごとはつきもの。それを言うなら、家族の問題も。過去のしがらみも。そういった負の部分も、小さな町の暮らしでは避けては通れない。

ただし、こうして母とやり合うとなると、そのつけはとんでもなく高くつきそうだった。

母が迷惑な展示用巣箱をどうするかについてまくしたてようとしたとき、通りの先で何かが爆発した。ドーンという地響きはこのところ立てつづけに起こっているので、それが何で、だれのしわざかはすぐにわかった。スタンリーの孫で十二歳のノエルは、大型建造物の爆破解体を手がけることが将来の夢。彼が金物屋の商品と台所用洗剤からなる手作りの化学実験装置を携えてモレーンを訪れるたびに、町に衝撃が走る。人騒がせだけど憎めない、天才化学少年なのだ。

それに、火花が散り、震動であたりが揺れるとはいえ、実際に何かを壊したことはない。これまでのところは。

「まったくもうっ！」と母はわめくと、まわれ右をして、うちの店から猛然と遠ざかっていった。だれかさんをこっぴどく叱りつけるために。

スタンリーと手榴弾を投げこんでくれた彼の孫に感謝しなければ。

「スタンリーは、もっと孫をきびしくしつけなきゃ」パートタイムで働いているキャリー・アン・レッツラフが店から出てきた。「そのうち、だれかを吹き飛ばすわよ」

彼女はうちの従業員というだけではなく、わたしの従姉だが、他人のしつけに口出しするのは少々おこがましい。ミツバチがヒマワリ畑に群がるように、キャリー・アンは悪しき習慣にのめりこむ。いまはソーシャル・ネットワーキング・サービス（SNS）に夢中のようで、奥の事務室にこもってネット友だちに連絡したり、〈動物農場〉だの、ポーカーだの、宝探しだの、オンラインゲームに熱中している姿を何度も目撃している。

でもわたしに言わせれば、この新しい趣味は、これまでどっぷりつかってきたビア樽に比べたら大きな進歩だ。酒瓶との戦いはいまなお進行中だけど、禁煙はどうにか成功した。そういうわけで、ネット依存については見て見ぬふりをしている。そもそもキャリー・アンは身内のうえに、親しい幼なじみのひとり。店主と店員という関係から友情を守るのはなかなか骨が折れる。

「ノエルの指がまだ十本そろっているのが不思議よね」と言いながら、通りの先を見やると母がいた。口から怒りの炎を噴き出して、未来の化学者をこんがり焼いている。

ノエルはやせっぽちでニキビ面、見かけはおたくっぽい。ただし礼儀はわきまえていて、失礼なまねはしない。いまも母からお目玉を食らって、うなだれている。いかにも悔い改めた様子で、すごすごと退散するだろう。それもつぎの爆発までだけど。

「あんたのお母さんに、実行委員会に入れられちゃった」キャリー・アンが、ツンと立たせたトウモロコシ色の短い髪を指ですきながら言った。従姉は煙草をやめてから、数キロ太った。でも、そのほうが健康的に見える。「あたしの意志も確かめずに」とつづけた。「犯罪防止委員会だって」

「それは冗談か何か？」とわたしは訊いた。キャリー・アンは首を振った。「お母さんは本気よ」

「どんな犯罪の増加を心配しているの？」

「お母さんが言うには——これはお母さんの発言で、あたしじゃないからね——あんたと警察長が衝突して、ウィスコンシン州南東部の全テレビ局で夕方のトップニュースになり、親戚一同の顔に泥を塗るという恥ずかしい事件があったあとだけに、犯罪分子や不穏分子があんたの行動に誘われて、お祭りに集まってくるにちがいないって」

あきれて天井を仰ぐと、店の上部にはめこまれたステンドグラスの窓に朝日が反射してきらりと光った。この店はもと教会で、信徒数が増えたために郊外にもっと大きな教会を建てて引っ越したのだった。わたしはその建物を食料雑貨店に改装し、地元の農産物とその加工品——チーズ、ワイン、各種パン、花、青果と果物、それにあれやこれやの季節商品——を専門に取り扱っている。

店の外観はもとのまま手を加えず、〈ワイルド・クローバー〉と店名を入れた青い日除けをつけただけで、自分でペンキを塗った色とりどりの庭椅子を店先に並べた。古い鐘楼があり——もう鳴らすことはないけれど——敷地のはずれの墓地では、大勢のルーテル派教徒たちが安らかな眠りについている。

町の警察長ジョニー・ジェイとの対決は、ほぼ母さんの言ったとおり。わたしたちの取っ組み合いはフィルムに収められ、母はこれからもちくちくと嫌味を言うのだろう。とはいえ、喧嘩になったのはわたしのせいではない。ジョニー・ジェイはわたしが大嫌いで、いつも目の敵にしている。

でも、その気持ちはお互いさま。彼は子どものころはいじめっ子だった。いじめっ子がそのまま大人になったのがいまの彼だ。

「犯罪防止委員会なんてないわよ」とわたしはキャリー・アンに教えた。「母さんのでっちあげ。あなたがいま言ったことを、わたしに聞かせたかっただけ。一本取られたわね」

「あきれた」と言って、キャリー・アンはおもての屋台に向かった。お祭りのあいだ、うちのはちみつ製品やその他の商品を屋台で売ることになっている。「あんたのお母さんまで、作り話《ストーリー》を始めるなんて」

わたしは自分のあだ名の由来に触れられて、顔をしかめた。本名はメリッサだけど、生まれつき事実を脚色するのが得意だったせいで、いつのころからかストーリーと呼ばれるようになった。でもお話《ストーリー》づくりに凝っていたのはずいぶん昔なので、友人や家族、知人の大部分はあだ名のいきさつをとうに忘れている。ひとりかふたりの例外を除いて。たとえばキャリー・アンとか、うちの母とか。

ときにはいらいらが高じて、母には取り柄がひとつもないような気がしてくる。でも母さんには友だちがたくさんいるから、親切で思いやりのある面もあるにはあるのだろう。ただ、わたしには見せていないというだけで。妹のホリーはよく知っているにちがいない。母さんとうまくやっているから。でもそれはホリーが母さんの言いなりだからじゃないかしら。なんであれ母さんの好きなように仕切らせている。

ひとつ言っておくと――うちの母はゴシップ好きではない。人のうわさを流しもしなければ、広めもしない。つきあいが狭く人情のこまやかな田舎町では、半端でない量のデマや流言が飛びかっているというのに。ところがその一方で、母は小耳にはさんだゴシップの大半を、たとえそれがどんなにワイセツなものでも、わたしがからんでいれば、なんでもうのみにしてしまうのだ。

わたしが店に戻ろうとしたところへ、祖母のキャデラック・フリートウッドが近づいてきた。助手席のホリーはおびえきった顔をしている。路上ではいい迷惑かもしれないが、祖母を運転席から引きずりおろすような人はだれもいないだろう。祖母がこの世に別れを告げるまでは。だが、その日も当分はやってきそうにない。このまえの健康診断で、お医者さんから百歳までは大丈夫と太鼓判をおされたから。

おばあちゃんが歩道に乗りあげてくる場合にそなえて、わたしは建物に身を寄せた。

それはまぬがれたが、キャデラックのフロントバンパーがすぐ前に駐車している車をこすったような音がした。

「もうちょっとバックして」とわたしは声をかけ、おばあちゃんはそうした。後続車がいなかったのは幸いで、もしいたら、とんだとばっちりを受けたかもしれない。

ホリーが車からさっそうと降り立った。マリリン・モンローふうの新しい髪型がふんわりと顔を縁取っている。妹の身なりはわたしたちと変わりないかもしれない――ハーフパンツやら、サンダルやら、タンクトップやら――でも身のまわりに漂っている贅沢な雰囲気は、本物のお金持ちにしか醸し出せない。なぜなら、〝金づる〟マックスと結婚したホリーは富豪の奥さまで、洋服にしても、わたしや町のみんなが着ているものの五倍の値はするからだ。経済的な自由にはそれなりの代償もあった――わたしにとっても。ホリーの夫は出張がちで、妹はひまつぶしにうちの店を手伝うようになり、店が苦しかったある時期、商売をつづけるのに必要な現金をぽんと用立ててくれた代わりに、いまではなんと〈ワイルド・クローバー〉の共同経営者に収まっている。話し言葉に略語が混じるという症状も悪化し、治療のために心理療法《サイコセラピー》に通っている。見るに見かねた母さんが、いいかげんにしなさいと叱ったからだが――それは、わたしがようやく略語を操れるようになり、それなりに言い返せるようになった矢先のことだった。

「調子はどう？」とわたしは声をかけた。ホリーはカウンセリングを受けてきたばかりなので。妹は腹立たしげに展示用巣箱のテーブルをひとにらみした。

「姉さんて、ほんと陰険なんだから。そういう性格を受動攻撃性っていうのよ」ホリーはわたしのそばを足早に通りすぎ、店に向かって駆け去った。

「はぁっ？」わたしは耳を疑った。

「聞こえたでしょ」妹が店のなかから叫んだ。

「あんたは自分の問題に取り組んでいるんじゃなかったの？」わたしも叫び返す。

「そうよ。でも問題の一部は姉さんのせいなの」

その衝撃の告白とともに、妹は店のなかに姿を消した。信じられない。血を分けた妹が、大切な親友で、わたしの表も裏もすっかりわかってくれているはずの、かけがえのない妹がわたしを罵倒した？

いったいどういうこと？　今日はわたしをこきおろす日？

「おはよう」祖母が車から降りてきた。

わたしは身をかがめて、おばあちゃんの頰にキスした。「おはよう、おばあちゃん」

「今日もはつらつとして元気そうだね。はい、にっこりして」

おばあちゃんは肌身離さず持っているカメラで、わたしの写真をパチリと撮ると、「ヘレンはどこ？」と訊いた。

「母さんなら、町をパトロール中よ」わたしは愛情のこもったまなざしで祖母をながめた。おばあちゃんは世界一すてきな女性だ。ということは、母さんも、もう少し肩の力を抜いたら、そうなる素質があるってこと？

おばあちゃんは白髪まじりの髪を小さなおだんごにして、庭で咲いている季節の花を挿している。デイジーがお気に入りだけど、今日はきらきらしたラインストーンと水晶のついたシルバーの王冠が誇らしげに輝いていた。今年のハーモニー・フェスティバルのパレードで一日署長を務めるからだ。

「明日のパレードの打ち合わせがあるのよ」とおばあちゃんは言った。「みんな図書館で、ヘレンを待ってるんだけど」

「ほら、きたわよ」とわたし。母さんがわたしたちに目を留めるのが見えた。となれば、三十六計逃げるにしかずだ。

2

　わたしは母から逃れて、倉庫と事務所を兼ねた奥の部屋に入った。ドアを開けるなり、キャリー・アンもわたしもぎょっとして飛びあがった。わたしは事務所にだれかいるとは思わず、彼女のほうも同じだったらしい。わたしが外でお祭りの準備に追われていると思いこんでいたのだろう。従姉は膝に犬をのせ、パソコンのキーボードに指を走らせていた。

「ちょっとメールをチェックしてたの」と、わたしが画面を見るまえにブラウザをそそくさと閉じた。それから小さな犬をわたしに押しつけて、部屋から出ていった。

　どういうわけか、わたしはノーム・クロスの愛犬をいまだに預かっている。ノームは古くからの隣人だが、少しまえに家族に不幸があって、すぐに戻ってくるからと言い残し、飼い犬のディンキーをわたしに預けて出ていった。そのあと気が変わって、もう帰ってこないことにしたのだが、そもそもの最初からわたしに押しつけるつもりだったのではないかしら？　おまけに、新しい住まいはペット禁止だと知らせてきた。やれやれ。

　ディンキーはチワワの雑種で、毛並みはぼさぼさ、小型犬のなかでも超がつくほど小さい。きょうだいのなかで末っ子で、ノームによれば、食べ物や愛情を手に入れるにはなりふりかまっていられなかった。というのが、ディンキーのしつけの悪さについての彼の言い訳だ。ディンキーはわたしの顔をぺろぺろなめて、体をすり寄せてきた。人なつこいのはまちがいない。わたしが腰を下ろすと、膝のうえで居住まいを正した。まるで自分が〝はちみつ女王〟で、わたしが玉座のように。まあ、そう思っていられるのもいまのうち。目下、このじゃじゃ馬をもらってくれる新しい里親を募集している。

ついでに言うなら、ディンキーは外よりも家のなかで用を足すのが好みだ。気に入った人にはおしっこを引っかける。わたしのショーツはどれも噛んだ跡だらけ。いくつかは肝心の部分に大きな穴があいてしまい、ディンキーがそれを引きずって見せにいくたび、ボーイフレンドのハンターには大受けする。

わたしは子どものころ性悪な犬に噛まれてから、犬がずっと怖かった。でも最近になって、それがころりと変わった。犬を見ればぶるぶる震えていたわたしが、大の犬好きになったのは、ハンターと、彼の相棒でこわもての警察犬ベンのおかげだ。まあ、ディンキーにはいらいらさせられっぱなしだけど。

恋人のハンター・ウォレスは、郡の保安官事務所に勤める刑事で、警察犬を訓練するK９係に所属している。勤務時間は変則的で長いけれど、それはわたしも同じ。たまに会って短い逢瀬を楽しむのがせいぜいだ。

ハンターとわたしのつきあいは、例のあだ名と同じくらいの歴史がある。ハイスクールまではただの友だちで、ハイスクールでは本命の彼氏。そのあとわたしはさすらいの旅に出て、ミルウォーキーでまちがった相手と結婚した。そのあいだにハンターも彼なりの過ちを犯し、酒瓶と見れば片っ端から空にするような時期があったようだ。それでもわたしが田舎に戻って離婚したころには、すでに立ち直り、かつて自分が助けてもらったように、助言者としてキャリー・アンの断酒を支えていた。

ハンターはアルコール依存症だった過去についてあれこれ言われても気にしないが、わたしは人から後ろ指をさされると平静ではいられない。たとえばついさっき、妹から陰険だと言われたときのように。

事務所の椅子にすわると、わたしはインターネットで〝受動攻撃性〟について調べてみた。もしや、その言葉がおしゃれで、新しい、前向きな意味に進化したのではないかと思って。ホリーは最新の流行やファッションや言葉の意味について、いつもわたしより進んでいるので。

ネットで見つけたのは昔ながらの悪い意味ばかりで、そのいくつかはわたしも知っていた。妹は褒めてくれたわけではない。そうでしょうとも。そもそも口調からして温かみにあふれているとは言えないものだった。定義によれば、この症状に当てはまる人は、他人の期待に添うことに根強い抵抗があるそうだ。わたしのことをそんな目で見ている人がいるなんて。

でも定義はそれだけではない。ほかにも特徴をいくつか挙げると、

・頑固

・やるべきことをぐずぐずと先延ばしにする
・仕事をわざと失敗する

原因にはつぎのようなものが考えられる。

・感情の抑圧
・復讐心

どれもわたしの性格には当てはまらない。どれひとつとして。ただし、母から蜂の持ち込みを禁じられたのに、それを聞き流したことについては、きわどいと思う人がいるかもしれない。でも、わたしは用事をぎりぎりまで放っておくようなことはしない。そんなことでは、店の経営はおぼつかない。仕事をわざと失敗する？ どんなふうに？ わたしは身を粉《こ》にして働いている。それは、〈ワイルド・クローバー〉を見てもらえばわかるはず。

あとは頑固？ うーん、まあ、ちょっぴりは。

でも、多かれ少なかれ、人はだれでもそうじゃない？

パソコンの電源を切ったあと、お祭りの直前の準備でばたばたしたので、ホリーのとんでもない言いがかりについて、それ以上考えるひまはなかった。少し余裕ができたのは、しばらくたってからのこと。妹はそれを見すかしたかのように、わたしが奥に引っこんでディンキーを散歩に連れ出そうとしていると、つかつかとやってきて、デスクの隣の折りたたみ椅子に腰を下ろした。

「わたしのどこがどういけないって？」とわたしはさっそく切りだした。いつも抑えようとしているのに、ついつい出てしまう悪い癖だ。

「わたしがセラピーに通っているのは、姉さんの蜂のせいなの」ホリーは、フィッシャー家伝統の責任のなすり合い、わたしに言わせれば〝あげ足取り〟の口火を切った。どういうわけか、悪いのはいつも他人なのだ。わたしはその特定の遺伝子を抑えこもうと涙ぐましい努力をしているが、その醜い遺伝子はすきを見ては頭をもたげる。

ホリーは蜂が嫌いで、〈クイーンビー・ハニー〉の巣箱にもなかなか近づこうとしない。そのいわれのない恐怖を克服するのを手伝うべく、わたしは妹の尻をたたいてきた（〝手伝う〟というのは正しくないかも。両方が合意しているわけではないので）。でもそもそも、どの事業も半分は妹のものなのだ。

「無理強いするのはもうやめて」と妹はきっぱり言った。

「つまりこういうこと？　あんたの心理療法士《セラピスト》が、養蜂場を手伝うのはやめたほうがいいと言ったのね」

ホリーはうなずいた。「蜂に近づくことと、それがもたらす不安が、略語をしゃべる原因だって」

「わたしが蜂を飼いはじめるずっとまえから、あんたは略語をしゃべってたじゃない」それは掛け値なしの事実だ。「そのことは黙っていた、そうなんでしょ？」

ホリーはもじもじした。わたしはさらにたたみかけた。

「それに、カウンセラーは患者が恐怖を克服するのを手伝うのが仕事だと思ってたけど。恐怖から逃げ出すよう勧めるんじゃなくて。その人はほんとに、わたしがひねくれた陰険な人間だって言ったの？」

「そういうわけじゃないけど、相談したら、きっとそう答えたはずよ。わたしはセラピーに通いだしてから、図書館でずっと人格障害の勉強をしてきたの。姉さんには受動攻撃性の特徴がみんなそろってる」

ああ、よかった。妹とセラピストに陰であれこれ批判されるのは願い下げだ。

「じゃあ彼女がそう言ったんじゃないのね。あんたが言ってるだけで」

「思い当たるふしでもあるの？」

わたしたちはにらみ合った。やがてホリーがくすくす笑いだし、いつものふたりに戻った。

「言いすぎたわ」とホリーがあやまった。「カウンセリングのたびに、すごく緊張するの」

「でも、それだけの効果はあるじゃない。あんた略語を使ってないもの。ひとことも」

「TX（ありがとう）」ホリーはにやにやした。「JK（冗談よ）」

「もうっ」その略語の意味ならすぐにわかった。

「おかげさまで、ほぼ治ったみたい」とホリー。

「じゃあ、今日は屋台の手伝いはやめておく？　巣箱の近くはいやなんでしょう」

「そんなことをするぐらいなら、足の爪を引きはがしたほうがまし」

わたしは完璧なペディキュアが施された妹の足を見下ろした。おしゃれに命をかけている妹の発言だけに、覚悟のほどがうかがえる。

「わかった」とわたし。「じゃあ店のなかで双子を手伝って」

嬉しそうな笑顔が返ってきた。「ところで、ディンキーをもらってくれる人は見つかった？」

「まだ」

「ちゃんとしたお宅かどうか確かめてよ。早い者勝ちじゃなくて」

「そりゃそうよ」もちろん本心だ。

「面会権も確保して。これからも会いにいけるように」

「了解」ディンキーが膝の上で身をよじり、わたしの顔の近くまでよじのぼってきたかと思うと、よけるまもなく顔をびしょびしょにされた。

ディンキーをリードにつないで外に出かけたころには、メイン通りの歩道はにぎわいはじめていた。スタンリーとキャリー・アンにまかせた屋台も順調のようだ。過去の実績を参考にするなら、売り上げは上々だろう。友だちや店員たちの手を借りて作りあげた、人目を引く飾りつけをざっと見やる。

屋台には、わたしが副業でやっている〈クイーンビー・ハニー〉のおいしいはちみつ製品が並んでいる。精製はちみつだけではなく、生のはちみつ、クリームタイプ、それに、はちみつスティックも数種類取りそろえている——百花はちみつだけでなく、レモン、チェリー、サワーアップル、オレンジ、カラメルの風味が楽しめ、ルートビア（アメリカで十九世紀中ごろに生まれた、ハーブが原料の炭酸飲料）味は今年の新商品だ。うちのはちみつスティックは土に還る天然素材のストローに、神々の甘露を満たしたもの。わたしもエネルギー補給のために何本か持ち歩いている。へとへとに疲れたときなど、封を切って、なかのはちみつを最後の一滴まで飲み干し、元気を取り戻して仕事に復帰する。

最近、生のはちみつが飛ぶように売れているのは、精製しないはちみつのすぐれた特性、とくに抗アレルギー食品としての効能が、お客さんたちによく知られるようになったからだ。地元で採れるはちみつには花粉や、ちりや、カビが含まれている。それだけ聞くとぞっとするけど、毎日小さじ二杯か三杯のはちみつを取るだけで、アレルギーの九割について免疫力が高まるといわれている。わたしがそのよい見本で、花粉症が軽くなった。

スタンリーの孫のノエルが展示用のテーブルの隣にいた。うちの店のはちみつスティックをすすりながら、ガラスケースのなかのミツバチを観察している。わたしが近づいていくと、にっこりした。「このルートビア味のはちみつスティックは最高だよ。これさえあれば生きていける。あるだけ全部買い占めちゃった」

わたしも笑顔を返した。大きい子も小さい子もみんな、うちのはちみつスティックが大好きだ。「倉庫にもっとあるわよ」

「さっきのは役に立った？」とノエルが訊いてきた。

「どういうこと？」わたしはぽかんとした顔をしたにちがいない。

「さっきの爆発、お母さんともめてるみたいだったから、助けてあげようと思って」

「まあ、そうだったの」じゃあ、わざと母の注意をそらして、わたしを救い出してくれたのね。なんていい子でしょう。蛙《かえる》の子は蛙というけれど、ノエルの火器好きは祖父ゆずりだ。スタンリーは銃の愛好家で、連邦政府が特定の銘柄や型式を禁止する場合にそなえて、銃を一式土に埋めているといううわさがある。銃を携帯していることも知られているけど、それはあくまで内部情報。いまだに逮捕されていないのは奇跡だといえる。

「ありがとう、助かったわ」わたしは心からの感謝を口にした。

「どういたしまして」と彼はもごもご答えた。うつろなまなざしを見れば、頭のなかで薬品を混ぜたり組み合わせたりしているのがわかった。ズボンの後ろポケットから手帳を取り出して、何やらメモしながら歩み去った。

わたしはあたりを見まわした。何もかも計画どおりに進んでいるようだ。ヘレン・フィッシャー（つまり、うちの母）がぎすぎすした無神経な人間で、まじめ一方のおかたい人生を送っているとしても、イベント運営のコツはしっかり心得ていた。今年のお祭りはこれまでで最高のものになりそうだ。

お祭りの二日間、わたしが母から言いつかった役目は、事故や騒動が起こらぬように目を光らせること。それはわたしへの当てつけにちがいないけど、その指示を守って、お祭りがつつがなく進行するように気を配るつもりだ。ごたごたが起きて新聞沙汰にでもなれば、みんなが迷惑する。

そもそも、そんなに難しい仕事でもないだろう。なんといってもハーモニー・フェスティバルなんだから、友好と親善を深めるのがお祭りの目的だ。

オーロラ・タイラーがうちの店のすぐ隣に花屋の屋台を出していた。本業のモレーン自然植物園から摘んできた花束がところ狭しと並んでいる。色鮮やかなドライフラワーがいくつかと、バラトウワタ、イヌハッカ、それにハンゴウソウなど、このあたりに自生している植物の鉢植えもある。ミツバチが二、三匹それを目ざとく見つけて、花粉を集めていた。なんて心温まる光景だろう。

ただし、だれもがそう思っているわけじゃない。

これまで地域の人たちの理解を得ようとさんざん努めてきたにもかかわらず、ミツバチが社会にどんなに役に立っているか、モレーンの住人たちの意見は分かれている。思いこみをなくすのは並大抵のことではない。今回の展示用巣箱がしつこい疑いを一掃してくれますように。もっとたくさんの人に味方になってもらい、数が減っていく一方のミツバチを救うための努力を応援してほしい。

ディンキーが足もとでうなった。視線をたどると、グラント・スパンドルが肩をいからせてやってくるのが見えた。彼は、わたしの仇敵ロリの夫で、しかも町長というだけでなく、不動産開発も手がけている。町長という立場を考えれば、少なからぬ利害の衝突があるはずなのに、小さな町の政治はあきれるほどずさんで、そもそも遵法精神について学ぶ機会がまったくない。

ロリはグラントに隠れて少なくとも一回は不貞を働いた。それは議論の余地のない正真正銘の事実で——というのは、彼女がわたしのもと夫と、あのダメ亭主が町を出ていくまえに浮気をしている現場を押さえたのが、このわたしだから。

「きみのお母さんが気をもんでいたよ」グラントは立ち止まって、わたしに話しかけた。「それに、町がかけている損害保険では、故意に住民を危険に陥れた場合、蜂に刺されても保険金はおりない」

「危険に陥れる？ ちょっと待って。ミツバチが人を襲うところを見たことがあるの？」

「じゃあこう言い換えよう。危険に陥れるおそれのある場合、蜂に刺されることがあったとしても、だ」

「そんなことは絶対にありません」とわたしは断言した。ディンキーはさっきからずっと喉の奥でうなっている。この子はステーキとくず肉のちがいを知っていて、グラントが食品ピラミッドのどの位置にいるかちゃんとわかっているのだ。

「蜂が一匹でも人を刺したら」グラントはわたしが〝一〟の意味を知らない場合にそなえて、人指し指を振りかざした。「たったひとりでもアレルギー反応を起こしたら、とんでもなく厄介なことになる。そうなれば、町の財政は壊滅的な打撃を受けるかもしれん」

「ほら、あそこ」わたしはオーロラの鉢植えの花を指さした。ミツバチがぶんぶん羽音を立てながら花から花へと飛びまわっている。「ミツバチが見えるでしょう。展示用巣箱のなかにいるだけじゃないのよ。どこにでもいて、好きなところに飛んでいく。自然の生き物を思いどおりにすることはできないの。自分たちの意志があるから。それに、ミツバチはスズメバチとはちがう。あとひと月もすれば、このあたり一帯でスズメバチを見かけるようになるわ。食べ物にたかったり、刺される人も大勢出てくるかもしれない。でもミツバチは、くどいようだけど、巣を侵入者から守るとき以外は攻撃してこないから」

いったい何度、同じことを言わなければならないのだろう。何百回？　何千回？

「きみがなんと言おうと、蜂にはお引き取り願う」グラントは腕組みをし、ここぞとばかりにもったいぶった声を出した。

うちのミツバチに口出しするのはやめてほしい。そこでわたしは、やむなく奥の手を使うことにした。「じゃあ、ディーディーにもお引き取りいただくわ」

ディーディー・ベッカーは彼の妻の（うんと年の離れた）妹で、グラントは身びいきもはなはだしいことに、彼女をハーモニー・フェスティバルの初代〝はちみつ女王〟に任命した。でも、ディーディーはうちの店でこれまで何度も万引きをくり返し、いずれは〈ワイルド・クローバー〉への出入りを禁止せざるを得ないだろう。いくらロリの妹だからといって、警察に突き出す気にはなれないけど、それでも、あんな手癖の悪い子に、はちみつ女王を名乗る資格はない。

まあ、正直なところ、わたしは少々ねたんでもいるし、ちょっぴりいじけてもいた。だって、〝はちみつ女王〟にふさわしいのは、この町でただひとりの養蜂家（スタンリーを数に入れなければ、といっても彼は男だけど）であるわたしのはずなのに。ディーディーなんてお呼びじゃない。よりによってなんであの子なの。「ディーディーも辞退するわよね」とわたしは念を押した。

「それはいったいどういう意味だ？」グラントの目つきが険しくなった。「わたしを脅しているのか？」

「いいえ」とわたし。「〝はちみつ女王〟のタイトルを心配しているの。《リポーター》に掲載されたらどうなるかしら」地元紙の《リポーター》――またの名を《ディストーター《おさわがせ》》――は万引き容疑に飛びつき、特ダネとして、第一面にでかでかと載せるだろう。「見出しが目に浮かぶ。『町長の義理の妹ディーディー・ベッカー、万引きで逮捕』ってね」

「まさか、そんなこと」

「いいえ、本気よ」はったりをかけてるって？　まあね。「隠しカメラに万引きの場面が映っているから」これはうそ。〈ワイルド・クローバー〉に隠しカメラは設置していない。

でも、グラントはわたしの話を信じた。顔が二、三度ぴくぴくと引きつったが、なんとか抑えた。「よかろう」と言うなり、くるりと背を向けて遠ざかっていった。

ということは、つまり、うちの蜂は展示してもかまわないという意味だろう。

グラントがぷりぷりして歩み去ったあと、わたしは、〈ワイルド・クローバー〉の墓地寄りの隣で、アギー・ピートリーががらくたを取りそろえた露店の準備をしているのに気がついた。アギーはモレーンの住人ではないけれど、二年まえから夫のユージーン（アギーの使い走りで、元海兵隊員にもかかわらず、妻の尻に敷かれっぱなし）、それに息子のボブと嫁のアリシアと一緒に、二束三文のがらくたを宝の山と偽って、ハーモニー・フェスティバルに出店している。でもそれらの商品が、もっぱら大型ゴミ収集容器《ダンプスター》を漁《あさ》ったり、ミルウォーキー市内のゴミの収集日に路上から拾い集めてきたものだということは周知の事実だ。

二年まえにアギーの出店について町議会の票が割れたとき、町長のグラント・スパンドルの鶴のひと声で、アギーの出店が決まった。わたしたち——つまり、モレーンで暮らし、モレーンで商売をしている商店主たち——は町議会の月例会で何度となく苦情を申し立てた。これを芽のうちに摘んでおかないと、よそ者に勝負を挑まれる店が今後ますます増えるのは目に見えていたので。それにしても、住人でもない者が町のお祭りに出店し、地元の商店と客を奪い合うことを、町長はどうして許可したのだろう。もし、よその養蜂家がメイン通りの向かい側に店を出したらどうなる？　この町は同業が二軒、両立できるほど大きくない。それでもグラントの鼻先で二、三ドル振ってみせれば、彼はなんなりと言うことを聞いてくれる。

とにかく挨拶だけはしておこうと、わたしはグラントへの不平不満を胸にしまって、アギーの店に出向いた。壊れた三輪車と錆びた手押し芝刈り機を足早によけて進む。

「いらっしゃい」アギーが杖を振って合図した。その杖がお飾りにすぎないことを、わたしたちはみんな知っている。「あんたが一番乗りだ。お客がどっときてみんな売れちまうまえに、好きなのを持っていきな」と年季が入った露店商らしく、さっそく声をかけてきた。アギーはうちの店で買い物をしたことがないから、こちらも遠慮なくその売りこみを聞き流した。地元の店から客を横取りするような商売人を助けるなんて、まっぴらごめん。

「こんにちは、アギー」とわたしは言った。「挨拶しにきたの。調子はどう？　お元気そうね」アギーは去年からあまり変わっていない。目尻のカラスの足跡が深くなり、骨がもろくなったのか背丈が心もち縮んだにせよ、人柄はそのままだった。

「買う気がないなら、帰っとくれ」とアギーは言った。「こっちは忙しいんだ、商売人どうしで油を売ってるひまはない。一文の得にもなりゃしないのに」

にぎやかしにはなるでしょうと言ってやりたくなったが、その代わりに「ユージーンは？」と訊いた。

「用足しに」と、通りの先にある簡易トイレの列に目をやる。

「じゃあ、よろしく伝えておいて」

「おぼえていれば」とアギー。

そのあと、うちの母が心配していた騒動がいまにも起こりそうになった。

トム・ストックがこちらにつかつかとやってきたからだ。しかも、和やかとはほど遠い顔つきで。

3

トムについて、かいつまんで紹介すると――

彼はわたしたちの多くとはちがって、この町の生まれではない。なんらかの過去があるにしても、それは一切持ちこんでいない。モレーンに住みつき、〈アンティーク・ショップ〉という平凡な名前の骨董店を営んで五年になるが、わたしたちはいまだに彼の生まれ故郷がどこかも知らない。いまだに簡素な金の指輪をはめていることからみて、いちどは結婚したらしいのだが、奥さんに先立たれたのかもしれない。それとも離婚はしたけど、その事実に向き合いたくないとか。あるいは……いずれにせよ、答えはわからない。

一番大きなニュースといえば、この町に引っ越してきてすぐにウィスコンシン州の宝くじに当たり、三〇〇万ドルもの賞金を手に入れたことだ（かなりの部分は税金で持っていかれたにちがいないけど）。そのせいでさまざまな憶測を呼んだが、彼の暮らしぶりにこれまでと変わったところはちっとも見られない。相変わらず骨董店をほそぼそとつづけ、店の裏にある小さな家で暮らし、わたしたち同様、走行距離の長い中古車を運転し、ひまがあると木工細工にふけっている。木をいじっているときが一番落ち着くようだ。

トムは個人的な質問には決して取り合わず、微妙な話題は巧みに避けて、べつの話題をもちだして相手を煙《けむ》に巻く。彼なら優秀な政治家になれそうだし、来春の町長選挙の候補者にうってつけだと思う。グラント・スパンドルにはそろそろ引退してもらいたい。

要するに、トムは自分の殻にひっそり閉じこもり、わたしたちはその殻をこじ開けようとしてきた。やがて、そんなことをしても仕方ないとわかり、やむなく、あるがままの彼を受け入れることにした。

トムの外見はと言えば、あまりぱっとしない。郵便局に貼ってある指名手配犯のポスターにそっくりで、角張った大きな顔、一度か二度はたたきつぶされたような、ぺちゃんこで折れ曲がった鼻。生まれつきあんな鼻の人はいない。そうかといって、町でもめごとを起こすわけでもなし、わたしたちがアギー・ピートリーの出店の件でトムのために町議会に陳情に行ったときも、一行に加わって自分の立場を擁護しようとはしなかった。

ぶっきらぼうで、物静かで、礼儀正しい。控えめだけど、親しみがもてる。

それがふだんのトムだ。

ところがいまの彼ときたら、スズメバチも真っ青なくらいかんかんに怒っていた（ミツバチとおまちがえなく）。

「アギー・ピートリー」彼はゆっくりと立ち止まった。「聞いたところによると、うちのお得意さんに、店の悪口を吹きこんでるそうだな」

「あんたのことじゃないよ、トム。あんたが骨董と称して売りつけているがらくたのことさ」

わたしは耳を疑った。アギー・ピートリーはほんとにそう言ったの？　冗談でしょう。

トムはアギーのテーブルにざっと目を走らせた。

「がらくた？　だれの店のことを言ってるんだ？」

アギーの背丈はトムの肩にも届かないが、いざとなれば、あの杖をこん棒代わりに振りまわすし、ハイエナ並みのしわがれ声とずうずうしさも持ち合わせている。

「あんたの商品は、ただのゴミだね」

トムの顔が煮えたぎる怒りで真っ赤になる。

わたしは母から言いつかったことを思い出した。もめごとを起こさず、お祭りをぶちこわさないように気を配るのが、わたしの務めだ。それなのに、今日は一難去ってまた一難。わたしはごたごたが大嫌いだというのに。

「もうやめましょうよ、ふたりとも」とおずおずと口をはさんだ。「スペースならたっぷりあるから」それは事実とはかけ離れていたけど、ほかにどう言えばいい？

「いいや、ないね」とアギー。わたしが口にしなかった意見に賛成して。「それに、あんたもそのえらそうな顔を引っこめな」

「は？」とわたし。「わたしに言ってるの？」

トムがアギーの顔に指を突きつけた。「いいか、よく聞けよ……」

「おいおい、どうした？」ユージーン・ピートリーが息子と嫁を引き連れてやってきた。

「この男が因縁をつけてるんだよ」とアギーが答えた。まわりに人がいるのを見ると、杖をさっと背中に隠し、トムに嚙みついた。「弱い者いじめはよしとくれ！」

そのころには足を止める人がぽつぽつ現われ、そのせいでさらに注目を集めていた。ある程度の人数が集まると、近くにいる人間はみな引き寄せられてしまうのだ。

野次馬に気づいたアギーは、これを商機とみた。アギーの両目がチャリンとドルマークに変わったのがはっきり見えた。「商売のじゃま、じゃま」と言うなり、トムの非難も、穏便にことを収めようというわたしの努力もあっさり無視して、見物人に注意を向けた。

「さあ、トム」わたしは彼をそっと押して、その場から離れようとした。

アギーの客寄せに背を向けたとたん、パンパンと破裂するような音がした。

「爆竹だ」トムは振り返り、アギーの店の裏からノエルが逃げ出すのを見ると、大きな子どもみたいににやにやした。

ユージーンはあっと驚いたあと、われに返ってノエルのあとを追いかけたが、すぐにあきらめた。

「ぶったまげた」とアギーは言った。「客までびっくりして逃げちまったよ」

ユージーンがぼやきながら戻ってきた。「じきに捕まえてやるから、覚悟しとけよ」

「それはどうかな」とトムがつぶやいた。胸のつかえがおりたようで、くすくす笑いながら、わたしに話しかけてきた。「子どものころ、弟と同じことをして遊んだよ。大人が油断してるすきにこっそり近づいておどかすんだ。弟のやつ、爆竹を自分で作ってね」

「ビデオに録るから」

「ノエルもそうよ」とわたし。

「あんたたちふたりでアギーとのやり合いを再現してくれない？」後ろから声がした。「ビデオに録るから」

振り向くと、詮索好きの隣人パティ・ドワイヤーこと〝ぼやき屋《ピティ・パーティ》〟パティ、略してP・P・パティがいた。首からお手製の記者証をぶら下げている。

「遠慮するよ」トムは歩み去った。

パティが〝ぼやき屋〟と呼ばれるのは、愚痴ばかりこぼしているからだが、べつに彼女の暮らし向きがわたしたちとちがっているわけではない。ものは考えようで、要は日々の生活のなかで持ちあがるさまざまな問題をどうとらえるかだ。パティは人生の達人ではないけれど、地元紙の記者という天職を得てからは、ひがんだところがややましになった。

わが家はメイン通りからヤナギ通りに曲がってしばらく歩いたところにある。パティの家は東隣。わたしのもと夫クレイが住んでいた空き家は西隣なので、どうぞおまちがえなく。ロリ・スパンドルが売却をまかされているけれど、あまりはかばかしくないようだ。そしてクレイは、家が近いうちに売れなければ、ミルウォーキーからこの町に戻ってくると縁起でもないことを言っている（ちょっと待って――ロリ・スパンドルがわざと売却を遅らせ、クレイをモレーンに、ひいては彼女の不実な腕のなかに引き戻そうとしているとしたら？　冗談じゃない）。

それはともかく、パティは窓辺に望遠鏡を据えつけ、電子機器を一式買いそろえ、しかも根っからの詮索好き。となれば、もはや町の私立探偵に近い。それでなくても、《ディストーター》紙に雇われてからまだ日が浅いので、手柄を立てたいと意気ごんでいる。暴走することもなきにしもあらず。

さらには、ジーンズにTシャツにパーカーというわたしたちと変わりばえしない身なりをしているが、ファッションモデルのようにさっそうと現われるうちの成金の妹とはちがって、黒っぽい陰気な色が好みだ。「あたしのような仕事は、周囲に溶けこむ必要があるから」という説明を聞いたことがある。というわけで、全身黒ずくめ、ポケットがやたらに多く、ベルトには小物をじゃらじゃらつけ、野球帽を目深にかぶっている——陽射しをさえぎるためか、顔を隠すためかは場合による。

トムが指名手配犯のポスターに似ているとすれば、パティは賞金目当てに彼を追いつめる賞金稼ぎ《バウンティハンター》のようだ。

そんなパティが携帯用ビデオカメラのスイッチを入れ、アギーのテーブルをざっと録画しようとしたところ、アギーが見とがめて、パティの腕を杖で押さえつけた。「写真はお断わり」と、ビデオをはたき落としかねない勢いだ。

「今日はみんなどうしたのかしら」わたしはパティと一緒にうちの屋台に戻りながら言った。

「やけにぴりぴりしてる」

「満月だからよ」とパティ。「人間の野蛮な部分を呼びさますのは」

「それは夜だけでしょう? こんなにいいお天気なのに。みんなもっと楽しまなきゃ」

「満月は人間の最悪の部分を引き出すの。何時であろうと」とパティはつづけた。「暴力に自殺に事故。みんなふだんより怒りっぽくなる。でも、暗くなってからのほうがもっとひどい」

「そういえば、母さんにこってり絞られた」とわたしはこぼした。その口調は、ぞっとするほどパティに似ていた。「アギーとトムは言い合いをするし、ホリーはいつも以上につっかかってくるし」

「あんたはまだいいわよ」パティの声が愚痴っぽくなり、〝ぼやき屋〟の本性が現われた。まるで不幸自慢か何かのようで、しかもパティは勝つ気まんまんでいる。「あんたには家族も友だちも彼氏もいるじゃない。それに引き換え、あたしはひとりぼっち」

わたしの出番だ。この場面はこれまでに何度もくり返してきた。

「わたしがいるじゃないの、パティ」

「あんたはいつもそう言うけど、友だちみたいに一緒に出歩いたりしないし」

それはおっしゃるとおり。パティは変わり者だし何をしでかすかわからないから、一緒にいると、よけいなもめごとに巻きこまれてしまう。それでなくても、自分の問題で手いっぱいだというのに。

「ハンターは今晩仕事？」とパティが訊いてきた。

「どうかしら」と言ったとたん、その言葉を取り消したくなった。ハンターとわたしは昨夜一緒に過ごしたばかりで、今晩の予定はとくに立てていなかった。お祭りのほかに、店やら、屋台やら、展示用巣箱やらで頭がいっぱいだったから。でも仮にだれかと出かけるとしたら、その相手はパティではない。

「じゃあ、今晩出かけましょうよ」パティの顔がぱっと明るくなった。「満月が引き起こしたおかしな事件を調べるの。記事のネタが見つかるかもしれない」

「それはおもしろそうね」と本心とは裏腹なことを言った。「でもお祭りの片づけがあるから。展示用巣箱やらなんやら、みんな店のなかにしまわないといけないし……」

「ほらね。友だちじゃないのよ」

「そんなことないって。わかった、じゃあ、あなたが行きたいところにつきあうわ。ただしちょっとだけよ」わたしはつけこまれやすいのかしら？　でも、パティのしょげた顔を見るのは、もうあと一分でも耐えられなかった。

パティの顔がたちまち満面の笑みに変わった。

「よかった。じゃあ、親友のあんただけにいいことを教えてあげる。すごくいいニュースというわけじゃないけど、聞いておいて損はないから」

わたしは背を向けかけていた。スタンリーの作った展示用巣箱と、興味津々で巣箱を取り囲んでいる三組の見物客のほうに気を取られていたのだ。わたしも仲間入りして、ミツバチ談義に加わりたい。まずは、ミツバチが忙しくて幸せなとき、つまり、群れ全体がうまくいっているときに、どんな音を立てるか。巣箱のあいだを歩いていると、ぶーんと低い羽音がする。わたしを偵察しに飛んでくる音までが幸せそうだ。一方、危険に感づいたり、本物の危機に見舞われて、群れの雰囲気が一変すると、蜂たちは大きなけたたましい音で威嚇する。でも、パティのつぎの言葉を聞いて、わたしはぎくりと足を止めた。もしわたしがミツバチなら、最悪の敵への憎しみをこめて、耳をつんざくような音を立てただろう。なぜならパティはこう言ったからだ。

「あんたのもと旦那の家で何やら動きがあるの。クレイが戻ってきたんじゃないかしら」

いやよ、ちがうと言って、お願い！

わたしはたちまち、大きな心臓発作を起こした女にありがちなありとあらゆる身体症状に見舞われた。これと同じようなことは結婚生活ですでに何度も経験していたので、実際の健康についてはあまり心配していない。それでも、あのダメ男のことを考えるだけで、冷や汗がにじみ、目の前が暗くなった。

いまにもパニック発作を起こしそうだ。身の破滅がすぐそこまで迫っているというのは、いくらなんでもパティ並みの言いすぎだけど、それよりは目盛りがふたつだけ下という状況を思い浮かべてほしい。もと夫のしでかしたばかなまねを思い出して、胃のあたりがむかむかした。クレイが戻ってくるかもしれないとロリ・スパンドルが口にしたとき、あの家をすぐさま焼き払っておけばよかった。

とはいえ、クレイは怪物のたぐいではない。結婚していたころ、大酒を飲むことも、お金を湯水のように使うこともなかった。暴力も振るわない。肉体的にも、精神的にも――ただし、浮気の長いリストに目をつぶるなら。悲しいことに、あの男は手のつけられないセックス依存症なのだ。本人が言うには。そして、それを理解し支えるのが妻の役目だそうな。たとえ夫が親戚の女性にことごとく言い寄ったとしても。わたしに言わせれば、クレイのいわゆるセックス依存症は病気なんかじゃない。ある種の人間はたんに自制ができないだけなのに、悪いのは自分じゃないと責任逃れをする。クレイがまさにそうだ。

もと夫が隣の家で暮らしていたころは、毎日が針のむしろだった。どんな手を使っても、あのひどい生活に戻るつもりはない。たとえば、さっき言ったみたいに、あの家に火をつけるとか。

なにしろ、わたしにはパティという友だちがいる。彼女なら待ってましたとばかりに乗ってくるだろう。

それに、もし捕まっても満月のせいにすればいい。

4

「あいつが帰ってきたというのは確かなの？」わたしは〈ワイルド・クローバー〉のおもてに並べた椅子のひとつにへなへなと腰を下ろして、P・P・パティに訊いた。

「だれかがあの家にいる。あたしに言えるのはそれだけ。でも、ほかにだれがいる？」

「望遠鏡を使って確認しなかったの？」

パティはいいえ、と首を振った。

自慢の道具を使うせっかくの機会をふいにするなんて。しかもここぞというときに。パティはあの望遠鏡を振りかざして、ありとあらゆる方向をのぞき見していた。わたしがうちじゅうの窓に厚手のしっかりしたブラインドを取りつけているのは、それが主な理由だ。

「昼間だったから」とパティは説明した。「明かりのつく夜じゃないと、家のなかは見えないの」

「透けて見える機能とかは？」

「あればいいんだけど」パティは物欲しげに言ったあと、気を取り直した。「これから確かめに行かない？　ちょっと探ってみるのよ」

すぐにもあの家に駆けつけたい気持ちは山々だが、もうひとりのわたしが待ったをかけた。「あとにしましょう」もと夫を相手にするだけの覚悟がまだできていない。「仕事があるから」

そうと決まると、わたしは店内を一巡して、万事支障のないことを確認した。そのあと、スタンリーとキャリー・アンがいる屋台と展示用巣箱のテーブルに顔を出した。あと二、三時間は面倒なことは何も考えたくないというときに、ここはもってこいの憩いの場所なので。ミツバチと彼らが精を出して集めたはちみつを見まわるという、慣れ親しんだ日課には及ばないけれど。

スタンリー・ペックは養蜂についてはまだまだ新米ながら、見物客を楽しませる天性の才能に恵まれていた。

「うちにはミードがたんまりあって、あとは瓶詰めすりゃいいだけだ」ミードというのははちみつを発酵させたお酒で、養蜂家はたいがい造っている。人類が初めて知った最古のアルコール飲料。古代文明では結婚式は満月のころに行なわれ、ミードが盛大にふるまわれた。それが蜜月《ハネムーン》の語源だ。

その豆知識がひょっこり頭に浮かび、そういえば今日は満月だったと思い出した。月が人間に与える影響についての、パティの悲観的な（とはいえ型どおりの）考えも。

「そのミードもお祭りに出品したらいいのに」だれかがスタンリーに言った。「おれたちが買うからさ」

「そうそう」とべつの声がした。「ひとケースかふたケース、持ってこいよ」

スタンリーはわたしに問いかけるような視線を投げた。わたしはとんでもないと首を振る。彼のミードのことならもう話はついていた。ある種の製品は販売するまえに、州の検査に合格し検印をもらわなければならない。ミードはそのひとつ。

おまけに、スタンリーは奥さんを亡くしてからやもめ暮らしで、(彼の性分を見ればわかるように)ミードを風呂桶で造っていた。そんなものが検査に通るわけがない。そもそも申請する気もないだろうけど。この町にはずけずけものをいう一派がいるが、スタンリーはいわば彼らの親玉で、政府の干渉を鳥インフルエンザのように忌み嫌っている。

でも、そうはいっても、風呂桶よ。スタンリーの風呂桶でこしらえたものを飲みたい人なんている?

あっというまに昼になった。朝っぱらからもめた人たちとは、ほとんど顔を合わさずにすんだ。ときたまアギーの露店に目をやると、意外にもがらくたは順調な売れ行きで、かなりの利益をあげているようだ。アギーはたまたま通りかかった人たちの視線を強引にとらえると、催眠術もどきをかけ、釣り針にかかった魚よろしく店に引き寄せるのだ。

どんなふうにしてるのかしら?

わたしもまねしてみたが、けげんな顔をされただけだった。それにそんなことをしなくても売れ行きは順調だったので、催眠術はあきらめ、いつもどおりのわたしに戻った。

アギーの息子のボブがふらっとやってきて、展示用巣箱の見物客の輪に加わった。ボブは大柄で、すぐにカッとするたちだと聞いている。とはいえピートリー一家をモレーンの町なかで見かける機会はあまりない。彼らは、ここから車で二十分ほどのところにある、コルゲートという練り歯磨きみたいな名前の小さな村に住んでいる。ボブのよからぬうわさの大半は、地元紙の小さな記事や、店で交わされる無責任なおしゃべりを通して広まったものだ。ボブの妻のアリシアは問題ない。去年、うちの店で開いたはちみつ入りリップクリームの教室にきてくれたので、わたしとは顔見知り。

どの店も盛況らしく、それは人だかりや、あちこちの店の買い物袋が目につくことからもわかった。

わたしの故郷はウィスコンシン州の南東部に位置し、氷河時代にできた山と谷に囲まれている。しかも州でも指折りの景色のよい道路沿いにあるので、観光や魚釣りやキャンプといったこの土地ならではの野外の楽しみを求めて大勢の旅行客がやってくる。ウォータースポーツの愛好家なら、わたしの家の近くにある船着き場から、カヌーやカヤックでオコノモウオク川に漕ぎ出すこともできる。

そんな古きよきモレーンがこのお祭りにもよく表われていた。個人的にはやや微妙な部分もあったけど、お客さんにとっても売り手にとっても、ハーモニー・フェスティバルの名に恥じぬ盛況ぶりだ。

わたしも二時間ばかりは、新しいお客さんと知り合ったり、お祭りにやってきたよその町の友人たちとおしゃべりして、楽しいひとときを過ごした。けれども、出会いやら旧交の温めやらがひとおりすんでしまうと、別れた夫の件が頭によみがえり、振り払うことができなくなった。

　昼休みは席を温めるひまもなかったが、午後のなかば、店員が交替で食事をすませたあと、眠そうなディンキーには奥の事務所で昼寝をしてもらって、家まで歩いて帰った。

　わたしはいま実家に住んでいる。わたしが生まれ育った、まさしく思い出のわが家。父が心臓発作で亡くなったあと、わたしから話をもちかけると母はよろこんで譲ってくれた。口やかましい母は、いまでは祖母の家に同居して、わがもの顔にふるまっている。おばあちゃんは鷹揚な人なので、ちっとも気にならないようだ。こうして八方丸くおさまった。

　わたしはヴィクトリア朝様式のきれいな家を明るい黄色に塗り直して白い縁取りをつけ、ミツバチが好む草花や丈の低い木々を家のまわりに植えた。いずれ、この家で家族が暮らすようになったら嬉しい。わたしの家族が。でも、つたない男運を考えると――つい最近まではゼロに等しかった――誠実な夫に子どもたちなんて、夢のまた夢かもしれない。

　もちろん、いまではハンターという、とてもすてきな恋人がいる。すごくいかしているし、本気でつきあうのにふさわしい相手だ。でも、彼は縛られるのが嫌いなタイプでは？　従姉のキャリー・アンは、ハンターがこれまでだれとも結婚しなかったのは、わたしのことを待っていたからだと言うけれど。そうかもしれないし、そうでないかもしれない。

　いずれにせよ、わたしたちの関係は牛の歩みで、三十代半ばという年を考えると、焦りを感じずにはいられない。何ごとにも賞味期限はつきもので、わたしの期限もいずれは切れる。

カビの生えたパンみたいに。最近では、ハンターが上等のステーキ肉か何かのように、さっさと包んで家に持ち帰りたくなってしまう。

みっともないまねはしたくない。でも、時計のチクタクいう音がやけにうるさく、耳について離れないのはなぜ?

通りを渡りながら、パティのぼやき癖がうつったのかしらと気になった。自分がみじめでたまらなくなってきたから。あのろくでなしが本当に帰ってきたらどうしよう。そんなことになったら、とても耐えられない。

私道に止まっているトラックは見覚えのないものだった。そもそもクレイの辞書にトラックの運転はない。彼なら、女の子受けしそうなもの、たとえば真っ赤なコンバーチブルのスポーツカーを選ぶだろう。なかなか幸先がいい。

ドアをノックする。ドアが開いて、赤と黄色のアロハシャツの袖が見えた。それはまったくクレイらしくないので、思わず鼻歌がこぼれそうになった。

視線を上げて残りを確かめる。五十がらみ、むさ苦しい雰囲気、太鼓腹、団子鼻、おまけに男がにっと笑うと、前歯が一本欠けているのが見えた。どこからどう見ても別れた夫ではない。彼は不倫にいそしむべく、ぜい肉のない体形を保っていることがご自慢だった。

「クレイはいます?」わたしは念のためにたずねた。

「クレイって?」

その短い返事は妙なる音楽のように聞こえた。ほっと胸をなでおろす。もと夫が帰ってきたのではなかった。わたしの心配は杞憂《きゆう》だった。

「どうぞお気づかいなく」とわたし。「人ちがいでした。わたしは隣の者です」

彼はわたしの胸から目を引きはがして、うちの家を見やった。「へぇ、そうかい」と、いやらしい視線をわたしに戻す。「おれはフォードっていうんだ。さあ、どうぞ入って。いいお隣さんでよかったよ、かわいこちゃん」

その誘いの意味ならすぐに察しがついた。わたしはこれまで〝かわいこちゃん〟呼ばわりされたことは一度もない。彼の態度は気にくわなかった。

「この家を買ったんじゃないですよね？」〝売り家〟の看板はまだ歩道に出ていたが、この男が当分のあいだ隣人になると想像するだけで、さっきの心臓発作の兆候が舞い戻ってきそうになった。お高くとまってるわけではないけど、フォードの狭い額には〝もめごと〟と大書されている。

「借りたんだ」とフォードは言った。「不動産屋のねえちゃんがミルウォーキーの新聞に月極めの賃貸広告を出したのを、交渉して短期の契約にしてもらった」

わたしは顔からさっと血の気が引くのを感じた。ロリ・スパンドルとわたしのもと夫は、こんな男に家を貸したの？「でも家具もないのに、どうしていらっしゃるの？　床で寝るとか？」

「キャンプ道具を持ってきた。どうせ週末だけだし。それだけあれば、おれたちの用事も片づくさ」

どういう意味か訊いておけばよかった。わたしはずっとあとになってから、そう後悔した。とりわけ〝おれたち〟の部分について。でもこの時点では、彼が隣人になるのではないと知ってほっとするあまり、いとまごいをして、さっさと退散したのだった。

午後の残りは申し分なく穏やかに過ぎた。母は口出しをしてこなかった。忙しくて蜂にかまけているひまがなかったのか、あるいは、グラントがわたしの脅しを本気にして、展示用巣箱にかまうなと釘を刺したのかもしれない。もしそうなら、母はさぞかし腹を立て、いずれそのとばっちりがくるだろう。でもいまのところは天下太平だった。

五時になると、どこの露店も片づけと翌日の準備を始めた。明日も大にぎわいになるだろう。日曜日の目玉は正午に始まるパレードで、一日署長のおばあちゃんと〝はちみつ女王〟のディーディーが主役を務める。あの手癖の悪いディーディーが、コンバーチブルの後部座席から、いい気になって群集に手を振っているさまがありありと浮かんだ。

その話題でまたもや落ちこむまえに、気を取り直した。わたしは、人間は自分の気持ちや態度を意志の力で変えられると信じている。大切なのは気の持ちよう。なんでも悪いほうに考えるうちの母が、反面教師だ。わたしは母を、その他もろもろの陰気な考えと一緒に心から締め出した。ほら、すっとした。

空を見上げると、夕陽でオレンジ色に染まった綿ぼうしのような雲が点々と浮かんでいる。カナダガンの群れがおなじみのV字編隊で頭上を飛び去った。ウィスコンシンでは八月ともなれば、しだいに日が短くなっていく。それを合図に、オオカバマダラ（北米からメキシコへの長距離の渡りで有名な大型のチョウ）、コウモリ、渡り鳥は南への旅にそなえて燃料タンクを満タンにする。

トレントとブレントという、ハイスクールのときからうちの店でアルバイトをしている双子のクレイグ兄弟が、店じまいをしてくれるという。いまではふたりとも大学生で、よく気がつくのでずいぶん頼りになる。大学はまだ数週間お休みだから、この週末はふたりとも店に出てもらっていた。わたしは彼らの申し出をありがたく受けることにした。

あとの者はそれぞれ店を出た。地元の飲んべえたちは一杯やろうと、〈スチューのバー&グリル〉へくり出した。のこりはまっすぐ帰宅した。

キャリー・アンもスチューの店にいそいそと向かった。飲酒の問題を抱えていることを考えれば、格好の場所とはいえない。でもこのごろはずっとお行儀よくしていて、バーに行っても、それとなく彼女を見守っているいくつかの目のおかげで、羽目をはずすことはなかった。その筆頭がハンターで、断酒会の助言者として、よきにつけ悪しきにつけいつも彼女の力になってきた。キャリー・アンの別れた夫ガナーもそうだ。折に触れては、彼女には守るべきものがある、たとえば彼が引き取っているふたりの子どもたちにはしらふの母親が必要だと、キャリー・アンに訴える。それにもちろん、友だちはみな彼女を応援していた。

ホリーは、ディンキーやわたしと一緒にうちまで歩いた。お高いジャガーを駐車してあるからだ。人通りの多いところだと、完璧な塗装に傷をつけられるおそれがあるので。

「クレイの家で何かやってるの？」ホリーは隣家の私道に止まっているトラックに目を留め

た。家のなかに明かりがともり、キッチンの窓から、金属製のキャンプ用テーブルにビール缶がいくつか載っているのが見える。

わたしは、ロリがこの週末、クレイの家をフォードに貸したことを話した。

「観光客にしては変わってるわね」とホリーはつぶやきながら、自分の車に乗りこんだ。

「だれかの親戚かしら?」

わたしは肩をすくめた。「そんなことは何も言ってなかったけど」

「ロリはやり手ね、クレイに家賃を稼がせてやるなんて」

「やり手ですって? あの男に会ってごらんなさいよ。そりゃあすごいから。なんなら紹介しましょうか?」

「いいわ、遠慮しとく」

そう言い残して、妹はジャガーを発進させた。わたしはふだん仕事のあとでカヤックを楽しんでいるのだが、今日はその時間も体力もなかった。そこでディンキーの散歩がてら、商店街に引き返して、うちの店の前まできた。沿道の露店はすっかり片づいている。ディンキーの行きたいところに行くことにした。

それが最初の大きなまちがいだった。

5

わたしの感覚では、夕暮れどきはどことなくうす気味悪い。昼と夜のちょうどさかいめで、ほんのいっときとはいえ、妙に不安をかきたてられる。目の錯覚なのか、ものの影が長く伸びて、それ自体の命を宿しはじめる。ひとつが終わり、もうひとつが始まる時間。

しかも、空には満月がかかっている。

満月は人間を狂気に駆り立てるというパティの説を思い出した。もしわたしがお月さまにそそのかされて、異様な行動に走ったら、自分でもその変化に気がつくのかしら。

そんなとりとめのないことをあれこれ考えながら、店の前に立っていると、ディンキーがリードをぐいと引っぱった。ディンキーはおちびちゃんだから、いくら引っぱってもたいしたことはない。それでもディンキーはしつこくて一向にあきらめず、リードをぎりぎりまで引っぱって後ろ肢で立ちあがるとキャンキャン吠え、そのあと同じことをまた最初からくり返した。

そのけたたましさときたら、気が変になりそうだ。

「なんなの?」わたしはディンキーに声をかけた。「いったいどうしたの?」

ディンキーは答えない。

もともと期待はしてなかったけど。

べつに急ぎの用事はない。パティは月に吠える準備ができれば、わたしを捜し出すだろう。そこでディンキーの好きにさせることにした。黙ってくれるならなんなりと。ディンキーはすぐさま墓地に向かった。

この教会墓地には、一九〇〇年代初期にまでさかのぼる古い碑文が刻まれたお墓がいくつかある。新しい共同墓地とはちがって、墓標の形はばらばらだし、きちんと区画整理もされていない。墓石は好き勝手な方向に傾いている。

わたしは毎日のように、墓地を通りすぎ、すぐそばを歩き、なかを通り抜けている。これまで数えきれないほど訪れ、最近では何度かディンキーを連れてきた。それでも、しだいに濃くなる夕闇や、空にかかった月や、人間はつまるところみな残虐な狼人間に変身するというパティの予言やらで、わたしの腕は総毛立った。

ディンキーは相変わらず先に立ち、ひとつひとつの墓石の前で立ち止まり、そのたびにまるで何かを探しているかのように、周囲を嗅ぎまわった。もう二、三度立ち止まったあと、地面に落ちていた何かを見つけ、もぐもぐやりだした。

「あ、だめよ」わたしはあわててしゃがみ、口のなかのものを力尽くで引っぱり出そうとした。ところが、ディンキーはがつがつ食べて、ごくりと飲み下してしまった。遠からずゲボッとやるのは目に見えている。これまでいやというほどくり返してきた、毎度おなじみのお約束だ。

つぎにディンキーはある墓石の裏側に駆けこみ、野生リンゴの木の幹にリードを何度も巻きつけて、身動きが取れなくなってしまった。わたしは手を伸ばしてほどいてやろうとしたが、何かにつまずいてよろけ、派手に転んだ。手を突くひまもなかったので、顔を思いきりぶつけた。

ディンキーはわたしが転んだときに一度吠えたきりで、あとは黙りこみ、うんともすんともいわない。ディンキーの息が顔にかかり、わたしの耳を舌でぺろぺろなめているのがわかった。肘をついてディンキーを押しやろうとしたとき、さっきつまずいたものの輪郭が目に入った。

体を起こしてしげしげと見入ったところで、自分がいったい何に足を取られたのか、はっきりわかった。

人間の足だ!

おまけに体も!

(いやはや。もし足だけだったら、その場であっさり気を失っていただろう。とはいえ、それほど落ち着いていたわけでもない。なにしろ、その体はぴくりとも動かなかったから。まずい兆候だ)

地面に倒れているのは、男ものの靴をはいていることから見て、男の人と見てまずまちがいない。ただし、顔から肩にかけて特大サイズの黒いゴミ袋がかぶさっているので、断言はできなかった。

わたしがもっと勇敢で、予期せぬ出来事にもあわてず冷静に対処できるような人間だったらよかったのに。あとから考えれば（いわゆる後知恵だけど）、ゴミ袋を引っぺがして、その下の顔を見ておくべきだった。そうしていれば、のちのちあんな面倒に巻きこまれることもなかっただろうに。

でもそのときは、ゴミ袋の下にいるのがだれか調べてみようとは思いもしなかった。なけなしの勇気を振りしぼるどころか、わたしはディンキーを抱えると、首輪のホックをはずし、木の幹にからまったリードはそのままにして、店の明るい照明めがけて一目散に逃げ出した。

「どうかしました？」ブレントは、彼のそばを駆け抜けて奥の事務所に向かったわたしに声をかけた。「幽霊でも見たって顔をしてますよ」

喉に大きなかたまりがつかえているようだ。「なんでもないわ」とかろうじて言うと、ドアをぴしゃりと閉めて、事務椅子にへたりこんだ。

気持ちを落ち着けようと深呼吸をした。うまくいかない。

だれかが墓地にいて、たぶん死んでいる――いいえ、ぴくりとも動かず、黒いゴミ袋をかぶっていたことからみて、十中八九死んでいる。意気地なしのわたしはガタガタ震えていたが、商店主としては、死体の発見が明日のお祭りにどんな影響を与えるかを考えていた。

さて、どうしよう。ここは思案のしどころだ。とりあえず死体をどこかに隠して被害を食い止め、明日の夜お祭りが終わったあとで引きずり出す。それから何食わぬ顔で、もういちどつまずいてみせる。

ろくに考えるまでもなく、その案はあきらめた。いくつもの理由から、お粗末きわまりない方法だから。

パティに電話してこれからどうするか一緒に考える、という手もある。

彼女はこれまで人が思いもしなかった方法をいくつも知っている。でも記者根性まる出しだから隠蔽《いんぺい》工作には賛成しないだろう。むしろ騒ぎをあおりたいはず。だめ、パティには相談できない。

そのとき、ふと思いついた。もしあの人が死んでいなかったら？　いまこの瞬間、わたしの手に人命がかかっていて、ここでぐずぐずしているせいで、死なせてしまったとしたら？

となれば、とどめの一手しかない。一番まともだけれど、一番気が進まないもの。わたしは警察長のジョニー・ジェイに電話した。実際には九一一に通報したのだが、それは彼にじかに電話するのとほとんど変わらない。電話をかけおわって二秒もしないうちに、彼にもそれがわかるから。わたしは通信指令係に必要な情報を伝え、くれぐれも慎重な対応をお願いした。

「警光灯やサイレンはなしでお願いします。なんでもないかもしれないので」それは事実ではなかった。あの場には、ただごとではない雰囲気が漂っていた。それでも、ほかの住人にはできるだけ知られたくない。

現場に真っ先に到着したのは、ジョニー・ジェイの警察仕様のSUVだった。ライトを点滅させ、サイレンを盛大に鳴らしながら現われた。

「フィッシャー」彼は車から降りて、わたしとディンキーが店の日除けの下で待っているのを見つけた。「やっぱり、おまえか」

おなじみのうとましげな、かさにかかった態度だ。わたしたちはにらみ合った。

ジョニーの身だしなみはボーイスカウトのように清潔で一分の隙もないが、それは〝人は見かけによらぬもの〟の証しでもある。またアメフトのラインバッカーのようながっちりした体格は、もっぱら弱い者、無力な者を威嚇するのに使われる。でも、そんな卑劣な手段はわたしには通用しない。それが、わたしたちの反目の裏にある大きな理由だ。わたしは彼のいばりくさった態度が嫌いだし、彼は脅しがちっともきかないことに腹を立てている。

「ジョニー・ジェイ」わたしは語気を強めた。「静かにって念を押したわよね。どうしてお祭りを台無しにするようなことをするの？　お客さんが怯えて逃げてしまうじゃない。いったいどういうつもり？」

「つべこべ言ってないで、あんたが発見したものとやらを見せてもらおうか」と強がってみせたが、それでも開いた窓から手を入れてサイレンを切った。

「救急車は？」とわたし。

「じきにくる。ほんとに必要があるんだろうな」

救急車はけたたましい音を立てながら、後ろに消防車を従えて、南の方角からメイン通りをばく進してきた。遠くでさらに多くの緊急車両のサイレンが聞こえる。どの車もありとあらゆる騒音を立てていた。わたしはうかつにも、地元の救急隊員たちの熱血ぶりを忘れていた。

いまではお客たちがスチューの店からどやどや出てきて、様子をうかがっている。せっかく目立たぬようにと頼んだのに、これではなんにもならない。

「墓地で男の人につまずいて転んだの」わたしは声をひそめてジョニーに言った。

「死体か？」と彼が訊く。

「どうかしら。そうだと思うけど。その人はゴミ袋をかぶっていたから」

ジョニーはわたしを注意深く見つめた。「どうして男だとわかった？」

「よくわからない。ただ、そんな気がしただけ」

「よし、現場に行ってみよう」

ブレントが店から出てきた。ジョニーが声をかける。「救急隊員に、追って指示を出すまで路上で待機するよう伝えてくれ」

「それと、ディンキーをしばらくお願い」わたしはブレントに小型犬を預けた。

「何かあったのかい？」スチューの店の客が大声でたずねた。

「そこにいてくれ」ジョニーが叫び返す。

「言われたとおりにしたほうがいい」という声がした。「あいつは武装してるし、危険なやつだから」その声の主はスタンリー・ペックだった。彼のほうが、銃の数でも、危なっかしさでも警察長より一枚上手かもしれない。

ジョニーは片手に懐中電灯を持ち、もう一方の手をガンベルトに置いて、わたしと一緒にゆっくりと慎重な足取りで墓地に踏みこんだ。

「あそこよ」わたしはリンゴの木のほうに向かった。先頭には立たず、ジョニーと並んで歩いた。うちの警察長は軽率でもせっかちでもないが、わたしを嫌っていて、しかも銃を持っている男のすぐ前を歩くのは無謀というものだ。

あたりはすっかり暮れきったわけではなく、しかも満月が青白い光を投げかけているので、たとえ懐中電灯がなくても、少々まずい事態だとわかった。

いや、かなりやばいかも。

死体が消えていたのだ。

6

「フィッシャー」ジョニー・ジェイはわめきちらした。「うちの警官、うちの救急車、それに町の消防団に無駄足を踏ませたのには、それなりの理由があるんだろうな」と、頭から湯気を立てている。ディンキーのからまったままのリードを木の幹からもぎ取ると、鬼のような形相でわたしをにらみつけた。「こんなばかなまねをして、逮捕されたいのか」

「それを返して」わたしはリードのほうに手を伸ばした。「あの犬を預かってるんだから」

「そうらしいな、フィッシャー。ただしノームはもう帰ってこないと聞いたぞ。つまり、あんたは犬の世話係じゃなくて、飼い主なんだよ。犬が口をきいて、いたずらの片棒をかついでくれないのはあいにくだったな。つまり、あんたのばかばかしい話を裏づけてくれる証人はひとりもいないというわけだ」

「わたしは電話で、くれぐれも内聞にとお願いしたのよ。総出でくり出してきたのは、そっちの勝手じゃない」

「説明を聞かせてもらおうか」

「まずは、懐中電灯で地面を照らしてみたら」とすすめた。大きな血だまりとか、煙の出ている銃が芝生の上で見つからなければ、とてもまずいことになる。「何か手がかりが見つかるかもしれない」

ジョニー・ジェイは鼻を鳴らすだけでは飽きたらず、わたしを威嚇するようなありとあらゆる音を立てた。

「またお得意のほら話か。手がかりがほしいって？　これならどうだ」彼は手錠を高々とかざした。過去のいくつかの事件で、わたしにはおなじみのものだ。「わたしがこいつを取り出したら、どうなる？」

通りの向こうから、くぐもったざわめきが聞こえた。スチューの店から出てきた客たちが、わたしたちふたりがこれからどんな余興を見せてくれるのかと、固唾《かたず》をのんで待ちかまえているのだ。いままでは救急車と消防車がメイン通りをふさいでいたが、スチューの店にいた満員の客たちが全員、すぐ近くまで、ぞろぞろと歩いてきたのだった。

「芝生のこのあたりがへこんでるわ」とわたし。「ほら。わたしが言ったとおり、ここにだれかが倒れていたのよ」実際には、芝生は最近刈ったばかりでぴんと立っていたが、だめもとで言ってみた。

救急隊員が様子を見にきた。「緊急事態じゃなかったんですか？」

「ちがう！」ジョニーが吠えた。「帰ってくれ」それから、スチューの店の客たちを見まわした。「あんたたちもだ。お引き取り願おう。さもないと、ひとり残らず血中アルコール濃度を測定するぞ。公共の場での酩酊は、この町では立派な犯罪だ」

さすがはわが町の警察長。人間はだれしも名誉や尊敬を求めるものだが、そんなものにはこれっぽっちも縛られない。権力や支配力が手に入れば、それでご満悦なのだ。ジョニーは友だちの作り方は知らなくても、群集の蹴散らし方はよく心得ている。あっというまにだれもいなくなった。

「さてと、フィッシャー」とあらためて切りだす。「報告書を書いてもらうぞ。いま車から書類を取ってくる」

おやまあ。ジョニー・ジェイはいつのまにか手錠をしまい、わたしを逮捕するどころか、なんと協力を申し出ている。どうした風の吹きまわしだろう。わたしは釈然としないながらも、ジョニーのあとから墓地を出て、彼ががさごそとクリップボードとボールペンと用紙を取り出すのを待っていた。

「これに記入してもらえば」とジョニー・ジェイは言いながら、ボールペンを出してわたしに寄こした。「正式に捜査を始めることができる」

「やっとわかってくれたのね」わたしは用紙に記入しようとした。「でもこのペン、インクが出ない」

「べつのを取ってこよう」

「ちょっと待った!」とすぐ後ろで声がした。「そんなことしちゃだめ!」

その耳ざわりな声なら、どこででも聞き分けられる。パティ・ドワイヤーね! わたしの隣人は人目を忍んだ活動にやましい情熱を燃やし、こそこそ歩きまわったり、めざす相手の後ろにどこからともなくぬっと現われたりするのがお得意だ。あやうく腰を抜かしかけたのは一度や二度ではない。

今回も例外ではなかった。

役立たずのペンが手から飛んでいった。

ジョニー・ジェイは新しいペンを渡そうとした。

パティがそれをもぎとる。「この人は報告書なんて書かないから」

「何言ってるの？」わたしは彼女からペンを奪おうとした。「もちろん書くわよ」

「そんなことをしたら」とパティは言った。「警察長は虚偽の報告書を書いた容疑で、あんたを逮捕するわよ」

ジョニー・ジェイをちらっとうかがうと、彼が隠すよりも一瞬早く、ニヤリと頬をゆるめたのが見えた。

「そうなの？」カッと頭に血がのぼった。こらえきれない怒りが止めるまもなく湧きあがる。だれにでもがまんの限界というものはある。ジョニー・ジェイはわたしの堪忍袋の緒を切ったのだ。

「わたしはね、墓地でだれかにつまずいて転んだの」自分の顔を彼の顔にぐいと突きつけた。「おまけに、それは死体かもしれない。犯罪がからんでいる可能性だってある。それなのに、あんたはその役立たずの懐中電灯で現場を照らそうともしない。わたしをいびるのに忙しくて。今度はこっちの番だから。嫌がらせを受けたと訴えてやる。わたしをはめようとしたこともね。それに無能さも！」そんな容疑で訴えることができるのかどうか、自信はなかったけど。

「声がでかいぞ、ストーリー・フィッシャー」と彼は言って、クリップボードをつかんだ。「たしかに、ありもしない犯罪について報告書を書いたり、救急車両を不当な通報で呼びつけて貴重な税金を無駄づかいするのは軽犯罪に当たる」

パティの言ったとおり。わたしを罠にかけるつもりだったのだ。

ジョニー・ジェイにまともに対応するのは時間と体力の無駄だということが、これではっきりした。彼にはもうこんりんざい敬意も配慮も払わない。よくよく考えれば、これまでそんなものを払ったためしもないけれど。とにかく、もう手加減はしない。この勝負はわたしがいただく。

「ジョニー・ジェイ」とわたしは呼びかけた。「ハイスクールでわたしをプロムに誘った日のことをおぼえてる？」その日、わたしがすげなく断わったことが、ふたりの戦いの火蓋を切ったと考えている住人は多い。ジョニー・ジェイとわたしが小学校からの仇敵だとは知らないのだ。「断わって正解だった。女性にもてたかったら、ハンターの爪の垢でも煎じて飲めば？」

彼が根に持っているのはその一件ではなく、その昔、彼にいじめられていた小さな子どもたちをかばったことで、わたしを逆うらみしている場合にそなえて、こうも言った。

「それに、あなたがエディー・アーツをいじめてることを校長先生に言いつけて、停学にしてもらったのもこのわたしよ」

「フィッシャー」ジョニー・ジェイはわたしの言ったことを黙って考えていたが、やがて「頭がどうかしてるぞ」と言った。

そしてSUVに乗りこんで走り去った。

「すごい」とパティが言った。「あんたにそんな度胸があったとはね。満月のせいかしら」

「今日は最悪の日だったから」

「でも、ちょっと子どもっぽかったわね。あんな昔のことを蒸し返して」

「ジョニー・ジェイを相手にしてると、こっちまでおかしくなる」

ブレントがディンキーを連れて店から出てきて、「戸締まりしておきますから」と言ってくれた。

「ありがとう」と言って、ディンキーを引き取った。「助かるわ、ほんとに」

「さあ」とパティが腕を取る。「気分直しといきましょう」

「何をするつもり？」わたしがいましたいのは、家に帰って、シャワーを浴び、面白い本を読むことだけなのに。

「これからその死体を見つけにいくのよ」

「わたしの話を信じてくれるの？」そんな奇特な人がいるなんて。たとえそれがスキャンダルの漁り屋でも。

「もちろんよ。親友を疑うもんですか」

ことあるごとに親友ぶるのはかんべんしてほしい。本当の友だちなら、そんなにしょっちゅう確かめる必要があるかしら。寡聞にして聞いたことがない。なにしろ店と養蜂業の二足のわらじで忙しく、そのうえ友だちづきあいをするような余裕はないから。たまに手が空くと、たいていは熱いお風呂にゆっくり入るか、ハンターの都合がつけば、限られた時間を一緒に過ごすか。

「それに」とパティはつづけた。「どっちに転んでもニュースになるわ。死体が見つからなくても、あんたと警察長のがちんこ勝負というネタがあるし」

「やめてよ」

パティはポケットカメラを掲げた。「写真があるもんね」

あらら。かくなるうえは、消えた死体の行方を捜すしかなさそうだ。地元紙の《ディストーター》にわたしをけなす記事が出たら、家族は喜ぶまい。

「でも、どこを捜すの？」それはパティが思っているより大きな問題じゃないだろうか。

「死体がありそうな場所ならごまんとあるわよ」

パティは眉をしかめて考えこんだ。「あんたはその死体が男だと思ってる、そうよね？」

わたしはうなずいた。「男ものの靴をはいてたから」

「どんな靴？」

「えーっと……茶色の靴」

「参考になるわね」とパティ。「その男が起きあがってどこかへ歩いていった、ということはないのね？」

「そう言われると、自信がないけど。でも、死んでなかったとしたら、どうしてゴミ袋をかぶってたのかわからないし、わたしがつまずいてもちっとも反応しなかったのよ」

「あたしに全部話して。何もかも洗いざらい」

ふたりでうちに向かって歩きながら、わたしは言われたとおりにした。パティにしばらく待ってもらって、ディンキーに餌と水をやり、しっかりくるんで寝かしつけた。

「いま確実に言えるのは」わたしたちがふたたび外に出ると、パティが言った。「意識不明の人間がどこかへ消えたってこと」

「そうね」

「死んでいるかどうかはわからない。でもいずれにしろ、あんたが発見した場所から移動するには人手が必要だったはずよね。手持ちの情報から考えればそうなる」

「なるほど」わたしは愛車の青いピックアップの運転席に乗りこんだ。「腕力のある人、男と見てまずまちがいない」

車を走らせているうちに、妙な気分に襲われた。

自分の記憶が信じられなくなってきた。見たと思っているだけで、ほんとうは見ていないのでは？　ただの気のせい？　何もかも、満月に魅入られて、頭のなかでこしらえた幻想？　ただひとつ裏づけと言えるのは――証拠と呼ぶには無理がありすぎるけど――ディンキーがさかんに吠えたて、しきりに墓地に行こうとしたこと。ディンキーは墓地に何かあると知っていたのだ。でも、ふだんのあの子はすごい怖がりだから、もめごとを嗅ぎつけても近づくどころか、逃げ出すのがふつうなのに。

それは何を意味しているのだろう。ディンキーは倒れていた男が危険じゃないと知っていた？　死の匂いを嗅ぎとれるとか？

あのおちびちゃんがわたしの質問に答えてくれるとは思えないので、その線はあきらめた。妹は人間の心理について勉強してるみたいだから、急に迷いが出てきたことについて意見を聞いてみよう。

暗いなか、これといったあてもなく車を走らせたあとで、ふいにひらめいた。

「いいことを思いついた！」とパティに言った。「ハンター・ウォレスと愛犬の力を借りましょう」ハンターのK９係の相棒ベンは、ディンキーが以前迷子になったとき、わたしをピンチから救ってくれた。その事実はハンターには話していない。ディンキーがいなくなったのはわたしのせいじゃないし、それにわざわざつけ加えなくても、彼の前でもういやというほど欠点をさらけ出している。

「名案じゃないの！」とパティ。「ベンなら、あたしたちを死体のあるところまで連れていってくれる」

「あなたが必要なの」ハンターが携帯に出ると、わたしはそう言った。くわしいことは、彼がきてから話すことにした。

「それは嬉しいね。いまどこ？」

「墓地よ」

「それはまた斬新な趣向だな」

「いいから、急いで」

というわけで、わたしたちは墓地に戻り、彼氏と愛犬の到着を待つことになった。何か答えが見つかるといいんだけど。

7

ハンター・ウォレスは警官バッジを身につけ、モレーンの郊外に住んでいるというのに、この町のたいがいのことは管轄外だし、とくに地元の問題についてはなんの権限もない。彼が勤務している郡の保安官事務所は、町の警察より規模が大きく組織立ってもいるが、ハンターはこれまでにジョニー・ジェイと仕事をしたことがあり、ほかのみんなと同じように、彼の本性を知っていた。

ジョニー・ジェイはわたしたちの小さな町を一手に取り仕切り、よその法執行機関との協調には消極的だ。周辺の町の警官たちの受けは悪く、あからさまに敬遠されているが、それはむしろ彼の望むところ。犯罪と戦う同輩たちに対するジョニー・ジェイのモットーは、平たく言えば、〝知らさぬが仏〟である。

わたしの恋人が到着したのと同時に、ホリーのジャガーが轟音とともに現われ、妹が運転席から飛び出してきた。

「どうかした？」と訊いたが、答えならもうわかっていた。

「急いで手を打たなきゃ」と妹は言った。「母さんにばれちゃった」

それを聞くと、いつも冷たいものが背筋を走る。こうなった経緯なら容易に想像がついた。〈スチューのバー&グリル〉の客で、たぶんおしゃべりなだれかが親戚のひとりかふたりに電話して、ストーリー・フィッシャーとジョニー・ジェイがまた派手にやり合ったぞ、どうなるか賭けてみないか、と誘う。それを聞いたひとりが、今度はうちの祖母の電話番号を押して、いらぬ告げ口をする。母さんはこの惑星のどんな生物よりも地獄耳ときてるから、その会話の断片を小耳にはさみ、足りない部分はおばあちゃんから無理やり聞き出す。

つぎに母さんはホリーに電話して、家族の責任について一席ぶち、ストーリーは跳ねっ返りなんだから、あなたが目を光らせていてくれないと困るじゃないの等々、妹をこってりしぼったのだろう。

そういうわけで、ホリーとハンターとベンは、わたしが死体を見つけた――と思ったものの、いまとなってはまったく確信がもてない――場所へと集合した。

「やあ、ハニー」ハンターはわたしににっこり笑いかけた。わたしたちの関係はようやくそんなふうに呼び合う段階に進んだばかりで、そう呼ばれるとぞくぞくした。「何が始まるんだい?」と訊きながら、墓地というめずらしい場所に集まった面々を見まわした。

パティはすでに、スパイの七つ道具から取り出した強力な懐中電灯であたり一帯をしらみつぶしに調べていた。場ちがいなものは何ひとつ見つからず、わたしの主張を裏づけてくれるものは何もない。その残念な結果を妹とハンターに伝える一方で、人の足につまずいて転んだこと、ゴミ袋をかぶっていたその死体が消えたこと、ジョニー・ジェイがわたしの話を信用せず、罪をでっちあげて逮捕しようとしたという、これまでのいきさつも話した。ハンターはわたしの説明を聞きながら、地面から目を離さず、ときおり自分の懐中電灯で墓石の間を照らした。

ハンターは落ち着きと情熱を併せ持っているように見える。それはどんな状況でも、わたしの目を引かずにはおかない。男らしく自信にあふれているところも、ハーレーに乗るときの革ずくめの身なりも（わたしは革製品が好きで、革のにおいにも、見た目にもそそられる）——ただし、今晩はジーンズ、黒いTシャツ、バイク用のブーツといういでたちでSUVに乗ってきた。彼の四本足の相棒ベンが、バイクの後ろに乗る技術をまだ完璧には身につけていないからだ。でも利口な犬なので、いずれはそのコツを会得するだろう。

ベンは泰然自若とした態度で、わたしをじっと見ていた。セクシーな人間の相棒にそっくりだ。

ベルジアン・マリノアという犬種で、警察の仕事を遂行するのに必要なこと——従順さ、根気、敏捷さ——を徹底的にたたきこまれている。仕事中のベンは気合充分の戦闘マシーンだ。そうでないときは、大きなクマのぬいぐるみのよう。ベンは相棒の気持ちを敏感に感じとり、忠誠を尽くす。長年コンビを組んでいる警官たちと同じく、ベンとハンターもあうんの呼吸で仕事をこなす。

わたし？　彼らのあいだで何が交わされているのやら見当《クルー》もつかない。

そう言えば、わたしの話を裏づけてくれるかもしれない手がかり《クルー》について、大事な質問を忘れていた。

「ベンは行方不明の人をにおいで追跡するんでしょう？　その人が死んでいても大丈夫？」

ハンターが地面からさっと目を上げて、わたしを見た。「参考になるものがあれば」

「たとえばどんな？」暗がりからパティの声がした。彼女がいることをほとんど忘れていた。周囲にうまく溶けこみ、しかもこれまで物音ひとつ立てなかったからだ。

「手がかりになるにおいだと思うけど」とホリーがすかさず指摘した。「その人の持ち物とか」

ハンターがうなずく。

やれやれ、ふりだしに戻ってしまった。ベンの参考になるような、においの手がかりはない。

「姉さん、見まちがいということはないの？」とホリーに言われて、あのとき正気だったかどうか、たちまちあやふやになってきた。

「そんなことあるもんですか」とわたし。「一〇〇パーセント自信があるわ」

人は見かけだけでも毅然としているべきだ。たとえ内面がぼろぼろでも。煮え切らない態度はばかみたいに見えるだけだし、ハンターのやる気をそいでしまうかもしれない。

「ツキに恵まれるかもしれない」とハンターが言った。「ただし、倒れていたとされる人間が出血した場合にかぎられるが」

〝とされる〟は余計じゃないの。ハンターはわたしの不満に気づいたにちがいない。なぜなら、こちらを見て、「確認が取れるまでは、という意味だ。刑事の言いぐさだと思ってくれ」と言ったからだ。

それを聞いて納得した？ いいえ、ちっとも。信用できない人間という烙印《らくいん》を押されたらどうしよう。「ほら、頭のおかしいストーリーだ」と後ろ指を指されるのかしら。「昔から作り話が得意だったよな」と。

「血痕はないわ」とパティが知らせた。「もう見たから。血みたいな黒っぽい染みは、芝生にひとつもなかった」

「ベンの意見も聴いてみよう」とハンター。彼の相棒の耳がぴんと立った。

わたしはハンターやベンとのつきあいから、追跡犬は感覚を総動員するということを学んでいた。訓練を見学したことがあるので、少々のことならわかる。ベンの視力は少なくとも人間並みだし、耳ははるかによく聞こえる。もし捜査中に両耳をぴんと立てて前方に向ければ、何かを聞きつけたというしるしだ。片方の耳が前向きで、もう一方が後ろ向きなら、いくつもの方角から物音が聞こえるということで、ハンターは複数の脅威に対処しなければならない。

警察では相手に気取られてはまずい任務もあるので、ベンは危険を感じたり恐怖をおぼえたりしても、そのへんの犬とはちがって、吠えたり、きゃんきゃん啼《な》いたり、うなったりしないように訓練されている。

「行け」ハンターが小声で命じると、隣にすわっていた大きな犬が腰をあげ、仕事に取りかかった。まずは、うつ伏せになった人間を発見したリンゴの木のそばからだ。

しばらくしてハンターがベンを呼び戻した。「だめだな。ほかのにおいが多すぎる。警察長と救急隊員がこのあたりを歩きまわっているし」

ホリーがちらりとわたしを見た。「死体が地面に倒れているのを見たのは確かなの？」としつこく念を押す。

「そりゃそうよ！」パティがわたしの代わりに答えた。「あたしは信じる」

「これからどうするの？」わたしはハンターに訊いた。

彼は首を振った。それでなくても傷つきやすくなっていたわたしは、そのしぐさをハンターがパティほど信じてくれていないしるしだと解釈した。

「死体も、争った形跡も、凶器も見つからない」と彼は言った。「しばらく様子を見るしかないいな」

「もう少しこのへんを車で流してみましょうよ」とパティが提案した。

「どうしても？」とわたし。「もうくたくたなんだけど」

「約束したでしょ。まだ宵の口じゃない。ホリーも一緒にどう？」

「いいけど」とホリー。「何しに行くの？」

わたしはハンターをちらっと見た。彼はにやりと笑ってみせ、聞いてもいないのに、ホリーに正解を教えた。「もめごとを探しに、だろ」

パティは野球帽のつばをぐいと引きさげ、探偵モードに入った。

「どこから始める？」ハンターが言った。からかっているような表情が顔をよぎる。

「スチューの店よ。決まってるじゃない」通りの先に目をやると、バーはまだ混み合っていた。「あなたも一緒にくる？」

「男の人はお断わり」とパティ。「これは女子の仕事なんだから。悪いわね、ハンター」

ハンターは笑った。「でもきみたちの役に立てるかもしれない。武器もあるし」

「でも、規則でがんじがらめじゃないの」とパティ。「それに、あたしたちにはあたしたちのやり方があるの」

「というと？」とハンター。

「気にしないで」わたしはパティを黙らせた。

「ぼくが必要になったら電話してくれ」とハンターが声をひそめて耳打ちしたので、あられもない考えがひとつふたつ頭をよぎった。

わたしはにんまりして、それを胸にしまった。

8

ハンターとベンがいなくなると、ホリーとパティとわたしはバーに直行《ビーライン》した。ちなみに、ミツバチが巣に戻る進路《ビーライン》について、二、三ご紹介すると——

・夜が明けて、気温が上がってくると、採餌蜂が一匹、巣から飛びたつ。
・彼女は（採餌蜂はみな雌。雄蜂はまったく働かない）人間が準備体操をするのと同じように、体を温めるために何回か小さな円を描く。
・そのあいだに、巣の位置を頭にたたきこむ。
・筋肉が温まってほぐれたら、優秀なパイロットさながら空高く飛びあがる。
・すばやく目的地に直行する。
・ほかの採餌蜂たちもそのあとを追う。
・花から花へと飛びまわり、花粉と花蜜をたっぷり集めたら、仲間と一緒にまっしぐらに巣に帰る。

わたしもそうすればよかった。

まっしぐらに家に帰っていれば。

帰心矢のごとく——おばあちゃんに言わせれば、帰心カラスのごとく——温かくて居心地のいいわが家に、飛んで帰るべきだった。

うっかりして、警察長と一戦交えたことを忘れていたのだ。

でもスチューの店にいたお節介な客たちは、その一部始終をはっきりおぼえていたばかりか、わたしを酒の肴に、ウィスコンシン産の地ビールをしこたま飲んでいた。

「ストーリーは、だれも見ていないと思って踊ってたんだ」と知ったかぶりの男が言った。

「裁判所から呼び出しを食らったってよ」

「裸でか？」べつのひとりが訊いた。

「そりゃそうさ」

この町では、ばかげたうわさはこんなふうに始まる——バーの酔客たちが、勝手に話をこしらえる。翌朝にはそのとんでもない話が町じゅうに広まっていて、しかも、だれもその出どころをおぼえていない。

彼らの話はまだ終わっていなかった。年寄り連中と飲んでいたスタンリー・ペックが口をはさんだ。

「ジョニー・ジェイはストーリーがバッテリー液《チャージ》（米軍の俗語でコーヒーの意）を飲んでるのを見つけて、逮捕《チャージ》したんだ。な？　バッテリーを充電ってわけだ」

「傑作ね」わたしは笑いながら仲間に加わった。このテーブルの全員と顔見知りだったたし、彼らのほとんどはただ面白がっているだけだったから。

とはいえ、どんな集まりにも腐ったリンゴがひとつは交じっている。この場合には、ふたつだけど。

「ストーリー・フィッシャーは警察に恨みがあるのよ」と店の隅っこのほうで声がした。ロリ・スパンドルと妹のディーディー・ベッカーが、いくつものビールのグラスと、お尻にぜい肉がつくこと請け合いのおつまみを前に、テーブルについていた。その脂肪の呪いが、たったいまこの場で効いてくれたらいいのに。ディーディーは〝はちみつ女王〟の王冠をまだかぶっていた。

「それに、注目を浴びたくてしかたない」ロリは調子に乗って大声でしゃべっている。「だからあんなふざけたうそをつくんだわ。今日だって人目を引くためにあんな大騒ぎを引き起こして、せっかくのお祭りを台無しにしようとするし。墓地で死体ですって？　しゃれにもならない」

ひとこと断わっておくと、わたしはモレーンの住人の大半からは好かれている。それにわたしもみんなが好き。それでも、小さな町、しかも生まれ故郷に住んでいれば、敵のひとりやふたりはしかたない。ロリ・スパンドルとジョニー・ジェイはわたしを嫌っていることを隠そうともしない。それはお互いさまだ。もちろん苦手な人ならほかにもいるけど、たいがいの場合、どうしても腹に据えかねる相手は身近にいるものだ。

けれども、わたしはみなを喜ばせたい、みなに好かれたいという段階はとっくに卒業していた。そんなことはありえないので。それにしても、ロリが人前でわたしをばかにし、もめごとを引き起こそうとするのはなぜかしら。

「ロリは相手にしないで」ホリーが満席の客に向かって言った。よくできた妹らしく、姉の助っ人に駆けつけたのだ。「飲みすぎたのよ、性懲りもなく」

「ちょっと、あんた……」とロリが言いかけた。

カウンターの後ろにいたスチューがすかさず音楽のボリュームを上げたので、ロリとわたしの対決はひとまずおあずけになった。わたしが負けたまま。

もうっ、あの女にはほんとに腹が立つ。わたしは白黒つけようと、彼女のテーブルへつかつかと歩いていった。「あなたにクレイの家を賃貸しする権利はあるの？」

「彼からまかされてるの」ロリはにやにやした。「あら、フォードが気に入らないとでも？」

「身元の確認《チェック》はした？」

「問題ないわ《チェック・アウト》」

「どこの病院を退院《チェック・アウト》したって？」と訊いてやった。

ディーディーはひとことも口をきかず、目を合わせようともしない。下を向いたまま、ビールをちびちび飲んでいる。〝はちみつ女王〟の称号を盗んだことが後ろめたいのだろう。まずはうちの商品をくすねね、ついで王冠を持ち逃げした。あれはわたしのものなのに。根に持ってるわけじゃないけど。

ホリーとパティが駆けつけ、わたしがそれ以上深入りするまえに、両側から腕をつかんで店の奥のテーブルまで引っぱっていった。

「あたしたちがいま考えなきゃならないのは」パティがきっぱりした口調で、ポケットから手帳を取り出した。「行方のわからない人間よ。これからこのバーにいる男の名前を全部書き出すわ。手始めに。そうすれば、その男たちを捜索の対象からはずせるから」

「消えたのがこの町の住人じゃなかったら？」とホリーが訊いた。

「それはありえるわね」と言いながらも、パティはメモを取る手を休めない。「でもあたしは事件記者ですからね。見落としのないように、まずは知ってることから始める。いまわかってるのは、このバーにいる大勢の人間は死んでもいないし、意識も失っていないということ」

「ロリ・スパンドルはそうじゃない？」わたしはちょっとした希望的観測を述べた。

「ロリは歩く死体よ」とホリーもうなずく。

「ロリは数に入らない」とパティ。

スチューが大声で注文を訊いてきたので、ビールと焼きソーセージのブラッツ（ブラットヴルストを縮めた呼び名で、ウィスコンシン州の郷土料理）を注文した。いまごろになって、お腹がぺこぺこだと気づいた。泡立つビール三杯とブラッツが運ばれてきた。タマネギ、塩漬けキャベツ、芥子《からし》を添えてブラッツ専用のバンにはさんである。ホットドッグ用のバンはまったく別物で、代用にもならない。わたしたちはブラッツにかぶりついた。

「ロリにはもうかまわないほうがいいわ」食べている途中で、ホリーが言った。「本で読んだんだけど、ああいう人たちは、相手を怒らせるのがねらいなの。思うつぼよ」

「フロイトばりの精神分析ね」とわたし。

「からかいたければどうぞ」妹は言った。「でも、人間の心理って面白い。心理学を勉強するのは楽しいわ」

ちょうどそのとき、うちの母が店に入ってきた。あやうくブラッツが喉に詰まりそうになる。母さんはスチューの店に出入りするようなタイプじゃない。それなのに土曜の夜、こうして町にくり出している。青いワンピースに、わたしがつけたいくらいすてきなネックレス、それに、人生のひとときを心から楽しんでいるようなにこやかな表情。どうしてもしっくりこない。

それだけではなかった。骨董店の店主トム・ストックが母さんのすぐあとから店に入ってきた。デートのときみたいなしゃれた格好で。ボタンダウンの青いシャツ、カーキ色のズボン、おまけに（これぞ、何よりの証拠）ネクタイまで締めている。母さんは正面の窓のそばに空いたテーブルを見つけ、トムもあとにつづいた。

「どうしてトムが母さんをつけてるの？」とわたし。

「あんた、にぶいのねぇ」とパティ。「おデートよ」

「ＨＳ（そんなばかかな）！」とホリー。

妹の口から略語が飛び出したのは今日はこれが初めてだけど、無理もない。うちの母はこれまで父以外の男性とデートしたことがなかったからだ。ただの一度も。両親はハイスクールで出会ってからずっと、いつもべったり一緒だった。五年まえに父が亡くなっても、母はほかの男性に目もくれようともしなかった。

とまあ、わたしは思っていた。

「見てよ。肩を寄せ合ってるじゃない」とわたしは指摘した。

「初めてのデートじゃないわね」とパティ。「そぶりを見ればわかる。トムの名前もリストに入れておかないと」

「うそでしょ」ホリーは目を丸くして母さんを見つめている。

「あんたたち、挨拶してきたら」とパティ。「あたしはここでリストを確認してるから」

「そうね。行ってみる」とホリーがうなずく。

「わたしも」と、そのあとにつづいた。妹を先に行かせたのは、母さんがデートに水を差されて気を悪くするといけないからだ。いったいこれはどういうことだろう？　娘としては、そのあたりの事情を知りたい。最初のショックが収まると、母親が父親以外の男性と親しそうにしている光景を見るのは、どことなく気まずいものだった。

いまさら引き返せないところまできて、わたしが墓地の死体を通報した件を、母がもう知っていることを思い出した。悪ふざけをしたとでも思われているにちがいない。

ところが、母さんの態度は申し分なかった。デート中ならさもありなん。恋のはじまりのころ、人はいいところを見せようとして、つきあいはじめて二、三週間は精いっぱい感じよくふるまう。男でも女でもそれは変わらない。だからこそ、ちまたにはデートのハウツー本や雑誌の特集があふれているのだ。「ありのままのあなたを見せましょう」と説いたものはひとつもない。そんな規則に従うようなおめでたい人間はだれもいないから。ふたりの関係を正しい方向に進めたければ、そんなことはしないにかぎる。とはいうものの、ハンターとわたしは長いつきあいなので、いまさら取りつくろったりしない。まあ、たいがいは。

「あら、ちょうどよかった」母さんは、これまで見たおぼえのない、輝くような笑みを浮かべた。「トムにご挨拶して」

トムとホリーとわたしはもごもごと言葉を交わしたが、みな少々ばつの悪い思いをしていた。母さんがその場を取り仕切り、お祭りのことをあれこれおしゃべりして座を盛りあげる一方、わたしとジョニー・ジェイの衝突についてはひとことも触れなかった。しばらくして、ホリーの略語の治療がめざましい進歩を遂げていることについて、母さんと妹がひそひそ話し合っているあいだに、わたしはトムのシャツの袖口に赤さび色の染みがついているのを見つけた。

トムもそれに気づいて視線を下げた。「どこでついたんだろう」と染みをまじまじと見ている。わたしと同じくらい意外そうに。

母さんも気づいて、ナプキンをグラスの氷水にひたした。「染みはすぐに取らないと、落ちなくなってしまうわよ。さあ」とてきぱきと染み抜きにかかった。「シャツを脱いでくれたほうがやりやすいんだけど」

「おいおい、ヘレン」トムがからかった。「人前じゃまずいだろ」

母さんはぽっと頬を染めた。ホリーとわたしはそれを合図においとました。

「ちょっと思ったんだけど」パティはわたしたちがもう一杯ずつビールを注文したあとで、そう切りだした。「まず前提を立てて、そこから結論を出してみない？」

「いいわよ」とわたし。

「は？」妹はきょとんとしている。

「こう言っちゃなんだけど」パティがホリーに言った。「理系はあんまり得意じゃなかったでしょう？」

ホリーはますますわけがわからないという顔をした。

「じゃあ前提から」パティは手帳に目を落とした。彼女は記者らしさにこだわっている。記者たちは手帳、それもぱらぱらめくれるらせん綴じの手帳を愛用している。パティも自分の手帳をめくった。「人はふつう死んでもいないかぎり、黒いゴミ袋をかぶって地面にじっと寝てたりしない。ゆえに、その人は死んでいる」

それならとっくにわかっていたけど、黙っていた。

「つまり、わたしたちは死体を捜してるのね」とホリーはうなずいた。「それと殺人犯を。だって死体は自分でゴミ袋をかぶったりしないから」

「だから、このバーにいる全員が容疑者というわけ」とパティ。「これは大仕事よ。あたしが一人前の記者になれるよう、これからもふたりが手伝ってくれると嬉しいんだけど。この事件はあたしの将来にとって重要な一歩になるかもしれない」

「あなたを手伝う？」とわたし。「これはあなたひとりの問題じゃないわ。わたしが信頼に足る人間だと証明できるかどうかよ」いやはや。いまのはパティの発言と同じくらい手前勝手に聞こえた。そこでこう言い直した。「でも一番は、世のため人のため。いったい何が起こったのか、それがだれの身にふりかかったのかを調べないと」

妹は探るような目で、わたしを長々と見つめた。「それで、姉さんは自分の目に自信があるのね？」何度同じことを訊いたら気がすむのだろう。

「もちろん」とわたしもくり返した。「じゃあ、ひと足お先に。明日は長い一日になりそうだから」

わたしはホリーとパティをバーに残して、家までの短い距離を歩いた。

ディンキーが玄関でわたしを出迎えてくれた。彼女のために敷いてある柔らかい毛布の上で寝そべっていたのだ。ただしその毛布は、もう柔らかそうにも、ふかふかにも見えなかった。ディンキーがその上に、彼女の消化管が受けつけなかった、何やらべとべとしたかたまり――芝生、繊維質、その他もろもろ――を吐き出していたからだ。

ディンキーが墓地で拾い食いしたときに、こうなることはわかっていた。やっぱり、思ったとおりだ。ことディンキーに関しては、予想が当たるとがっかりする。

わたしはペーパータオルでそれを拭き取って、ゴミ箱に捨て、毛布のほうは洗濯かごに押しこんだ。
まったく、この犬ときたら。

9

はちみつ泥棒の襲来だ。

翌日の早朝、裏庭の養蜂場に置いている巣箱のひとつで、わたしは盗蜂《とうほう》を発見した。ディンキーは高みの見物を決めこんでいる。ついいましがた、ドアを開けて外に連れ出すよりも一瞬早く、キッチンの床でおもらしをした。

人間とミツバチに共通する性格のひとつが、何かというと戦争を始め、しかも勝者が戦利品を独り占めにするところ。悲しいけれど事実にはちがいない。人間が敵襲に備えるのと同じように、どの巣箱の出入り口にも門番蜂がいて、巣を守っている。彼らの仕事は侵入者を見分けることだ。

盗蜂は巣箱のまわりを飛びまわり、すきあらば門番蜂の目を盗んで巣のなかに侵入し、はちみつを盗み出そうと機会をうかがっている。老練な養蜂家は盗蜂への警戒を怠らない。ミツバチが花蜜を持って巣箱に入ろうとしているなら、それはごく自然なこと。

ところが今回、ミツバチたちは蜜を抱えて巣から飛びたっていた。まずい。緊急事態だ。巣箱の出入り口は蜂たちが飛びかって騒然としている。

わたしはゴム手袋をはめると、芝生をすばやくむしりとって、指で土をほじくり、泥をひとつかみした。その泥を巣門に詰めこんで出入り口を狭め、巣を守るのを手伝った。うちのミツバチたちは命がけの戦いのさなかとあって、わたしまで敵方と勘ちがいし、そのせいで手袋をはめていたにもかかわらず、いくつか名誉の負傷をした。

あいたたたっ。

でも刺されてもしかたない。これはわたしの失敗だから。養蜂場ではうちの蜂たちを危害から守るのがわたしの役目だ。注意を怠らず、いつも用心していなければならない。でも、いまは罪の意識にひたっているひまはない。うちの蜂たちを応援しなければ。

わたしはスプリンクラーをつかむと、それを巣箱のふたに載せ、蛇口まで走って水を出した。ミツバチは濡れるのが大の苦手だ。だから雨のように水がどっと降ってくれば、また襲ってくる気にはならないはず。スプリンクラーが回転しているすきに、わたしはミツバチ用噴霧剤を水で薄めたスプレー缶を取ってきた。巣門に向かって、これでもかとばかりに浴びせかける。

それから被害状況を調べてみた。それほどひどくない。蜂たちは噴霧剤のせいでぐったりしていた。濡れているのは巣門の近くにいた蜂だけで、いずれ乾くから心配はない。どうやら手遅れになるまえに、盗蜂の襲撃に気づくことができたようだ。わたしのほうは、針が何本か刺さったまま、おまけに全身ずぶ濡れだった。

ちょうどそのとき、ハンターがハーレーに乗ってうちの私道に現われた。

どうせ、わたしの間の悪さはいまに始まったことじゃない。

「おじゃまだったかな?」ハンターはそう言いながらバイクから降りて、こちらにやってきた。彼は濡れないようにスプリンクラーの届かないところで立ち止まり、わたしのほうは降りそそぐ水を浴びながら、手落ちはないかもう一度確認している最中だった。手に刺さった針はこそげ落とした。

「きみが蜂を大事にしているのは知ってるけど」とハンターはつづけた。「蜂と一緒に水浴び? それはちょっとやりすぎじゃないかな」

わたしは巣門をちらりと確かめた。このぶんなら、じきにもとどおりになるだろう。

「わたしたちはかたい絆で結ばれてるの」

「たしかに。石鹸を持ってこようか? きみは蜂の羽を洗ってやればいいし、ぼくはきみの……」彼はそこで言葉を切って、にやりとした。

よくも言ったわね。ハンターが言いおわるまえに、わたしは彼に駆け寄り、不意を突いて、スプリンクラーのシャワーの下に引っぱりこんだ。生意気な態度を取ったお仕置きに。ところが、たちまち足を取られて転んでしまった。助けようとしたハンターも、わたしに覆いかぶさるようにして倒れこんだ。スプリンクラーの水がふたりめがけて降りそそぎ、ディンキーは遊びだと勘ちがいして、わたしたちの上に飛びのってきた。

ハンターの顔がすぐ近くにある。「ぼくはもう少し胸がときめくことを考えてたんだけど。川沿いの散歩とか、柔らかい毛布とか」

「これだとときめかない?」

「いや、これもなかなか」水を滴らせながら、彼は身をかがめて長く甘いキスをした。

　そのときふと、わが家が、あのぞっとしない新しい隣人と、探偵グッズを取りそろえたうで詮索好きのP・P・パティの家にはさまれていることを思い出し、ハンターとふたりきりでうちの裏庭にいるという甘い気分も消し飛んだ。

やれやれ。

わたしはしぶしぶ彼を押しやり、寝返りを打って立ちあがった。

「スプリンクラーを止めて、タオルを取ってくる」

それからしばらくして、わたしたちはパティオのテーブルについていた。わたしは着替えをすませ、ハンターにはわたしの黄色いバスローブを着てもらって、そのあいだにうちの乾燥機で服を乾かしていた。

わたしは家のなかに引き留めようとしたのだが、ハンターは外でコーヒーを飲むといってきかない。パティの望遠鏡の件は、もし違法だとまずいのでハンターには言い出せない。彼女を面倒に巻きこみたくないから。とはいえ、パティののぞき趣味については、彼に訊きたいことがいくつかあった。たとえば、パティが自宅にいるかぎり、双眼鏡や望遠鏡でわたしをのぞくのは許されるの？　のぞき見は法律で禁じられているんじゃなかった？　パティの行動はそれに当てはまる？　などなど。

まあ、そういうわけで、わたしたちは外にすわってコーヒーを飲んでいた。パティの二階の窓辺で何かが動いたのは、気のせいなんかじゃない。金属の反射板がきらりと光ったことも。

「バスローブ姿もいいわね」とわたしは言った。「ちょっときつめだけど、そこがまたかわいい」

「じゃあ、自分のを買うかな。黄色は好きだから」

「いいんじゃない」短めの袖にさっと目を走らせる。袖口から男の毛がのぞいている。ふたりの視線がからみ合った。「黄色がよく似合ってる」

「それはお誘い？」とハンターがたずねた。「ぼくをくどいてる？」

「かもね。でもいまはおあずけ。仕事があるから。またの機会《レインチェック》に」

「もう水びたしはごめんだな」

ふたりで声をそろえて笑い、コーヒーを飲みながら、長年連れ添った夫婦のような満ち足りた気分に包まれた。ハンターの足をちらちらと盗み見る。彼はこのあたりで一番セクシーな足の持ち主で、わたしは男の人の足に弱い。ハンターのは男っぽくて、足の幅もちょうど頃合い、ちょっと毛深いところもわたし好みだし、それに小麦色に日焼けしている。

わたしはぎくりとして幻想からさめた。ハンターが「昨日の夜はどうだった？　死体は見つかった？」と訊いたからだ。

「生きてる人だけ。バーで消去法を試してみたの」

「ぼくも心当たりを調べてみた——警察への通報、病院、救急救命室。身元不明の死体はなし。ふだんとちがうものは何もなかった」

「ジョニー・ジェイはまだすごく怒ってる？」

「彼はきみを〝狼少女〟と断じたよ。ストーリー・フィッシャーから緊急通報があっても、今後は一切取り合わないようにと指示した」

最初、わたしはハンターがまたからかっているのだと思ったが、彼の目はふざけているようには見えなかった。「冗談なんでしょう？」

「そうだといいけど。当面は通常の対応しか受けられない」

「そんな無茶な。本物の緊急事態だったらどうするの？　よくもそんなひどいまねができるわね。ちょっと待って。通常の対応って？」

「とりあえずは様子を見るということだ。警官はやってこないと考えたほうがいい」

「わたしは制度を悪用したことなんてないわ、一度もね。そもそも、わたしがこれまでに何度、緊急通報したっていうのよ？」

ハンターは天を仰ぎ、それを見たわたしは、実際のところ、自分がこの町のたいていの住人よりも頻繁に九一一を利用してきたことを思い出した。でも、違法なことはしていない。たまたま、面倒な状況に何度か巻きこまれただけ。もめごとを引き寄せてしまうのは、わたしが悪いのではない。

その大部分はパティのせいだ。彼女にはわたしをピンチに陥れるという才能がある。

ハンターは腕を伸ばしてわたしの手を取った。

「ぼくは昨夜きみが何を見たかは知らない。でも、それはそれとして、とりあえずふだんの生活に戻らないか。あとで会えないかな」

「あなたの言うとおりだわ。忘れることにする」とは言ったものの、わたしの口から出た言葉はどれも本心ではなかった。あんな大事件、いまさらなかったことにはできない。

「よし」

「パレードをうちの屋台から見物しない？　おばあちゃんが一日署長を務めるのよ」

「仕事がらみの用事がいくつかあって、はずせないんだ。パレードのあとスチューの店で落ち合わないか」

「いいわ。お昼ごはんをおごってもらおうかしら」

「そうしよう」

スチューの店の名が出たついでに、母さんがトム・ストックとデートしている場面に出くわしたことを、ハンターに話した。

「トムのことで何か知ってる？」とわたしは訊いた。「あの人、すごく無口だから。うちの母とつきあってるなら、彼の過去について知っておきたいの」

ハンターはくすくす笑った。「ほら、また人のことに鼻を突っこむ。お母さんをそろそろ自由にしてあげたら」

それはずいぶん思いやりのある言い方だった。自分がうちの母にどう思われているのか知っているくせに。まえにも言ったように、ハンターは以前、飲酒の問題を抱えていたが、もう何年もアルコールには手を出していない。それなのに、母さんは彼の断酒がつづくとは思わず、ことあるごとにわたしたちの交際に文句をつける。でも、正直なところ、わたしがだれを好きになろうと、母さんは気に入らないのでは？　そんな気がしてならない。

わたしはもと夫の家と、私道に止まったままのトラックをちらりと見やった。

「フォードという男が、この週末クレイの家を借りてるの。ぞっとするようなやつよ」

「もとの亭主がきみを見張らせているのかも」とハンター。

「人を雇って、わたしの身辺を探ってる？」わたしは首を振った。「それはクレイらしくないわ」いや、そうだろうか？　その可能性もなきにしもあらずだ。わたしがおろかにも結婚したろくでなしは、離婚してからもしばらく近所に居すわり（スカンクのしつこい臭いのように）、口ではやり直したいと言いながら、彼に気のある女性をくどきまくっていた。そうすれば、わたしがよりを戻すとでもいうように。それでも最後にはあきらめて、町から出ていった。

彼がフォードを送りこんで、わたしを監視させているのかしら？　わたしがまだ独り身か、つけ入るすきはあるのかどうかを確かめようとして。

「ナンバープレートを調べてみようか？」とハンターが訊いた。

思わずにっこりする。「わたしのことが心配？」

「そりゃあね」

わたしはため息をついた。「ありがとう、でも大丈夫。どうせ、すぐにいなくなるから。

たいしたことないわ」

「じゃあ、もしそいつがクレイの手先なら、報告するネタを提供してやろう。こっちにおいで」

わたしはそうした。そしてふたりでそれをして見せた。そんなに露骨ではないけど、クレイとよりを戻すことは永遠にありえない、というメッセージを伝えるには充分だった。

10

今日は日曜日なので、教会に行く家族にも、土曜の夜、パーティーに行って朝寝坊している人たちにも配慮して、お祭りの始まりは昨日よりも遅い。モレーンの商店主たちは、今日はだれも急いで出かけたりしないことをよく知っている。ハーモニー・フェスティバルの正式な開始時間は十一時。パレードは正午に始まり、そのあとお客さんは午後いっぱい、あたりをぶらぶらしたり、人をながめたり、飲み食いしたり、買い物をして過ごす。

そういうわけで、身じたくを整え、またもや忙しい一日の準備をする時間はたっぷりあった。店を開けに行くと、ミリー・ホプティコートがわたしとディンキーの到着を待っていた。子ども用の手押し車に野の花のブーケをいっぱい載せて――生花もあればドライフラワーもあり、うちの店先で毎日売っている。ミリーは月に一度出している〈ワイルド・クローバー通信〉の発行人も兼ねていて、わたしがお願いしたガーデニングのお役立ち情報やミツバチ関連の記事と併せて、自作のレシピを掲載している。

「今月号はフルーツ・ヨーグルトにしない？」花束を並べながら、人気レシピの考案者はそう言いだした。「ドア郡のモモがちょうど食べごろなの。ショウガを隠し味にしたピーチヨーグルトなんてどう？」

「いいわね」とわたし。ミリーはそのときどきの旬の食材を使って、とっておきのレシピを考えてくれる。「ほかには？」

「そうね、いま畑でトウモロコシが実ってるでしょ。焼きトウモロコシにはちみつバターをかけたらどうかしら？」

「よだれが出そう」

「あとは締めくくりのスイーツね。じっくり考えてみるわ」

ミリーがカウンターの後ろで次号のあらましを考えているあいだ、わたしは屋台で売るはちみつ製品の補充で忙しかった。手もとにある去年のはちみつはこれが最後で、今月の終わりには今年二度目の採蜜をして精製し、瓶詰めにする。ウィスコンシン州のこの地域で採れるのは百花はちみつで、野の花、アルファルファ、クローバーの花蜜が混ざっている。クランベリーを沼地で栽培している北部のように、単一栽培の広大な畑はこのあたりにはない。クランベリーのはちみつもすばらしいけれど、北部に引っ越さないかぎりこれからも手がけることはないし、その予定もなかった。

今日はクマさん形の容器と普通の容器に入れた生はちみつと精製はちみつ、はちみつを練ってバター状にしたクリームはちみつを売ることにしている。五種類の味を楽しんでもらえる。

・野の花
・桜
・シナモン
・リンゴ
・ラズベリー

それに加えて、さまざまな香りの蜜ろうキャンドル、クランベリー風味のリップグロス（グロス作りは初めての挑戦だけど、うまくできた）。あと、はちみつスティックも補充しておいた。

パティがお手製の記者証をぶら下げ、したり顔で現われた。「ハンターって黄色が似合うのね」とわたしのバスローブのことをほのめかす。

「のぞき見はやめてくれない、パティ」

「親友のために目を光らせてるだけよ。あんたが危険な目にあってないか確かめてるの。どうやら大丈夫みたいね」その発言と意味ありげな笑顔から、パティが一部始終を見ていたのがわかったが、目をつぶることにした。ほかにどうしようもない。

パティがなれなれしく身を寄せてくる。「アギー・ピートリーが開店の準備をしてるわよ。昨日と同じ場所で。でもご亭主がいないの。ぐあいが悪いから家にいるってアギーは言ってたけど」

「だから?」

「だから、行方不明第一号というわけ」

わたしはその言葉の意味をしばらく考えてみた。アギーは感じの悪い女性だ。しかも、彼女の露店は、わたしがなんとも奇妙な事件と遭遇した墓地のすぐ前にある。仮にアギーが夫のユージーンを殺して墓地に隠しておき、わたしが目を離したすきに死体を運び出して自宅の庭に埋めたとしたら、どうだろう。はたして気づく人間がいるだろうか?

パティとわたしは目と目を見かわした。

「どうする?」とわたし。

「ピートリー一家がどこに住んでるか知ってる?」

わたしは首を振った。「よく知らない。コルゲートのどこかだと思うけど」

「じゃあ探しましょう」そう言うなり、パティは店から出ていった。

おばあちゃんが入れちがいにやってきた。いつも身ぎれいで、動作もきびきびしている。

「昨日の晩は、えらい目にあったそうね」と言った。「死体が消えたんだって?」

「ジョニー・ジェイはかんかんよ」

「あの子は怒りんぼだから。いまだにかんしゃくを抑えられないなんて、困ったもんだね。で、その死体はだれなの?　よく見なかったのかい?」

そこでわたしはおばあちゃんに、黒いビニール袋のせいでだれかわからず、怖くて袋をはずす気になれなかったことを話した。

「死体が消えるなんて思わなかったから」とわたし。もちろん、まえもってわかっていたら、べつの方法を採ったはずだ。死体の顔はやっぱり見なかったにせよ、その場を離れたりせず、死体のそばにぴったり張りついていただろう。

「だれにでも失敗はあるわよ」とおばあちゃんは励ましてくれた。「だけど、おまえはいまのままで充分だから。じゃあ、外に展示してある巣箱の写真を撮ってきましょう。すごい人気ね」愛用のポケットカメラを手首から下げている。

わたしは訊いてみた。「アギー・ピートリーがどこに住んでるか知ってる?」

「アギーならすぐそこにいるわよ。自分で訊いてみたら」

なるほど。でも、わたしの心づもりとはちょっとちがっていた。本人に向かって、あなたがご主人を殺したかどうか調べたいから住所を教えて、とは言えない。そこで、「お祭りを盛りあげてくれたから、お礼の品を送ろうと思って。本人には内緒で」とごまかした。

「あら、やさしいのねぇ」と、おばあちゃんは感に堪えないように言った。「でも、おばあちゃんにうそをつくのはよくないね」

「どうしてわかったの?」

「あんな性悪な女はいないから。お礼なら、お尻をひと蹴りしてやればいい。それに、おまえや商店街のみんなは、アギーの出店をやめさせようとしたんでしょ。あんたたちから誘ったはずがない」

「おばあちゃん、冴えてるわね」じつのところ、おばあちゃんがアギーを悪く言うなんてびつくりした。ふだんは、相手が善人であろうとなかろうと、いいことしか口にしないのに。心がとびきり広いのだ。「で、住所は知ってるの？」と重ねて訊いてみた。

「もちろんよ」

従姉のキャリー・アンはもう出勤していた。スタンリーが展示用巣箱の設置をすませ、ホリーは昨日と同じく、双子と店番をすることになっている。わたしはピートリー家の住所を書き留めると外に出て、携帯でパティにその情報を伝えた。

「じゃあ、あとはよろしく」とわたしは電話で言った。

「あんたもくるのよ」パティがすぐ後ろで言ったので、わたしは飛びあがり、携帯を歩道に落としそうになった。

「パティ、こっそり近づくのはやめてってば。今度やったら承知しないわよ」

「ありがとう、お世辞だとしても嬉しい」パティの顔がほころんだ。「あたしには何よりの褒め言葉だわ。じゃあ、行きましょうか」

「いま忙しいの。お祭りなのよ。でも、住所ならここにあるから」

「人手は充分足りてるじゃない。それにアギーの家まで二十分もかからないわ。ユージーンがぴんぴんしてるのを確かめるのに、どれだけ時間がかかると思ってるの？　一時間足らずで帰ってこれるわよ。あんたのトラックのところで待ってるから」

通りの先にふと目をやると、母さんが露店沿いにこちらにやってくるのが見えた。ぐずぐずしていたら、うちの屋台の前で鉢合わせをしてしまう。それから二秒後、パティとわたしは裏の駐車場を出て、路上を走っていた。

コルゲートはファイヴ湖という澄んだ小さな湖のほとりにある小さな村だ。うちの家族は釣り好きで、家の裏手を流れているオコノモウォク川でよくマス釣りを楽しんだ。でも、それだけでは物足りないときは、ファイヴ湖に出かけてボートを借りた。子どもでも、クラッピーやブラックバスやブルーギルなどがそこそこ釣れた。

ピートリー一家は平凡な煉瓦造りのランチハウスに住んでいた。カシやカエデなど広葉樹が周囲を取り囲み、湖から目と鼻の先にある。ひと昔まえはこのあたりも地価が安かったので、そのころに買ったのだろう。いまでは湖に面した土地は、よほどのお金持ちしか手が届かない。固定資産税が上がったせいで、家を手放さざるえない村人もいる。ということは、アギーのがらくた商売はすこぶる順調で、一家の生計を支えるのに充分な稼ぎがあるにちがいない。それとも、ユージーンに隠れた才覚でもあるのかしら。

パティがドアをノックし、わたしはトラックで待っていた。わたしの役目は、パティによれば、後方支援だとか。パティはもう一度ノックし、しばらく待ったあと、振り返って肩をすくめた。それからわたしを手招きして言った。

「返事がない」それは見ればわかった。

「裏をのぞいてみましょう」わたしはトラックから降りて、裏庭にまわった。湖面が朝日を浴びて、ちらちらと光っている。桟橋に小ぶりの釣り船が係留され、裏庭の脇には小さな物置と広々とした菜園が広がっていた。

パティは裏口もノックしたが、結果は同じだった。

「ユージーンは教会じゃないかしら」とわたしは言ってみた。

「アギーが畑に埋めたのかもよ」パティは菜園の近くまで行って、目をこらした。「ほら、あそこ」と指をさす。「掘り返したばかりよ」

そう言われてみれば、うねに沿って耕した跡があった。そこの部分だけ土が黒っぽく、湿り気を帯び、こんもりと盛り上がっている。

「人を埋めたんだわ」パティが思わせぶりにささやいた。

「野菜を収穫したのよ」とわたし。

パティはしゃがみこんだ。「それにしては幅がありすぎる」

「じゃあ、ハンターを呼びましょう」

それは禁句だった。

パティが顔をしかめた。わたしが何かといえばハンターを当てにし、まずい事態になれば、すぐに彼の名を出すと思っているのだ。それは、当たらずといえども遠からず。いくじなしと呼びたければ、どうぞご自由に。でも、ジョニー・ジェイのライフルにねらいをつけられるのはごめんだ。そもそも過去に何度かパティと組んで危ない橋を渡ったとき、警察署に連行されて取り調べを受け、起訴すると脅されたのはわたしだった。パティではなく。そんな目にあって当然なのは、彼女のほうなのに。

「だって」とわたしは言った。「ジョニー・ジェイを呼び出すわけにはいかないでしょう。

昨夜あんなことがあったのに、呼んだってくるもんですか。だいたい、彼は通信司令室にわたしからの通報は無視しろという命令を出したのよ。ハンターを呼ぶしか方法はないわ」それは厳密には事実ではない。何もかも忘れてしまうという手もある。わたしはパティの思いこみにつきあっているだけで、ユージーンの死体が二メートル下の土の中から見つかるとは思っていない。

「あたしたちだけで、男の手を借りずにやりとげるのよ」〝男〟という単語をさもけがらわしそうに、パティは口にした。物置まで行くと、鍵のかかっていないドアを開け、なかに入ってシャベルを取ってきた。

パティが菜園の土にシャベルを突き立て、二、三回すくったところで携帯が鳴った。パティは手を止めた。「ほら」と言ってわたしにシャベルを渡した。「ちょっと持ってて」パティは電話に向かって小声で話しながら遠ざかっていった。わたしは聞き耳を立てながら、シャベルの柄に手をすべらせたところ、木のささくれている部分があった。

いたっ！　トゲが刺さった。今朝、蜂に刺されたのと同じ場所に。痛いのなんのって。トゲは抜いたけど、指先がずきずきしている。

木製の柄を裏返すと、動物がかじったのか、えぐれた箇所があった。わたしたちの大半が夜、物置のドアをしっかり閉めるのは、それが理由のひとつ。鋭い歯を持つ動物を寄せつけないためだ。

そういうわけで、わたしは菜園の土に膝まで埋もれ、シャベル片手に突っ立っていたのだが、ちょうどそこへユージーン・ピートリー本人が現われた。

彼は当然のことながら死んでおらず――それどころか、ぴんぴんしていたが――互いにはっと息をのんだのもつかのま、ユージーンはショットガンを胸の前で斜めにかまえて、足早に近づいてきた。「動くな！」とひと声どなると、足を踏んばり、銃のねらいをつけた。

わたしは氷の彫像よろしく凍りついた。菜園の端でパティも同じようにかたまっている。

「両手を上げろ、おれに見えるように」

「わたしよ、ユージーン――ストーリー・フィッシャーよ」

「おれの視力に問題はない」彼はショットガンを肩に押しつけ、狙いをつけている。「両手を上げろと言ったはずだぞ」わたしたちは言われたとおりにした。

隣の家から女性の呼ぶ声がした。視線をユージーンから引きはがすと、嫁のアリシアがこちらにやってくるのが見えた。「いったいどうしたの？」アリシアが彼にたずねる。

ユージーンはわたしたちをじろじろ見た。「まだわからんが、何をたくらんでいるのか、これから聞き出すつもりだ」さらに、「ちょいと水責めにでもしてやれば、すぐに口を割るさ」と言ったので、ユージーンが海兵隊にいたことを思い出した。

水責めとは！　それがどういうものかは知っている。つまりは、拷問だ。相手（この場合は、わたし）の口と鼻に水を注ぎこみ、溺死する恐怖を味わわせる。楽しい経験だとは思えない。そもそも、水責めは違法のはず。

わたしはパティをちらっと見た。この窮地から逃れる秘策を知っているのではないかと期待して。でも、パティはうつろな目でこちらを見つめ返しただけだった。このつぎ死体を掘り起こすときは、捕まった場合に備えて、対策を考えておかなければ。このつぎがあるとして。

「あなたが病気だって聞いたから」わたしはユージーンに話しかけた。「だから、お見舞いにきたの。そしたらパティが耕したばかりのうねを見つけて、もうじき作付けするみたいだから、お手伝いすることにしたの。そうよね、パティ？」

パティはうなずき、ごくりとつばを飲みこんだ。「あたしは記者だから、身の安全は保証されてる」と裏返った声で言いながら、手作りの記者証を掲げてみせた。それが役立つとでもいうように。この場で記者ぶるのは、むしろ逆効果じゃないかしら。

「悪気はなかったみたいよ」とアリシアがとりなしてくれた。「どうもご親切に」

ユージーンはまだ信用できないようだったが、とりあえず銃は下ろした。

「帰ってくれ。今度見つけたら、蜂の巣にしてやるからな」

こうしてわたしたちはほうほうの体《てい》で退散したのだった。

11

「もう二度とわたしを当てにしないで」と帰路、パティに釘を刺した。「《ディストーター》に自分を売りこみたいのはわかるけど……」

「《リポーター》よ」とパティが訂正する。

「……とにかく、このつぎ無茶な計画を立てても、わたしは協力しないから」

「あんたはりっぱに後方支援の役目を果たしてくれた」パティの声はうしろめたそうだった。「もう決めたの。墓地で死体なんか見なかった。あれは全部、世間の注目を引きたくて、わたしがこしらえた作り話。ロリ・スパンドルの言うとおりよ。以上、終わり」

そう宣言すると、大きな肩の荷が下りたような気がした。これまでそんなものが乗っていることにも気づかなかったが。どうせ、だれも信じてくれなかったのだ。パティはべつだけど、そのパティのせいで、銃を突きつけられ、水責めにすると脅された。いまのわたしに必要なのはふつうの暮らし——お祭りとか、店とか、恋人とのひとときとか——を取り戻すことで、陰謀だの策略だのはお呼びじゃない。

わたしは店の裏にある自分用の駐車場に車を止めた。町の通りは、沿道に近い駐車スペースを探そうとする車で込み合っていた。みんなパレード見物にそなえて、折りたたみ椅子やクーラーボックスで場所取りをしている。

パティは記事のネタを探しに出かけ、わたしはうちの屋台をのぞいた。レジがチャリンと鳴るたびに、心のなかでズンバ（ラテン系の音楽とダンスを融合させたフィットネスプログラム）を踊る。はちみつスティックを一本取ってすすりながら、道行く人を眺めたり、接客の手伝いをした。

キャリー・アンのもと夫とふたりの子どもたちが通りかかり、それぞれ好みのはちみつスティックを選ぶと、歩道の端っこに腰を下ろした。

ミリーがぶらぶらやってきて、お祭りで買ったスカーフを披露した。

「しゃれてるわね」わたしも買おうかしら。スカーフは洋服に合わせていろいろ楽しめる。「どこで買ったの？」

「すぐお隣、アギーの店で」

え、あのがらくたの山から？「ほんと？」とわたし。

「お嫁さんの手作りですって」ミリーは朝一番に場所取りをしておいたローンチェアに腰かけた。

そこへホリーもやってきて、スカーフに見とれた。「いかしてる。房にクリスタルビーズが織りこんであるところがいいじゃない」

「そうでしょ」とミリー。「このエメラルド色のビーズが気に入ったの。わたしの好きな色だから」

人がだんだん増えてきた。いまはまだ買い物をしているが、パレードが始まったらみな見物に散ってしまうだろう。

例年どおり、パレードの参加者は町の南側にある警察署の近くで整列する。ブラスバンドと車両と山車《だし》を先頭に、行列はメイン通りの商店街を通り抜けて北に向かい、オコノモウォク川にかかる橋を渡って、クリーマリー道路と田園道路に分かれる地点で解散する。パレードが始まると、メイン通りは通行止めになるので、町を通り抜ける車は、パレードが終わるまで待つか、べつの道を探さなければならない。

ロリ・スパンドルと彼女の妹が通りすぎた。ディーディーは紫色のパンツスーツでめかしこみ、〝はちみつ女王〟の黄色いたすきに、まばゆい王冠をかぶっている。ふだんの彼女はだらしないグランジ風ファッションが好みだが、今日はまた、ずいぶんぱりっとしている。

ロリは、ホリーとミリーとわたしがいる前で足を止めた。

「どう、なかなかのもんでしょ」

「馬子にも衣装ね。だれのお見立て?」と、ホリーがやや見下したような口調で訊いた。

「あんたたち姉妹のどっちでもないことは確かかね」ロリはにらみつけたが、それ以上言い返すまえに、ホリーが言葉をつづけた。

「そうそう、ストーリーの隣の家に泊まっているフォードって男、ぐっとくるわね。あなたのおかげで、うちの姉にも男運が向いてきたわ」

わたしは妹をさっと振り返った。いまの発言にあっけに取られて。

「それは妙ね」ロリは目を細くすがめた。「ストーリーはハンターとつきあってるのに」

「昨日の晩までは」とホリー。なにやら艶っぽい展開があったかのような口ぶりだ。

わたしは口をあけ、むきになって訂正しかけたが、妹が警告するようにかすかに首を振ったので思い止まった。

「そろそろ行かないと」とロリは言って、ディーディーをせかした。

ふたりが遠ざかるのを見送っているうちに、ようやく妹のたくらみに気づいて噴き出した。ロリはハイスクールのころから、わたしと一方的に張り合ってきた。わたしのボーイフレンドを横取りしようとし、そのためなら手段を選ばなかった。わたしがハンターとよりを戻したことを知ると、ハンターにも言い寄ったが、手きびしく拒絶された。ハンターはロリの人柄を知っていて、そうでもしないかぎり、思い知ることがないとわかっていたからだ。ロリの夫グラントがこれまで妻から受けてきた仕打ちを考えると、なんだか気の毒になってきた。とはいえ、はたして気づいているのかどうか。うちの町長は血のめぐりがよいほうではない。

ホリーはくすくす笑った。「ロリはパレードが始まるまでに、フォードを追いまわすわよ。彼に勝ち目はないわね」

「見たところ、足は遅そうだし、あっというまに捕まるでしょうよ」とわたしもうなずいた。

それからしばらくして、焼きトウモロコシにかじりついていると、何かが爆発したような音がした。ダダダダッという機関銃みたいな大きな音につづいて、ブラスバンドの演奏が始まった。

スタンリーが誇らしげに顔をほころばせた。「ノエルがお役に立ってよかったよ」

「あのパレード開始の合図のこと？」

スタンリーはうなずいた。「あんたの母さんが、うちの孫の才能を見こんでな」

「あの子は化学の道に進むといいわね」

パレードが見えてきた。先頭は、赤いコンバーチブルのムスタングに乗った一日署長のおばあちゃん。わたしの前を通りすぎながら、パレード式に手を振ってくれた。胸の前で小さく手を振り、投げキッスをするあいまに、見物客の写真をパチパチ撮っている。

お次は、このあたり全域から集結した消防車のそろい踏みだ。その行列のなかばあたりで、わたしはホリーを振り返った。

「ひと足先に帰るわね。ディンキーは事務所にいるから、パレードのあとでちょっと散歩させてやって」

「それはいいけど、パレードの最後まで見なくていいの？」

「おばあちゃんの晴れ姿を見たかっただけだから。ディーディー・ベッカーがこの町の養蜂業の顔だなんて、今日一日だってがまんできない。そろそろやってくるはずだから、ここで見ていたくないの」

「なるほどね」と妹は言った。「熟したトマトを持ってくればよかった」

ホリーがトマトを投げつけるシーンを思い浮かべながら、わたしは二台の消防車のあいだを通り抜けて、うちの通りに曲がった。ちょうどそのとき、ロリがフォードのトラックが止まっている私道にこそこそ入っていくのが見えた。

うそでしょ！　なんて手が早いの！

わたしはロリのあとをこっそりつけることにした。世間に顔向けできないような写真が撮れたらしめたもの、あとでそれとなくちらつかせることができる。そんなことを考えるなんて、われながら大人げないけど、ロリをぎゃふんと言わせる機会はそうそうない。ふだんは忙しくてかまっていられないから。それに、持てるかぎりの時間とお粗末な脳みそを振りしぼって、わたしの足を引っぱろうとしているのは彼女のほうだ。

彼《てき》を知り己を知れば百戦あやうからず、とも言う。

せっかくの機会を無駄にしてはもったいない。

わたしはすばやくフォードのトラックの後ろにまわり、ボンネット越しにそっとのぞいた。ロリはドアをノックし、応答がないので、ドアを開けようとした。

鍵がかかっている。

たぶんフォードはお祭りに出かけ、パレードを見物しているのだろう。ロリはバッグを探って鍵の束を取り出した。それは不思議でもなんでもない。ロリは不動産仲介人で、ここは彼女が扱っている物件だから。それでも、貸出中の家に忍びこんでもいいのかしら。わたしはそうは思わないけど。

ロリは錠に鍵を差しこんで、ドアを開けた。これからどうするつもりだろう——下着姿でフォードを待ち伏せ?

わたしは這うようにして窓まで行くと、壁に身を寄せて、なかをのぞきこんだ。ロリが目の前を通りすぎてゆく。わたしはうちの裏庭と向き合う格好で、家の側面に背中をぴたりとつけた。パティの家はひっそりしていた。二階の窓辺に人影はなく、望遠鏡のレンズが光を反射することもない。ありがたい。パティが首を突っこんでくるのが一番困る。いまのわたしをビデオに撮られることも。

これからどうするか決めるまもなく、家のなかからロリの悲鳴が聞こえた。すぐ先の通りを行進しているパレードの騒々しい音にも負けないほどのけたたましい声だ。ブラスバンドや車両、おまけに拍手や歓声も、その声をかき消すことはできなかった。わたしの体がすくみ、全身の毛が逆立った。

ややあって、ロリが目の前を駆け抜け、玄関ドアから勢いよく飛び出すと、ひどい胸焼けでも起こしているように、片手で胸をつかみ、もう一方の手で口を押さえながら通りを走り去った。

わたしには目もくれず。

さて、どうしよう?

あんな反応を示すなんて、ロリはいったい何を見つけたのだろう。

家のなかに入って、その答えを見つけ出すだけの勇気がわたしにあるだろうか。

ひるむ気持ちにむち打って、ロリが鍵もかけず開け放していったドアからなかに入った。

キッチンにはあやしいところはひとつもなく、フォードがここに泊まっていることを裏づける証拠が散乱していた——ビールの空き缶、ビーフジャーキーの包装紙、キャンプ用のテーブルと椅子。寝室も同じだった——寝袋、ぷんと鼻をつく体臭と汚れた衣服のにおい。

居間にまわったところで、ロリが肝をつぶして逃げ出した原因をようやく発見した。フォードの死体が特大の薪よろしく、暖炉に詰めこまれていたのだ。

12

死体を見たのはこれが初めてではない。浮き世の義理で、お葬式にもそれなりに出席した。おまけに、亡くなってまもない、葬儀屋が体裁を整えるまえの遺体を見たことさえある。年をとるにつれて、人の死や臨終に立ち会う機会も多くなる。だからといって、平気になるわけではないけれど。

しかも、この死体とはこれが初対面ですらなかった。たったいま見つけたのは、墓地から消えた死体だと、わたしはほぼ確信していた。

それでも、ここまであからさまに、一点の疑いもなく、殺人の被害者だという死体のすぐそばにいるのは初めてだった。人はふつう自分から暖炉に入りこんで、死んだりしない。それでなくても、こちらを向いているフォードのゆがんだ顔は——ご想像どおり——見て快いものではない。もともと男前ではないけど、いまでは身の毛がよだつような形相だった。

わたしは腰が抜けそうになったが、ロリみたいに、あわを食って逃げるようなまねはしたくなかった。二、三歩後ずさってドアのところで踏みとどまると、フォードの変わり果てた姿をできるだけ見ないようにしながら、これからどうしたらいいかを考えた。警察に連絡しなければならない。ロリがまだ通報していなければ、だけど。母からお祭りの平穏無事をくれぐれも言いつかっていたのに、それはいまや風前の灯火、わたしにできることは何ひとつない。

遠くで、ブラスバンドが〈高すぎる山はない〉の演奏を始めるのが聞こえた。これぞまさしく母さんのテーマソング。この事態を知ったら、どんな高い山ものともせずに、わたしをとっちめにくるだろう。

いまはパレードの最中だから、警官たちはこの近くで警護に当たっている。目下の状況を考えると好都合だ。さらにありがたいことに、ジョニー・ジェイは礼服でめかしこみ、特別仕様のパトカーで誇らしげにパレードに加わっているはず。当座だけでも、彼を相手にしないですむかもしれない。

わたしはまずハンターに電話をかけてみた。昼休みにスチューの店で会う約束をしているが、それはおあずけになりそうだ。ハンターは電話に出なかった。

つぎに緊急通報の番号にかけようとした。九、一、一。たった三つの数字を押すことが、どうしてこんなに難しいのだろう。両手が震えているせいもあるけど、一番の理由は、殺人犯がまだこの近くにいるかもしれないと、ふいに気づいたからだ。犯人はクローゼットのなかか物陰にひそみ、わたしが逃走のじゃまをしているのでじりじりしているかもしれない。

そんなことあるはずないわ、と自分に言い聞かせながら、そろりそろりと玄関から出る。フォードはたったいま永遠の眠りについたばかりには見えなかった。でも、そうだと言いきれる？　わたしは、意気地なしのロリ・スパンドルを見習って一目散に逃げ出した。

思うように動かない指がようやく正しい三つの数字を押した。「緊急事態です」わたしはメイン通りに向かって走りながら、携帯にそう告げた。落ち着いた冷静な声を出すように努める。通話はスムーズに進んだ。わたしはもうひとりぼっちじゃない。

通信係が言った。「では、お名前を」

「ストーリー・フィッシャーです」いまさら取り消すには手遅れだ。「あ、いえ、パティ・ドワイヤーのまちがいです」

「すみませんが、ストーリー、あなたには注意するよう言われているので」

「死体を見つけたんです。ほら、昨日の晩、死体がなくなって。って、べつにわたしがなくしたわけじゃなくて、その、つまり……いえ、なんでもありません。それより、死体の件でほかにも通報がありました？　目撃者はわたしひとりじゃないので」

「電話してきたのは、お宅だけです」

もうっ、ロリの役立たず！　彼女が案じているのはわが身と世間体だけ。わたしに言わせれば、もともとたいしたことないんだから、いまさら気にするにはおよばない。

わたしはくわしい場所を無線係に早口で伝えた。

「それと、今回はライトもサイレンも使っていただいてかまいません」

そう言えば逆に、意地でも使わないかもしれない。町の警察がどう出るかは、まったく予測がつかない。お祭りの最後の数時間をできるものなら台無しにしたくないけど、これはまちがいなく緊急事態だし、ことによると犯人は群衆のなかにひそんでいるかもしれない。

「ええ、ぜひお願いします」

「わかりました」と無線係は答え、わたしはその声になだめるようなひびきを確かに聞きつけた。「それでは、いまの情報をパレードが終わりしだい警察長に伝えます」

「え？」

だが、無線係はすでに電話を切っていた。

やれやれ。だれもわたしの言うことを信じてくれないの？

メイン通りに飛び出すと、パレードの最後尾がスチューの店を通りすぎ、橋を渡って北に向かうのが見えた。見物客は早くも椅子をたたんで縁石から離れ、車に荷物を積みこんでいる。ここから目と鼻の先にある家の暖炉に死体が詰めこまれているとは思いもせずに。

そのとき、べつの恐ろしい考えが浮かんだ。またしても死体が消えたら、わたしの顔はまるつぶれだ。昨晩、フォードにつまずいたことはまちがいない。何者かが死体をあの家まで運び、暖炉に押しこんだ。その同じ人物が、わたしが現場に戻るまでに、また死体を移動させたらどうしよう。警察から捜査員がやってきて、わたしの話にまちがいないと裏づけてくれるまえに。

わたしはあわてふためいて、きた道を空き家に駆け戻った。

フォードの死体はまだそこにあった。さっき見たのと同じ場所、同じ姿勢で、同じアロハシャツを着ている。胃がひっくり返りそうになる。それをなだめすかして、なんとかご機嫌を取り結んだ。

わたしは生まれて初めて、恨みがましい気分になった。どうしてわたしなの？　どうしてほかの人じゃダメなの？　たまには、ほかの人が事件を通報してくれてもいいじゃない。

わたしは小声でロリに悪態をついた。本来なら苦境に立っているのはわたしではなく、彼女のはずなのに。

そのとき、どうしたはずみか、ふいに頭がすっきりして、妹のことを思い出した。ロボットとリモコンを切り離せないように、妹は携帯電話と一体化している。きっと電話に出るはずだ。わたしはホリーにかけてみた。

「クレイの家にいますぐきて」妹の声を聞いて、心底ほっとした。「それと応援がいる。スタンリーがいいわ。スタンリーを引っぱってきて。あの死体を発見したの。死体の主はフォードだった。死んでる。あ、それから、スタンリーから警察に連絡してもらって。もしノエルが一緒だったら、連れてこないでよ」

十年と思えるほど長いあいだ待たされたあげく、ホリーとスタンリーがようやく到着した。わたしたちはフォードのトラックが止めてある私道で落ち合った。

「スタンリー、家に入って、死体を確認してくれない？　また消えてたら大変だから。念のために、信頼できる目撃者が必要なの」

「よしきた」とスタンリー。

「ぞっとしないだろうけど」

「だてに年はくっとらん」スタンリーはそう請け合って、玄関に向かった。

「死体は暖炉のなかだから」

「冗談だろ」スタンリーは急停止した。「いや、冗談じゃあるまい。すぐに戻ってくる」

そして家に入っていった。

ホリーは、例の万引き犯を地面にねじ伏せ、押さえこんだ驚くべき技術と腕力の持ち主だというのに、フォードのトラックにぐったりもたれ、「気絶しそう」とつぶやいた。

わたしは取り合わなかった。どう考えても、気絶するならわたしのほうだ。

「スタンリーはもう警察に電話してくれた?」

ホリーはうなずいた。

「じゃあ、警察はどこにいるの?」サイレンひとつ聞こえない。「すぐに駆けつけるはずでしょ。すぐそこの通りにいるんだから」

「渋滞してるの。パレードの車両と山車が道路をふさいでいるし、おまけにお客さんは町を出ようとして、動きがとれないの」

それならしかたない。うちの町では内輪の冗談として、事故を起こすなら特定の日は避けたほうがいいと言われている。たとえば、狩猟の解禁日。あるいは聖パトリックの日。わたしたちは国民の祝日とみなして店を閉める。このさいハーモニー・フェスティバルも、〝通報しても警察がきてくれない日〟のリストにつけ加えたほうがよさそうだ。

ちょうどそこへ、母さんの新しい友人、トム・ストックが通りかかった。

「何かあったのかい？　スタンリーのやつ、尻に火がついたみたいにあわてて走っていった。蜂の話をしていたのに、あっというまにいなくなった」

「死体よ」とホリー。声がくぐもっているのは、いまでは地面にしゃがんで、頭を膝に埋めているからだ。わたしは妹が何を言っているか見当がついたが、さもなければよく聞きとれなかったはずだ。トムはけげんな顔をした。

「スタンリーが家のなかを確認してるの。わたしたちは警察を待ってるんだけど」とわたし。

「それにしても遅いわね」

「パトカーが一台、ライトを点滅させて渋滞を突っ切ろうとしているのを見たよ」とトムは言った。「そのうちくるさ」

「少しは頭を使って、車を置いてきたらいいのに。すぐそこなんだから。そうしてたら、もうとっくに着いてたはずよ」わたしはぶつぶつ言った。

トムはホリーをちらりと見やってから、わたしに言った。「妹さんは大丈夫？」

「ご心配なく」

「じゃあ、なかでスタンリーを手伝ってくるよ」とトムは言って、止めるまもなく家のなかに入っていった。

そのときホリーの略語病がぶり返した。ＯＭＧ（たいへん！）という単純なものから始まり、最後は聞いたこともないような略語の連発。わたしはホリーがこれまで好き放題に使ってきた略語をしっかり勉強してきたつもりだったので、びっくりした。

「落ち着いて」とわたしは言った。ホリーに言わせればEZ《イージー》だ。「せっかくがんばってきたのに」

「なんで？　どうしてこうなるの？」妹は大げさに嘆きながら、顔を上げてわたしを恨めしそうににらんだ。「姉さんは、この町の犯罪にひとつ残らず首を突っこまないと気がすまないわけ？」

やれやれ、母さんそっくりだ。墓地で死体につまずいたのも、暖炉でまた発見したのも、その気になれば避けられたと言わんばかり。うちの家族は、ここぞというときにちっとも力になってくれない。母さんならわかるけど、ホリーまで。

「死体を発見しただけでしょうが」と言い訳がましい口調になる。「殺したのはわたしじゃないし」

「ほんとうにあのフォードだったの？」

「そうよ」

「うわぁ、最悪！」

パティが現場に現われた。こんなに時間がかかるなんてむしろ意外だ。しかも足音を忍ばせるどころか、あたふたと走ってきた。わたしはこれまでのあらましを説明した。パティはひとつも質問しない。長い文章を言うだけの気力が残っていなかったので助かった。

「だれかロリを見かけた人は？」と訊いてみた。

「見たわよ」とパティ。「ロケットみたいな勢いで、見物客をかき分けていった。どうも様子がおかしかったから、写真を撮っておいたけど。見る?」パティは小型カメラを出して、あわてふためいたロリの写真を見せた――大きくひんむいた目は、どてカボチャのようなおつむとお似合いだ。

「そうそう、まさにこんな感じで逃げていったのよ」とわたしは言った。「犯行現場から逃げ出すのは違法じゃないの?」

「その犯行の当事者ならね」とパティ。市民の法的義務なら何でも知ってると言わんばかりのえらそうな態度だ。犯行現場から逃げ出してなんのおとがめもなしなんて、そんなことがあるのかしら。

「とりあえず、写真は保存しといたほうがいいわ。どう転ぶかわからないから」それからこうも付け加えた。「何かやましいことがあるのかもしれないし」

わたしから事実を明かすより、ロリが自滅するのを待つほうが得策かもしれない。現場には彼女の指紋がべたべた残っているはずだ。ただし、残念ながら、フォードを殺して暖炉に詰めこむだけの時間はなかった。わたしはずっとロリを見張っていたから、その点はわかっている。

あの写真にしても、なんらかの犯罪に手を染めた確証にはならないが、死体を発見しながら、責任ある市民として通報しなかったのはなぜか、ロリが釈明に追われるところをぜひ見てみたかった。

ようやく最初のパトカーが到着した。ハンターがきびきびした足取りで通りをこちらにやってくるのが見えた。ここはジョニー・ジェイの縄張りだから、ハンターは捜査に口をはさめない。要請があればべつだが、そうなる見込みはまずない。いいわ、かまうもんですか。それならそれで、ハンターはわたしを支え、背後を守り、敵を寄せつけないでくれるだろうから。

ハンターは励ましが必要だと感じとったにちがいない。わたしの目を注意深く探ったあとで、真っ先に抱きしめてくれた。彼の肩越しに、ジョニー・ジェイが通りを走ってくるのが見えた。あの男は大柄なのに、すごく足が速い。

わたしは元気を取り戻し、彼と一戦交える準備を整えた。

ところがそのとき、スタンリーとトムが家から出てきた。どうやらトムはスタンリーのような鋼鉄の胃袋と強靭な神経は持ち合わせていなかったようだ。足もとがふらつき、スタンリーに肩を支えてもらっている。

スタンリーは口を開くなり、一同にこう告げた。

「たまげたよ。あそこにいるのはだれだと思う？　トムの弟だとさ」

13

だれかがトムのためにローンチェアを用意し、彼はくずれるように腰を下ろした。ジョニー・ジェイ配下の警官たちが仕事に取りかかる。ある者は家のなかに入り、ある者はわたしたち目撃者と野次馬を分けて、後者を通りの先まで先導した。それから、ヤナギ通りを封鎖し、この通りの住人以外は立ち入らせないようにと部下に指示した。

「あんたの家を捜査本部に使わせてもらうぞ、フィッシャー」とジョニー・ジェイがわたしに言った。「供述を取って、この事件を整理しなきゃならん。捜索チームが調べ終えたら、全員現場に戻って、それぞれの動きを再現してもらう」

「あたしはマスコミのひとりとして」とパティが言った。「同行させてもらうわよ。記者証もあるわ」と手作りのものを差し出した。

「とっとと失せろ、ドワイヤー」と警察長。

わたしたちが歩道をぞろぞろ歩いていると、母さんとおばあちゃんが通りの角で、野次馬を遠ざけておくのが役目の警官と押し問答しているのが見えた。母さんの抗議の声が聞こえる。

「わたしはお祭りの実行委員長なんですよ」と肩書きを強調した。「それにこちらは一日署長。なかに入る権利はあるはずよ」

警官は首を振った。

「お引き取りください、フィッシャーさん」ジョニー・ジェイが叫んだ。「あんたもだ、ウォレス」とハンターに言う。

「いや、ここにいるよ」とハンター。

「わたしが大目に見るとでも思ってるのか？」

「警官どうしの仁義だ」ハンターはやるだけはやってみるが、あまり期待しないようにという表情でわたしに目配せした。

「ここはうちの所轄だから、うちの決まりに従ってもらう。義理人情をもちだすなら、教会に行くんだな」

それだけ言うと、警察長はハンターの顔の前で玄関のドアをばたんと閉めた。こうしてスタンリー、トム、ホリー、それにわたしは、ジョニー・ジェイの蜘蛛の巣に囚われの身となった。あとは彼に生きたまま食われるのを待つばかり。

「これからひとりずつ話を聞かせてもらう」と彼は言った。「ここにいる警官が、順番を待っているあいだに口裏を合わさないよう見張ってるからな。自分の話をころころ変えないほうがいいぞ」

「気分が悪いんだけど」ホリーが言った。

「泣き落としには乗らん」と親切な警察長さんは言った。

午後の残りの時間はこうして過ぎていった。わたしから見た事件のもようを話し、歩いた跡を一歩ずつたどり、わたしが触れたものや、記憶にとどめておくのもつらい、こまごましたことを逐一説明した。そのあとで、わたしは警察の到着があれほど遅れたのはどうしてかと語気を強めて問いただした。きわめてゆゆしい問題だと思ったので。

「警察の対応があんなにのんびりしていたのは、あなたの責任よね」とジョニー・ジェイに言った。「わたしを差別して、通報の重要性も検討しないなんてどうかしてるわ。掛け値なしの緊急事態だったのよ。わたしもみんなと同じように税金を払っているんだから、まともに応対してもらう権利があるはず。あなたを訴えるから。それと、あの家に最初に入ったのはロリ・スパンドルだと言ったでしょ。どうして彼女を取り調べないの？」

「あんたが口をはさむことじゃない」

ジョニー・ジェイは、取り調べがすっかり終わるまで目撃者どうしが結託しないように、わたしたちの一挙手一投足を警官に監視させた。ロリ・スパンドルに関する新しい情報は何もわからない。それでもわたしは、トムの弟がこの町に現われ、わたしのもと夫の家にひそんでいたのはいったいどういう事情によるものか知りたかった。そう、訊きたいことなら山のようにある。

ジョニー・ジェイは最後に、いつものように念を押した。

「この事件の関係者は全員、本件が解決するまではつきあいを慎むように。それと、内輪でも事件を話題にしないこと」

「いくら命令されても、妹と縁を切るなんて無理よ」とわたしは言った。

ジョニー・ジェイはそれには答えず、無言の警告のつもりか、あのまぬけな手錠をガチャガチャいわせた。

もうそろそろ帰ってくれないかしら。わたしは隣の家で死体を発見した。そのせいで、好むと好まざるとにかかわらず、わたしもこの事件の関係者だ。連続殺人犯がヤナギ通りの住人全員を殺そうとしていたらどうしよう？　パティとわたしがつぎの標的だとしたら？

たしかに、それはちょっと大げさかもしれない。でも（ありがたいことに）、隣人が殺されるというのは世間にそうざらにあることじゃない。近所の住人の頭にはさまざまな考えがよぎるものだ。たとえば、つぎはわたしかしら、とか。いきおい自衛策にも力が入る。

わたしはやることリストを作った。

・ロリ・スパンドルがどうして責任ある市民として行動しなかったのか理由を調べ、痛い目にあってもらう。
・トム・ストックの過去を探る。あの謎めいた弟のことも含めて。
・ジョニー・ジェイには近づかない。
・母さんから隠れる。わたしがまたもや世間を騒がせ、母さんの口癖を借りれば、「家名に傷をつけた」せいで、狼の餌食にされてしまうから。

でもホリーも深みにはまりこんでいるので、母からの風当たりもいくらかましになるだろう。もっとも、妹の役割はわたしに比べると小さい。それによくよく考えれば、わたしが電話して犯行現場に呼んだりしなければ、妹が巻き添えを食うことはなかった。いやはや。それを知ったら、母さんはいい顔をしないだろう。

それに、昨夜わたしがフォードの死体を初めて発見したとき、だれもわたしの言うことを信じてくれなかったけど、あれはどうなるの？　ほらこのとおり、死体は出てきたわよ。あんたの言葉を疑って悪かったと、詫びてくれてもいいのでは？　でもまあ、これで少なくとも、墓地にあった死体の身元はわかった。それに、だれもピートリー家の裏庭に埋められていないことも。

ようやく〈ワイルド・クローバー〉に戻ってみると、露店商たちがつめかけていた。みな苦りきった顔をしている。

アギー・ピートリーが一同を代表して言った。

「あんなことになっちまって、午後の売上げがパァだよ。あの死体と、それに、あんたのせいで」と、わたしをなじりだした。「お祭りが終わるまで、そっとしておけばいいのに。気がきかないんだから」

それを聞いてむっとしたが、相手が相手だけに、取り合わないことにした。むきになるのはばかばかしい。それに、〝気がきかない〟なんて、悪口としてはまだましなほうだ。

アギーの文句はまだ終わっていなかった。

「そう言えば、うちの菜園を掘り返したそうだね。いい迷惑だよ。商売のじゃまをするわ、よその家の庭に無断で入りこむわ」

アギーの息子のボブがわたしをにらみつけた。商売あがったりを逆うらみしているのか、それとも、わたしが裏庭にいたことをあやしんでいるのか。それもこれも、もとはと言えば、パティと彼女の名案のせいだ。おまけに例によって、損な役まわりを――それを言うなら、シャベルを――押しつけられたのは、このわたし。

「お手伝いしただけよ」とうそをついた。パティとわたしがでっちあげた、というか、わたしがあの場でとっさに思いついた言い逃れで押し通すことにして。「土を耕しておけば、すぐに苗が植えつけられるから」

「ばかばかしい。それじゃ、こっちの条件を言わせてもらう。交渉には一切応じないからね」

なんて厚かましい。こんどは一方的に要求を押しつけてきた。

ユージーンは少し離れたところで、知らん顔をしている。女房がしゃべっているときは、借りてきた猫のようにおとなしい。パティとわたしに詰め寄ってきたときは、ランボー気取りだったくせに。

アギーは杖をにぎり、足もとの地面をコツコツたたきながら言った。

「店をたたまずに、ここでもう一週間、商売させてもらう。あんたのお客さん相手に。うまくいけば、損した分の穴埋めができるかもしれない。いいね」

「お断りします」この先まるまる一週間、アギーと毎朝顔を合わせるのも、こんな性悪の人間とつきあうのもまっぴらだ。

「じゃあ警察長に連絡して、無断侵入の罪で訴えてやる。器物損壊も併せて。ほかにも罪に問えるものがあればなんなりと」

「気が変わった」とわたし。「承知するわ」

14

〈ワイルド・クローバー〉は日曜日には午後五時に店を閉める。ごたごたつづきの一日だったので、今日は店を開けたか開けないうちに、もう閉店時間になっていた。さいわい双子のブレントとトレント、それにキャリー・アンのおかげで店と屋台の営業に支障はなかったが、フォードの死体発見のうわさが広まってからは売上げはがくりと落ちた。通りの少し先のヤナギ通りの角には人だかりができていて、住人も観光客も口々に意見を交わし、成り行きを予想し、もっとくわしい話が聞けるのではないかと期待している。

商店街でこんな騒動が起こったのは、二年まえ、不良少年のグループが郵便局の裏で煙草を吸って古い建物が全焼したとき以来のことだ。あの事件はいまだに語りぐさになっているが、今回の事件に比べたらものの数にも入らない。

「あんたがいないあいだ、ディンキーの世話もしたのよ」わたしが店に戻ると、キャリー・アンが言った。「わざわざ言うのもなんだけど」

「ありがとう、助かったわ。ディンキーのことはすっかり忘れてた」

「感謝の気持ちを伝えるなら、昇給がいいんじゃない。店長の仕事の半分は肩代わりしてるんだから。あんたはいつもいないし。この店はあたしでもってるみたいなもんよ」

どこからそんな言葉が出てくるのやら。わたしは当たりさわりのない返事でお茶をにごした。キャリー・アンの仕事ぶりは、しらふかどうかによって波があり、ウィスコンシン州の空のように当てにならない。それに、まるで頼りになる同僚がいなかったかのような口ぶりだ。

「おまけに」とキャリー・アンが言った。「ディンキーにおしっこを引っかけられた」

「あなたを好きだっていうしるしよ」

「それはどうかしら」キャリー・アンはバッグと車のキーを手に取った。「ちゃんとしつけなさいよ」

「死体を追いかけるので忙しいの」とわたし。

キャリー・アンはそれを聞いてにやりとした。

「すっかり入れこんでるもんね。今晩はゆっくり休んだら？　じゃあ、また明日」

キャリー・アンが出ていくのと入れちがいに、パティがこそこそ入ってきた。

「トムの過去のことで、いくつか情報をつかんだわ」と彼女は言った。

「もう？　早いわね」

「探偵は時間をむだにしないの」

「教えて」

「トムはモレーンにくるまえ、イリノイ州の北部で奥さんと暮らしてた。ところが奥さんが男をつくって、駆け落ちした」

「まあ、気の毒に」わたしは心から言った。不貞なら、わたしにも多少の心当たりがある。もと夫はそれをなんの罪もないエクササイズだと考えていた。

「しかも、駆け落ちの相手はトムの弟だった」

「フォードってこと？　それはひどい」

「フォードはとんでもないごろつきよ」

「トムの奥さんも褒められたものじゃないわね」わたしは、彼女とフォードのどちらも最低の人間だと思った。「でもそれだと、トムがまだ結婚指輪をしてるのはおかしくない？　わたしなら捨ててしまうけど」

パティは肩をすくめた。「それはあたしにもわからない。奥さんは二、三年まえに動脈瘤が破裂して亡くなったの。そのあいだ、フォードのほうは塀の中にいるほうが外にいるより長かった。たいていはちんけな犯罪だけど、それが積み重なって。あいつはろくでもない男よ」

「そんな立ち入った情報をどうやって手に入れたの？」とわたし。

「トムの亡くなった奥さんのお姉さんに電話しただけ。いったん話しはじめると、もう止まらない感じだった」

そのとびきりのゴシップをたずさえて、パティはドアから飛び出していった。

店じまいをしていると、ハンターが顔を出した。わたしはたまっている事務を片づけ、期限が過ぎた請求書をひとつかふたつ支払うつもりでいたが――遅れたのはお金がないからではなく、こまごました仕事が大の苦手だから――ハンターの来訪はそれをさらに先延ばしにするのにもってこいの口実だ。

店の事務所で、わたしはクレイの家で起きた事件について知っていることを話した。その大半はわたしの側から見た話だけど。ハンターはほとんど何も知らなかった。ジョニー・ジェイはほかの法執行機関に提供する情報を最小限に抑え、彼の部下たちもクビにされると困るので、外部の人間には口を閉ざしているからだ。

「トム・ストックが気の毒よ」わたしはハンターに椅子をすすめ、彼の膝に移動した。ハイスクールのころはふたりともぜい肉ひとつなくて、ひとつの椅子に並んですわれたのに。

「弟がこんなことになってトムはどんな気持ちかしら。これまで家族のことはひとこともしゃべらなかったのよ。つらい過去だけに、無理もないとは思うけど」

ハンターは顔をしかめたが、それはわたしが重すぎるせいではない。

「おいおい、ストーリー、ぼくがゴシップを嫌いなのは知ってるだろ」

「知ってるけど、それでも話しておいたほうがいいと思って」

そして、パティから聞いたトムと彼の妻とフォードの三角関係について洗いざらい話した。

「フォードに会ったとき、どこかうさんくさい感じがしたの」とわたしは言った。「でも、どうしてあの男を見ると虫酸が走るのか、よくわからなかった。もし彼がそんな悪党なら、容疑者はさぞかし多いでしょうね」本気でそう思っていたわけではない。フォードがトムの弟だとわかった時点で、すでに容疑者の見当はついていた。でもそのときは信じたくなかったし、いまでもその気持ちに変わりはない。それでもあえて口にした。「トムがやった、そうじゃない？」

「もういい、そこまでにしよう」ハンターはわたしが伝えた情報が気に入らなかったようだ。ため息をつく。「そんな憶測はするもんじゃない。彼の過去が明らかになれば、町じゅうの人がきみと同じように考えるだろうけど」

「ほかに説明のしようがないもの」

「いまの時点で言えるのは」ハンターがつけ加えた。「物事はいつも見かけどおりとはかぎらないってことだ」

そうね、そのとおり。もっとひどいことだってある。トムはあの曲がった鼻筋といい、いかにも悪党面をしている。過去について何を訊かれてもまともに答えなかったが、それもそのはず、人に訊かれたくない過去を背負っていたのだ。しかも彼の弟は、トム以上に指名手配犯のポスターそっくりときている。

「ああ、どうしよう」とわたし。「トムは母とつきあってるのよ」

「まあ、ジョニー・ジェイにまかせておくんだな」

わたしは彼の膝からぱっと降りて、机の隣にあるパイプ椅子に移った。母のことや事件のことが心配で、いてもたってもいられなかったのだ。ディンキーは閉めたドアにもたれていたが、わたしが動くと顔を上げ、それからまた自分の足をなめはじめた。

「捜査のじゃまをするつもりなんてないわ」そのときは本気でそう思っていた。「もっとてきぱき進めてほしいとは思うけど。この事件には心底ぞっとしているの」

「じゃあきみを温めないと」とハンター。「こっちにおいで」

しかし、わたしがその案に乗るよりも早く彼の携帯が鳴った。彼が電話を切ると同時に、わたしたちのつかのまの中休みは終わった。「そろそろ行くよ」わたしの顔に大きな疑問符が浮かんでいるのを見ると、「いや、この町で今日起きたこととは関係ない。郡の仕事だ」

「遅くなりそう？」

「起きていなくていいよ」彼はにっこりした。

ハンターが帰ったあと、わたしはディンキーを連れて家に帰った。リードにつないだディンキーはちょこちょこと隣を歩いている。どんなにがんばっても、トムとフォードのことが頭から離れない。わたしは菜園からとってきた野菜で手早くサラダをつくり、外で食べた。菜園には手入れが必要だし、巣箱も点検して、蜂たちのご機嫌をうかがわなければ。ふだんの生活に戻り、庭仕事に精を出せば、頭がすっきりしてよく眠れるだろう。

日没までの数時間、忙しく働いた。まずは、はちみつ小屋の大掃除。この愛すべき小さな小屋で、はちみつを搾って瓶詰めにする。きたるべき採蜜にそなえて、容器も消毒した。今年は豊作が期待できそうだ。

つづいて庭の雑草を取り、ビーツと芽キャベツと青菜のうねを耕した。うちではカラシナとルッコラとサラダ菜をよく植える。トマトも大好き。つるには実が鈴生《すずな》りになっていて、まだ青いけど、そろそろ色づいてきた。
あれこれ心労が重なったあとで、体を動かすのは気持ちがよかった。
けれども、夜寝ようとすると、トムとフォードの面影がまたもや脳裏にちらついた。

15

ディンキーとわたしはまだ暗いうちにおばあちゃんの家に着いたが、おばあちゃんも母さんも気にしないことはわかっていた。ふたりとも早寝早起きで、〝早起きは三文の得〟を地でいくタイプだから。玄関の網戸からなかをのぞくと、おばあちゃんはもう台所に立って、わたしの好物のブルーベリー入りパンケーキを作っていた。きれいな花柄のローブを着て、デイジーの花を髷《まげ》に挿している。

わたしはブルーベリー入りのスイーツに目がない――パンケーキ、バックルケーキ（果物を混ぜこんだ生地に、小麦粉、バター、砂糖をざっくり混ぜたサクサクのクランブルを載せて焼いたケーキ）、パイ、クリスプ（果物の薄切りにクランブルをかけてオーブンで焼いたもの）などなど。もと夫はどれも大嫌いだったが、それは彼の人格に大きな難点があることをそれとなく知らせる手がかりだったのかもしれない。わたしはクレイを頭から追い払い、ブルーベリーを使ったレシピを今月号の〈ワイルド・クローバー通信〉で紹介できないか、あとでミリーと相談することにした。

「あら、いらっしゃい。何かあったのかい？」おばあちゃんは心配そうな顔をした。わたしが朝っぱらから台所におじゃまするのは、不吉な深夜の電話と同じで、悪い知らせだと決めつけているようだ。

「大丈夫よ」とすかさずおばあちゃんをなだめてから、テーブルについた。メープルシロップの入った大きな瓶が載っている。おばあちゃんが湯気の立つコーヒーカップを出してくれた。

「母さんは？」とわたしは訊いた。

「いま、おめかし中。じきに朝ごはんを食べにきますよ。パンケーキ、食べるでしょう？」

「いただくわ」

おばあちゃんはまだ案じているらしく、わたしをじろじろ見ている。ま、正直いって、母さんが同居するようになってからは、さほどちょくちょくおじゃましていない。訪ねるのはたいてい招かれたときだけで、それも口実をつくって顔を出さないほうが多い。母さんとわたしは、その昔、沿岸の町を襲ったバイキングよりも頻繁に剣を交え、角突き合わせる。そんな闘技場に、だれが好きこのんで足を踏みいれるもんですか。

今朝めずらしく顔を出したのは、母さんをトム・ストックから遠ざけたかったから。この事件がすっかり過去のものになるまでは、交際をつづけてもらうわけにはいかない。あれこれ悪口を言ったかもしれないけど、心の底では大切に思っているので、母の身に危険が及ぶのを黙って見ているつもりはなかった。

「おはよう、おちびちゃん」おばあちゃんがディンキーに声をかけた。「おやつをあげようね」ディンキーは、おばあちゃんがレバークッキーをしまっている場所にまっしぐらに駆けていった。

わたしがパンケーキと母さんを待っているあいだに、ホリーから携帯に電話があり、わたしもおばあちゃんと同じたぐいの胸騒ぎを感じた。妹はふだん、昼近くまでまともに頭が働かないので。声がよそに聞こえないように急いで部屋を出ると、ホリーの無事を確かめた。昨夜の事件が夢に出てきてよく眠れなかったことを除けば、問題はないようだ。

わたしはどうして母さんの家にやってきたかを説明し、その話の流れから、パティのおかげで手に入ったトムについての内部情報も伝えた。

「母さんは姉さんの口出しを喜ばないでしょうね」ホリーは言った。「ちっとも」

「いつものことよ。わたしはただトムに注意してもらいたいだけ」

「わたし、母さんの心理を分析してみたの。母さんはね、ずっと抑うつ状態で、落ちこんでいたのよ」

「落ちこませる、のまちがいじゃないの？」

「いいえ、病気だったの。うつ病の徴候が全部そろってるもの。夜、ちゃんと眠れているか訊いてみて。自殺したくなることがあるかどうかも」

「そんなこと訊けないわ」精神分析とかそういうのは、もういいかげんにしてほしい。このまえは妹のせいで、あやうく自分が陰険な受動攻撃型の人間だと思いこむところだった。わたしは携帯に向かって、ため息をついた。「母さんはもともとああいう人なのよ」

「父さんが死んでからよ」

「あの人は物事の暗い面ばかり見るタイプなの。自分じゃどうにもできない。これからもずっとあのままでしょうよ」ふと気がつくと、母さんそっくりの言い方になっていた。母さんは人間が変われるとは思っていない。わたしも同じように考えてる？　やれやれ。

ホリーはつづけた。「でも、トムとつきあうようになってから、すごく感じがよくなったじゃない」

そう言えば、展示用巣箱に関する一幕を除けば、これといったいざこざもない。ホリーには心当たりがあるのかしら？

「つまり、母さんには恋愛が必要だっていうこと？」とわたし。母娘の長年にわたる葛藤の解決策としては、あまりにもあっけない。「恋に目ざめたら、思いやりのある、やさしい母親になったというわけ？」

「そう。だから、しばらく様子を見たらどうかしら」

「相手は殺人犯かもしれないのに、止めないで？」

「わたしなら、様子を見るわ」と妹は言って、電話を切った。

おばあちゃんがドアから顔をのぞかせた。「パンケーキができるよ」

おばあちゃんの頭越しに、母さんが台所に入ってくるのが見えた。もうお化粧をすませている。しかも口紅はクランベリー色の新色だ。

「あら、かわいいストーリーじゃないの」母さんに戸口からそう呼ばれて、わたしはずっこけ、階段に左膝をぶつけた。「足がすべったんでしょう」と母さん。「ゴムぞうり《ツング》なんかはくからよ」

「いまじゃビーチサンダルと呼ぶの」わたしは跳ね起きて、部屋に入り、テーブルについた。

「そっち《ソング》は、セクシーな下着のこと」

「急にきてくれるなんて、どういう風の吹きまわし？」母さんはにこにこしている。ホリーに指摘されたとはいえ、母さんの変化がどうしても腑に落ちない。

「母さん、ぐあいでも悪いの？」とおばあちゃんに訊いた。「すごいご機嫌だけど」

「こないだの晩からずっとこの調子」おばあちゃんはパンケーキを空中でひっくり返した。

「トム・ストックと出かけたんだけど、くわしい話はひとつも教えてくれないの」

母さんはなんと頰を染めた。「彼が気の毒で。いくら疎遠だったとしても、実の弟さんをあんなむごいやり方で亡くすなんて」声に悲しみと気づかいがにじみ出ている。「捜査に何か進展はあった？　犯人はもう捕まったの？」

「朝のニュースじゃ何も言ってなかったね」とおばあちゃん。「犯人はとっくに逃げてるでしょうよ。ぐずぐずしていたら捕まるからね」

どうやら、母さんとおばあちゃんが出した結論はわたしとはちがうらしい。

「犯人は地元の人間かもよ」とおずおずと口をはさんだ。この場にいるだれかが、わたしより先にトムの名前をあげてくれることを祈って。

おばあちゃんはブルーベリー入りパンケーキを大皿に載せてテーブルに出すと、席についた。「それはないわね」と言った。「このあたりの人はあんなことはしませんよ」うちの祖母はそういう人なのだ。だれに対しても、たとえ相手がどんなろくでなしでも、意地悪な見方をしない。

「そうですよ」母さんもうなずいた。「そもそも、死体を暖炉に突っこむなんて、そんなことしないわよ。このあたりの人間なら、森に運んで、松の木の下に埋めるでしょうよ。つまり、たとえ動機があっても――そんなものはないけど――まったくちがったやり方をするってこと」

「銃で撃たれたの？」とおばあちゃんが訊く。

「知らない」と言ってから、あらためてその質問を考えた。死因はなんだろう。死体のまわりで血を見た記憶はない。それにおとといの晩、パティもわたしも墓地で血痕を探したが見当たらず、ベンの鋭い嗅覚でも血のにおいを嗅ぎつけることはできなかった。銃殺でないとしたら、なんだろう？　毒殺？

パンケーキでみなの口がふさがり、テーブルの会話が途絶えたのは、かえって好都合だった。わたしの懸念を母さんにどう伝えたらいいのか、考えをまとめる必要があったからだ。いま隣にすわっている、人が変わったようにやさしくなった母さんを失いたくない。

安易な方法は何ひとつ思い浮かばず、パンケーキを食べすぎて、動けなくなってしまった。それがパンケーキの難点で――おいしいけど、すごく胃にもたれる。

「そろそろ開店の時間でしょ」とおばあちゃんが言った。「だれが店番をしてるの？」

「双子よ。でも大学が始まったら、もう甘えていられないしね。そうなると、店を開けられるのは、キャリー・アンとホリーとわたしだけ。いまから先が思いやられる」

母さんがふんと鼻を鳴らした。わたしがかつてよく知っていた女性のように。母はわたしの従姉のことをよく思っていない。たしかにキャリー・アンには問題があって、わたしはそれほど深刻とも、手に負えないとも思っていないが、母さんから見れば彼女は疫病神そのものので、クビにしたほうがいいと思っている。でも、鼻を鳴らすべき相手は、じつはホリーのほうだ。なにしろ、気が向いたときしか出てこない。

「パンケーキのお代わりは？」とおばあちゃんがたずねた。

「お腹がはちきれそう」とわたし。

「そうそう、あなたに渡したいものがあるの」母さんが勢いよく立ちあがって、部屋を出ていった。それが何か想像すると気が滅入った。母さんのプレゼントは、母さんがかくあるべしと考える理想に合わせて、わたしの生活を変えることが条件になっている。たとえば店の模様替え。わたしの棚の配置が不満だから。あるいは結婚相談所への入会。ハンターに対する先制攻撃として。たぶん今回は古くさい婦人靴だろう。わたしのビーチサンダルをけなしていたから。さもなければ……。

母さんがピンク色の薄紙に包んだものを持ってきた。「はい、プレゼント」と言ってその包みを手渡した。

「わたしに？」わくわくしているふりをする。

「あけてみて」

わたしはそうした。ビーズの房がついた華やかなタイガー・プリントのスカーフを手に取る。口があんぐり開き、テーブルにぶつかりそうになった。「わたしに？　いいの？」

「手作りなのよ」と母さん。「ひと目見て、あなたにぴったりだと思った。その色合いはあなたの肌の色を引き立ててくれるから」

「きれいねぇ」わたしはトパーズ色のビーズをまさぐり、それからスカーフを首に巻いて両端を軽く結んだ。母さんはこのスカーフをアギーの店で買ったにちがいない。ミリーがつけていたものと同じデザインで、柄がちがうだけだから。わたしはこれをもらってもいい理由をすばやくこじつけた。ミリーはスカーフを作ったのはお嫁さんだと言っていた。わたしはお姑さんとはもめているけど、アリシアにはなんの恨みもない。「すごくすてき」とわたしは言った。

母さんはまたにっこりした。今日は記録をつぎつぎと更新している。

「夜はよく眠れるの？」と訊いてみた。

「それはもうぐっすり。どうして？」

「なんでもない」よし、思いきって言ってしまおう。「母さん、トムのことを訊きたいんだけど。あの人とおつきあいしてるの？」

なんと、母さんは嬉しそうにくすくす笑った。

「ただのお友だちよ、とりあえずは」と言う。「これから彼の家まで行って、様子を見てくるつもり。弟さんのことできっとつらい思いをしているでしょうから」

「トムの過去について何か知ってるの？」

「あの人は誠実で名誉を重んじるりっぱな人よ、それで充分」おばあちゃんが立ちあがり、コーヒーポットを取ってきた。「トムは結婚指輪をしてるわね」と言った。「何かわけでも？」

ほらね、おばあちゃんは昔ながらのやり方で、なんでもずばりと言うことができる。わたしの流儀もそうだけど、ただし、わたしが同じ手を使えば、母さんはたちまち機嫌をそこねて、けんか腰になるだろう。

「一度結婚してるのよ」と母さんは言った。「でも、奥さんは重い病気で亡くなった。指輪をはずさないのは、元気だったころの奥さんの思い出に誠実だから」

「いい旦那さんだねぇ」とおばあちゃん。

ということは、トムは、妻が自分の弟と駆け落ちした部分は伏せているのだ。

「せっかくきれいにしたんだから、カメラを持ってきて写真を撮らなきゃ、ヘレン」とおばあちゃんが言った。「そろそろ男の人とおつきあいしてもいいんじゃないの。それとストーリー、そのきれいなスカーフはまだはずさないで。スカーフをつけた写真を撮りたいから」

わたしはその時点であきらめた。ほかにどうしろと？　母さんの夢をこわす？　妹と祖母の全面的な支援がなければ、母を問いつめ、トムと別れるように説得するのは無理だから、ひとまず退散しよう。たとえトム・ストックが復讐の念にかられて弟を惨殺したとしても、もとはと言えば、フォードが蒔《ま》いた種かもしれない。あるいは事故だったという可能性もある。いまのところはなんともいえない。

いずれにせよ、トムが母さんに危害を加えるとはかぎらない。

それでも今後は、トムが不穏な動きをしないよう、目を離さないようにしなければ。さいわいトムは日中は骨董店で働いているから、気をつけなければいけないのは夜だけだ。

「今晩はふたりで出かけるの？」スカーフをピンク色の薄紙で包み直しながら、わたしはさりげなくたずねた。

母さんは答えなかったが、頬に貼りついたモナリザふうの笑みを見れば、まずまちがいないだろう。

16

わたしは店の裏にトラックを止め、おばあちゃんのおいしいブルーベリー入りパンケーキではち切れそうなお腹を抱えて、よたよたと正面にまわった。おばあちゃんがディンキーを預かってくれたので、まる一日、あの子の世話から解放される。

小さな店の経営者には、肩の荷がことさら重く感じられるときがある。とくに身内を雇っている場合には。母さんの見ちがえるような態度とスカーフのプレゼントは——今度ばかりはお世辞抜きで気に入った——嬉しい驚きだったけど、そのうきうきした気分もしぼみつつあった。

わたしがこんなに愚痴っぽいのは、ホリーのジャガーが店の裏に止まっていなかったから。妹はこれからはもう遅刻しないと約束したのに。キャリー・アンを雇うことにしたのはわたしだし、従姉がどんな問題を起こしても責任は取るつもりだ。でもホリーが店を手伝うようになったのは母さんの入れ知恵で、もと夫の持ち分を買い取るのに必要なお金を借りるために結んだ、あのいまいましい契約のせいなのだ。だから黙ってがまんするしかないけれど、しゃくにさわってしかたない。

アギーとユージーンのピートリー夫婦はすでに商売を始め、しかも露店のテーブルはひとつからふたつに増えて、売り物のがらくたの量が先週から倍増していた。わたしのいらだちはさらに高じた。

「ちょっと待って」と文句を言った。「それはないでしょ。店を広げるなんて、そんなこと聞いてないわよ」

「ユージーン」アギーはふてぶてしい笑みを浮かべた。「車からもうひとつテーブルを出しとくれ」

「もうひとつって！　ユージーン、そこまでよ。これじゃ話がちがう」ユージーンは足を止め、わたしの言い分に従いかけたが、アギーがどすのきいた声で一喝した。「ユージーン、あのテーブルだよ。ほら！」

これでは、モレーンのほかの商店主たちにしめしがつかない。アギーの脅しに屈して営業を認めてしまったとはいえ、あのときは頭に血がのぼって、ほかの店にどんな迷惑がかかるかまで考えがおよばなかったのだ。お祭りの売上げがこの町の住人の手に渡るようみんながんばってきたのに、このままだと、わたしが商売敵との競争をあおっているように見られかねない。それぐらいならいっそアギー・ピートリーに告訴させ、ジョニー・ジェイの思うつぼにはまるほうがいいのかもしれない。

板ばさみとはこのこと。まさに苦渋の選択だ。

キャリー・アンが様子を見に店から出てくるなり、「あらまあ」と言った。彼女の視線をたどると、トム・ストックが血相を変えてこちらにやってくるのが見えた。アギーがここにまだ居すわっていることが、彼の目にどう映るやら。わたしは思わず身がまえた。

「ストーリー、ちょっと話がある」とトムが言った。

「これはわたしのせいじゃないの、トム」フィッシャー家の責任のなすり合いでおなじみの台詞が、ぽろりとこぼれ出た。「いまのはなし。わたしのせいよ、でも説明させて」

トムはアギーの店のテーブルを初めて見たような顔をした。

「ああ、あれか」と言う。「今日はそれどころじゃないんだ」

「このたびはご愁傷さまでした」わたしはもごもごとつぶやいた。そもそも彼にフォードのような弟がいたことが気の毒で。

「お悔やみ申し上げます」とキャリー・アンも店の入口から言い添えた。

アギーはわたしたちがいないかのようにふるまっている。目の片隅で、彼女がうちの常連客のひとりに押し売りしているのが見えた。アギーのせいでお客さんが寄りつかなくなったらどうしよう。そのことはこれまで考えもしなかった。

「昨日のことについて話がしたい」とトムはわたしに言った。「あんたが何を見たのか、何が起こったと考えているのか。なにしろ弟を発見したのはあんただから」トムはほかの人には聞こえないところまでわたしを引っぱっていき、声をひそめた。「これまでにわかったことを整理してみよう」

トム・ストックにはどんな情報も洩らすわけにはいかない。わたしから見たら、彼が第一容疑者なのだ。そこで、ジョニー・ジェイのあのばかばかしい指示を持ち出した。「それはできないわ。警察長に殺されてしまう。関係者はつきあいを慎むようにって言ってたでしょう」

「そのことはすっかり忘れてたよ」とトム。身だしなみにはかまっていない——髪はあちこち寝ぐせがつき、目はうつろで、血走っている——でも、わたしが妹を亡くしたばかりなら、これぐらいではすまないはずだ。

「ジョニー・ジェイを甘く見ないほうがいいわよ」とわたし。

「すまない。いま言ったことは忘れてくれ」

「お店のほうは大丈夫なの？」

「店は開けてないんだ。さすがに、そんな気になれなくて。フォードがあんなことになって、いろいろと思い出したよ。ろくでもないことばかりだが」

妻の裏切りがトムをどれほど傷つけたことか。不貞はいまわしく、胸をしめつけられるような苦しみを耐え忍ばなければならない。わたしにはトムの気持ちが手に取るようにわかった。もと夫は〝女たらし〟と額に烙印を押されてしかるべき人間だったから。もし、うちの妹があのセックス依存症と駆け落ちしたとしたら？　それこそ泣きっ面に蜂というものだ。しかもトムの場合は、間男が実の弟だった……もしかしたら、トムは正当防衛を申し立てることができるかもしれない。あるいは一時的な心神喪失を。わたしはいけないと思いながらも、トムに肩入れしていた。お金で幸せは買えない。宝くじの賞金もいまの彼を慰めてはくれないだろう。

そもそも、トムには弟を殺すつもりはなかったのかもしれない。怒りのあまり、われを忘れてしまったのだ。

「自首したほうがいいわ」とわたしはすすめた。「陪審員はきっと有罪にしないから」

「わたしが弟を殺したと思ってるのか?」トムの目に怯えたような色が浮かんだ。「あいつがモレーンにいたことも知らなかったんだ。信じてくれ」

「そうしたいわよ、トム。でも、このあたりには、弟さんと面識のある人間はひとりもいない。だれにも動機がないの」

「そんなはずはない。もっとも、弟を殺したのはわたしじゃないと言っても、だれも信じてくれんだろう。それに、あの頭のいかれた女、パティ・ドワイヤーにつきまとわれて困ってる。新聞に大きな記事を書くと言って脅すんだ」

ちょうどそのとき、サイレンが近づいてくる音がした。ジョニー・ジェイのパトカーが猛スピードで店を通りすぎたあと減速し、わたしの家がある通りに曲がった。

「いつもえらくお急ぎだね」アギーががらくたを積みあげたテーブルから言った。「このまえなんか、昼ごはんを食べにいくだけなのにサイレンを鳴らしてた。税金の無駄使いだよ。いばりくさって。目立ちたがりめ」

ようやくアギーとわたしの意見が一致した。

トムは低い声で何やらつぶやくと、まるでジョニー・ジェイから逃げるように、逆方向に立ち去った。町長選でトムをグラント・スパンドルの対抗馬にする計画も、もはやこれまで。はかない夢と消えうせた。

パトカーがもう一台、騒々しいサイレンを鳴らしながら通りすぎた。その車もうちの通りに曲がった。

胸騒ぎがする。

「あんたの家が吹き飛ばされてないか、見ておいでよ」とアギーが言った。

わたしは憎らしいゆすり屋をにらみつけた。いまのは脅迫のつもり？　アギーの手前しゃくだったが、わたしは通りを駆けだした。わが家に万一のことがあれば大変なので。

どういうわけか、爆弾少年ノエルの顔がひょっこり浮かんだ。

結局のところ、警察に通報して助けを求めたのはパティで、それはなるほど火薬がらみの事件だった。彼女とジョニー・ジェイがパティの家の裏庭に立っていた。ふたりそろって、パティが望遠鏡でゴシップと《ディストーター》の記事のネタを集めている、お気に入りの部屋を見上げている。窓の真ん中に小さな穴があいていた。

「なんの用だ、フィッシャー？」ジョニー・ジェイが言った。「ほかにすることがないのか？」

「ちょうどよかった。ストーリーにもこれを見てほしかったのよ、ジェイ警察長」とパティが口をはさんだ。「お隣だもの。助け合わないと」

ティムという、ジョニー・ジェイの部下のなかで一番年かさの警察官が、家のなかから窓を押しあげて、頭を突き出した。

「望遠鏡は粉みじんだ」とティムは言った。「高性能のライフル銃じゃないかね」

「くそっ」とジョニー・ジェイ。「この町ではライフル禁止だといくら言ったらわかるんだ」

「問題はそこじゃないでしょ」パティはジョニーをひとにらみすると、わたしに言った。「警察長は流れ弾がたまたま当たったと考えてるのよ」

ジョニー・ジェイがうなずいた。「犯人を見つけたら、ライフルを撃った罪で逮捕してやる。わたしがこの職にあるかぎり、なめたまねはさせんぞ」

ジョニーはパティの家の窓と望遠鏡に銃弾が撃ちこまれたことはそっちのけで、犯人がどの銃を使ったかにこだわっていた。町の住人はみな、射程の長いライフルをこの地域で使うのは違法だと心得ている。だれもが知っていることだ。だからといって、ときおりライフルを盛大にぶっ放す輩《やから》がいないわけではない。でも、この一件はそうではなかった。

「昨日この通りであんな事件が起こって」わたしはジョニーに言った。「死体が見つかり、犯人が野放しになっている以上、これを偶発事故と片づけるわけにはいかないわ」

「ほほう。で、だれがあんたを新しい警察長に任命した？」ジョニー・ジェイは、あのにぶいロリ・スパンドルでさえ気づくほど皮肉たっぷりに言った。「だが、あんたがここまできてくれたおかげで、店に迎えにいく手間がはぶけた」

ええっ、また？　この男はことあるごとに、わたしを警察署へ連行しようとする。わたしはすでに現場で、書面でも口頭でも詳細な供述を行なっていたが、いずれそうなるのではないかと案じていた。

「逮捕状は?」だめもとで訊いてみた。

案の定、彼は答えた。「いつでも取れる。あんたがどうしても手錠をかけてほしければ」

「うちの窓と望遠鏡はどうなるの?」とパティが文句を言った。

ジョニー・ジェイはその質問について考えをめぐらせているかのように、あごをぽりぽりかいた。

「この町には、あんたの望遠鏡がなくなってせいせいする人間がいるんじゃないかな、ドワイヤー」それは当たっている。たとえば、わたし。あの望遠鏡にはほとほと迷惑していた。

「だが、保険会社に申請することはできる。報告書は明日までに用意しておくから、取りにきたらいい。ほら、行くぞ、フィッシャー」

「警察署で落ち合いましょう」とわたし。行き先がどこであれ、彼の車に自分から乗るつもりはない。彼が強制できないことも知っていた。法的には。もっとも、ジョニーが自分に都合よく法律をねじまげればべつだが。

彼はパティにちらりと目をやった。過去に二、三度、彼女は警察長の暴力沙汰をビデオに撮った実績がある。ジョニーもそのことを思い出したにちがいない、同じ過ちはくり返したくないはずだ。

「勝手にしろ。だが、二度手間はごめんだからな」

それだけ言うと、彼はゆっくりと自分の車に戻り、走り去った。

ティムもパティの家から出てきて、そのあとにつづいた。

パティとわたしはあらためて窓をじっくり調べた。

「偶然の一致だと思う？」と彼女が訊いた。

「かもね」とわたしは言ったが、あやしいと思っていた。

「あたしはそうは思わない。そもそもライフルが発射されたとき、あたしは二階のあの窓辺にいたかもしれないのよ。目を撃ち抜かれたかもしれない。あたしの命は危険にさらされてる」そう言って、パティはにっこりした。嬉しそうな満面の笑みだ。「だれかがあたしをつけねらってるのよ。これであたしも正真正銘の記者ね」

「これのどこがそんなに嬉しいの」

「いいから。手を出して」

パティが万国共通のハイタッチのしぐさをしたので、わたしもいやいやつきあった。

「あなたの晴れ舞台に立ち会えて光栄だわ」

「こちらこそ」

「事件が起こったとき、あなたはどこにいたの？」わたしは訊いた。

「まあ、あちこち」

「へぇ」詮索好きとでもなんとでも言って。でも、パティが目を合わせようとしない様子から、何かをたくらんでいるのは見え見えだった。「わたしたち親友じゃなかったっけ？」

「もう、しかたないわね。じつはあの家のなかを探っていたの」

パティが指さしたのはわたしのもと夫の家で、立ち入り禁止の黄色いテープがドアにべたべた貼りつけてある。「どうせ捜索はもう終わってるはずだから。テープをはずし忘れてるだけよ」

わたしたちは顔を見合わせた。「で?」とわたし。「何か見つかった?」

パティはポケットつきのベストを探って、ヒッコリーの実を取り出した。

「玄関ドアの脇にこれがあった」

わたしはいつもパティの考えの筋道をたどろうと頭をしぼり、たいていはうまくいく。でも今回、彼女はべつの惑星の住人になったらしく、火星語をしゃべっていた。

わたしがヒッコリーの実について知っていることといえば、

・ヒッコリーの木はウィスコンシン州の森林に自生している。

・第七代大統領のアンドリュー・ジャクソンは〝ヒッコリーおやじ〟と呼ばれていた。それは彼が歴戦の強者《つわもの》で、ヒッコリーの木も斧の柄に使われるくらい頑丈だから。

・シャグバークは、ガサガサした樹皮が大きくはがれるという特徴から命名された。ヒッコリーの代表的な品種で、その実は一番おいしい。

・最初は分厚い殻に包まれているが、食べごろに熟すと殻がはじける。

・ヒッコリーの実は健康食品で、タンパク質、カリウムのほか、βカロテンやビタミンCが含まれ、栄養価が高い。

・ピーカンは近縁種で、ピーカンナッツはヒッコリーの実の代用になる。
・八月のちょうどいまごろ、ヒッコリーの実は熟して落ちはじめ、九月いっぱいまでつづく。

「それと、うちの窓の下でもこれを見つけたの」パティはもうひとつ、さっきとうりふたつのヒッコリーの実を手渡した――まだ殻をかぶっていて、ゴルフボールよりやや小ぶり、殻が少し開きかけている。

わたしは自然愛好家《ナチユラリスト》を自任していて、生き物はなんでも大好きだ。それは、うちの裏庭を見てもらえればすぐにわかる。わたしがミツバチを飼っている理由はいくつもあるけれど、一番の理由は、彼らの生活が脅かされているから。それに地元で多彩な農産物がみのってほしいから。それらの作物は、スタンリーやわたしのような養蜂家が飼っているミツバチの働きで実を結ぶ。うちの家庭菜園もわたしにはかけがえのない喜びだ。種が芽吹き、大きく成長して、果実というプレゼントがみのるさまは、見ているだけで楽しい。

そこでようやくパティの考えが読めた。

「でも、この通りにはヒッコリーの木が一本もない」とわたしは言った。

「ご名答」パティはわたしの肩をぴしゃりとたたいて、脳みその働きを褒めてくれた。

「リスが落としたんじゃないかしら」とわたしは思いついた。「そろそろ冬ごもりにそなえて、餌を集めて埋める時期よ」

パティもしぶしぶその可能性を認めた。

「それでもあたしは、だれかが警告のしるしに置いていったんだと思う」

「危険な場所を嗅ぎまわっていたんじゃないの？」とわたしはパティに確かめた。

「そりゃそうよ。それがあたしの仕事だもの」

「じゃあ、くれぐれも気をつけて」と言って、ヒッコリーの実を返すと、彼女を裏庭に残して立ち去った。パティの身をさほど案じていたわけではない。彼女が敵を寄せつけないためにスズメバチの駆除スプレーを持ち歩いているのは、まえから知っている。いつも着ているあのベスト、ほかに何を隠しているのやら。

17

店に戻ると、万引き常習犯の〝はちみつ女王〟ことディーディー・ベッカーが、入口でホリーとにらみ合っていた。人だかりができているのは、〈ワイルド・クローバー〉が地元の人たちがたむろする場所で、とくにこの近辺で殺人のような血なまぐさい事件が起こったときには、うわさ話をするのにもってこいだから。これだけの大事件ともなれば、町じゅうの人がメイン通りの商店街にくり出し、スチューの店で一杯やり、図書館でひそひそ耳打ちし、うちの店のレジに並びながら立ち話をする。こうして、うわさや中傷があっというまに広まっていく。

ディーディーとうちの妹のいさかいの原因がなんであれ、お客にとってはさらなる余興のようなものだ。

ホリーはわたしを見ると、「いまから出ていってもらうところ。その理由を聞いたら、あきれるわよ」と言った。

ディーディーはまだはちみつ女王の王冠をつけていた。わたしはそれをはたき落としたい衝動に駆られたが、幸いにもどうにかがまんすることができた。できるものなら、炎を噴き出して、ばかばかしい王冠を焼き尽くしてしまいたい。今年ははちみつ女王が正式に決まった記念の年。その称号にふさわしいのはわたしのはず、ディーディーなんかじゃないわ。

「あたしはモレーンの代表だから」とディーディーは言った。「この町のどこでも顔パスだし、好きなところに出入りできるって、グラントが言ってた。〈ワイルド・クローバー〉もそのひとつよ。あたしを追い出すなんてできないの」

「はちみつ女王とやらを、ずいぶん大げさに考えてるのね」とわたし。「それにお祭りは終わったんだから、あなたのお役目も終わりでしょう」

「この仕事は、来年のお祭りまでつづくのよ。あたしが後任の女王に王冠《クラウン》を授けるまでは」

よっぽど、ディーディーの頭に一発お見舞い《クラウン》してやろうかと思った。

「じゃあ、うちの商品でバッグに納まる小物のうち、今日はどれがお気に召しまして？」嫌味な言い方だけど、なにしろ、このお嬢さんはスーツケースほどのバッグを持ち歩き、そこに商品をただで詰めこむのが趣味ときている。いまも肩にかついでいるそのバッグの中身は、〈ワイルド・クローバー〉からの棚ぼたを期待して、からっぽにちがいない。

「あんたがここにきた理由をストーリーに言いなさいよ」とホリーがけしかけた。

「おたくのはちみつ製品が、州の食品条例に合っているかどうか調べさせてもらうわ」ディーディーはふんぞり返ってそう言った。

ずうずうしいにもほどがある！

「お帰りいただいて」わたしは妹に言った。

ディーディーが抵抗したので、ホリーはヘッドロックをかけた。王冠が吹っ飛び、レスリングの達人は、目にも留まらぬ早業でディーディーとばかでかいトートバッグを床にねじ伏せた。

「グラントに言いつけてやる」ディーディーはわめきながら立ちあがり、王冠を引っつかんだ。

ノエルがこの騒動を脇から眺めていた。はちみつスティックをひとつかみ持ち、空いたほうの手で親指を立ててみせた。わたしはこの子が好きになる一方だ。

キャリー・アンがレジを打ち、レスリングに見とれて買い物がお留守になっていない数少ないお客さんの勘定をしていた。ホリーが手伝いに入る。

「あとでちょっと留守にするから」とわたしは言った。

「また？」とキャリー・アン。「ほとんど店にいないじゃない。でも安心して、留守のあいだ、店の面倒はちゃんと見とくから。あたしは店主に向いてるのよ」

だれもかれもが店を仕切りたがる――キャリー・アンしかり、ホリーしかり、母さんしかり。ただし、店が順調なときだけで、ちょっとまずいことが起これば、とたんに放り出す。まあ、母さんはべつかも。もともと、ふつうの人とは対処の方法がちがっているから。

「今回はしかたないのよ」とわたしは説明した。「ジョニー・ジェイがまた訊きたいことがあるんだって。店を空けて申し訳ないけど、いろいろ助けてもらって感謝してる」

「あたしたちにまかせて」と従姉は言った。「どうぞご心配なく。そうよね、ホリー？」キヤリー・アンは友情のしるしに妹の肩に手をまわした。「ホリーは遅刻することもあるけど、いざ出勤したら、ひとりでふたり分の働きをする。それに、いまみたいに、ろくでもない連中をつまみ出してくれるし。ふたりいれば鬼に金棒よ」

ホリーがまじめに働いてる？　わたしはびっくりした。あの妹が？　ほんとに？　ひとつ確かめてみる必要がありそうだ。

わたしは店の真ん中にじっと立っていた。足が一歩たりとも出口に向かおうとしない。ジョニー・ジェイと鍵のかかる取り調べ室が待っているというのに。なんだかさんざんぶちのめされ、いたぶられたような気分で、ジョニーをいつものように軽くあしらえるとは思えなかった。

この二日間、不愉快な顔ぶれが入れ替わり立ち替わり、わたしの前に現われた――ロリ、ディーディー、警察長、アギー・ピートリー、母さん（理想の母親に変身するまえの）。そのうちのだれとも、とりわけジョニー・ジェイとは、もう一分だって同席したくない。

だから、警察署には行かないことにした。

わたしは事務所からハンターに電話した。

「警察長が嫌がらせをするの。警察署に出頭するよう言われた」

「ぼくも行こうか？」

「いいえ、行くつもりはないから」

ハンターは電話口でため息をついた。

「彼は事件の捜査をしてるんだ。きみも協力しないと」

「それはそうだけど、もう昨日すませたのよ。知っていることを洗いざらい話した。もうたっぷり協力したわ」

「テレビの刑事ものは見てるだろ？」

「ときどきは」

「警察はいつも証人からくり返し話を聞こうとする。それには理由があるんだ」

「尻尾をつかむためでしょ。ほらね、ジョニーはあたしをねらっているのよ」

「証人が重要なことを忘れていないか確かめるためだよ」

「言っときますけど、わたしは何も忘れてないわよ。あなたからそう伝えてくれない？」

「いや。ぼくが口を出せば、やつはきみをさらに追いまわす」

「なるほど」たしかにそれは言えている。

わたしはつぎに、パティの家の窓と望遠鏡が銃で撃たれたことを話した。

おえらい警察長の見立て――浅はかで、すぐに銃をぶっ放す狩猟者の流れ弾――は言わなかった。ハンターがそんなばかげた説明を思いつくかどうか確かめたくて。それにもちろん、ヒッコリーの実《ナッツ》のことは黙っていた。わたしまで、正気を疑《ナッツ》われそうだから。

わたしが話しおわると、ハンターは長いあいだひとこともしゃべらなかった。ようやく「パティに電話して話してみるよ。知人として、だけど」と口を開いた。

それを聞いてわたしは少し怖くなった。彼がこの件を軽くあしらわなかったから。もしハンターがジョニーのようにまともに取り合ってくれなかったら、憤慨しただろう。でもいまでは震えあがっていた。こちらのほうがはるかに悪い。

「そうしてもらえるとありがたいわ」

「ジョニーには冷静に対処するんだ、いいね、最愛の人《プレシャス》」

「そう言われると、弱いのよね」わたしはハンターに愛され求められていると感じながら、電話を切った。

空想のなかの完璧な世界では、悩みなどひとつもない。かりに困ったことが起きても、ハンターが解決してくれる。でも、あいにく現実の世界では、自分でなんとかするしかない。

そこで客足が途切れたときを見計らって、わたしは店を出て、家まで歩いて帰り、養蜂場をちらっとのぞいた。うちのミツバチたちはみな機嫌よさそうな羽音を立てている。ということは、盗蜂はもううろついていないということだ。つぎにカヤックを川に浮かべた。パティの窓を撃った人間がだれにしろ、銃弾の角度から考えて向こう岸からねらったにちがいない。

二階のあの部屋には窓がふたつある。片方はうちの寝室の窓の真向かいにある。もうひとつは川に面している。その窓に銃弾が撃ちこまれたのだ。

わたしはオコノモウォク川の冷たい水のなかをばしゃばしゃ歩いた。ビーチサンダルなので濡れてもかまわない。それも、わたしが愛用している履き物の長所のひとつだ。カヤックが転覆しないように注意しながら、ひらりと乗りこんだ。

今日は川の流れがおだやかで、アメンボが水面に立てるさざ波がここにひとつ、あそこにひとつと広がっている。わたしはパドルを漕いで向こう岸まで渡ると、慎重にカヤックから降りて岸に引きあげ、あたりの様子をうかがった。頭を少しかしげて、パティの家の窓がまっすぐ視界に入るようにする。

川岸からは斜面がつづいている。片目をパティの窓に据えたまま、低木や木立を縫ってパティの家がすっかり見えなくなるところまで登った。その結果、銃弾はおそらく小高い丘のてっぺんの茂みと川岸のあいだのどこかから発射されたことがわかった。

帰り道では、犯人に結びつく手がかりはないかと目を皿のようにして地面を探した。ひとつもない。

つぎに、あちこち見まわして、ヒッコリーの木を探した。

川岸には見当たらなかったが、もともとあるとは思っていなかった。ヒッコリーの木が生えているのはたいてい林のもう少し奥で、リスがお宝を埋めて、それをすっかり忘れてしまった場所から芽が出る。わたしたちは、ああいう小さな動物にもっと感謝しなければならない。彼らの手助けでたくさんの木が育っているのだから。わたしはうちのチューリップが森のなかで咲いているのを見たことがある。リスが球根を掘り出して、植え直してくれたというわけだ。

このあたりには、場ちがいなものは何もなかった。

ところが川をふたたび渡って、カヤックを岸に引きあげたとき、あるものを見つけたせいで、胸の鼓動が速くなり、血圧が一気に跳ねあがった。
ヒッコリーの実がぽつんと、うちの裏口のそばに置いてあったからだ。
しかも、その実は粉々に砕けていた。

18

「なんでわたしなの?」とパティに訊いた。「わたしにヒッコリーの実が届くなんて、おかしいでしょう。あなたなら話はわかるけど」

わたしたちは〈ワイルド・クローバー〉の三番通路の奥にいた。ようやくパティの携帯がつながり、店に寄ってくれるように頼んだのだ。

「知りすぎたのよ」パティはわたしの質問にそう答えた。「知りすぎた人間は消さなきゃならない」

「テレビの見すぎじゃないの」

「フォード殺しと関係があるのかも」

「わたしが死体を発見したとき、あなたはその場にいなかった。もしフォードの件と関わりがあるなら、ねらわれるのはわたしでしょう。ふたりそろってじゃなく。そこがしっくりこないわね」

わたしたちは考えこんだ。

そこへホリーがやってきた。「レジまでつつぬけよ。ミリーとキャリー・アンも一緒に考えてくれるって。こっちにくれば？」

わたしとしたことが。内密の話を店の通路でするなんて、うかつにもほどがある。わたしたちはすごすごとレジに戻った。

「ヒッコリーの実がどうかしたの？」とキャリー・アンが訊いた。

「今月の〈ワイルド・クローバー通信〉に載せようと思って」とごまかした。「ミリー、何かいいレシピを思いつかない？」

「ぴったりのがあるわ」とミリー。腕いっぱいに花を抱え、その花で花束をつくっている。

「ヒッコリーの実を集めてるの？」

「たまたまだけど」とわたし。

そのとき携帯が鳴った。「ベンと一緒に店の前にいるんだ」とハンターが言った。「ちょっと出てこないか」

「なかに入ってらっしゃいよ」とわたし。

「遠慮するよ。町でも名うてのゴシップ好きが集まっているんだから。それはそうと、どうしてピートリーの連中はおもてで処分セールをやってるんだい？」

「あとで説明する。ちょっと弱みを握られてるのよ」

「わかった。いまそっちに行く」

わたしはハンターのそんなところが好きだ。必要に応じて、こだわりを捨てられる。いろいろな意味で。でも、いまはその話ではない。

青果を店頭に出していたトレントが、わたしの頼みでレジを代わってくれた。残り全員が、ハンターとベンも含めて、狭い事務所に集まった。パティとわたしが順番に、というより、相手の話をさえぎっては話しだすので、説明は少々わかりづらいものになった。

「そのときパティが、クレイの家の玄関先でヒッコリーの実を見つけたの」と話の終盤になってつけ加えた。ハンターにはその部分を伏せていたことを思い出して。ハンターは鼻を鳴らした。こうなることがわかっていたから、ヒッコリーの実のことは黙っていたのだ。でも、取り消すにはもう手遅れなので、ハンターのからかうような表情は無視することにした。

「それに、銃が撃ちこまれたパティの窓の下でも一個見つかった。だから川の向こう岸を探してみることにしたんだけど、ふだんとちがうものは何も見つからなかった。で、帰ってみると、うちのドアのそばに粉々になったヒッコリーの実が置いてあったわけ」

ひとしきり沈黙がつづいた。

「どうしてヒッコリーの実なの？」キャリー・アンがようやく口を開いた。「ずいぶん間が抜けてるじゃない。あたしだったら人を脅すのに、銃弾とか、首吊り用の縄とか、〝食べるな、危険〟とメモをつけたブラウニーにするけど」

ハンターは一瞬ぎょっとした顔をした。キャリー・アンが本気だと思ったのでは？　彼は、うちの家族や親戚は何をしでかすかわからないと思っているふしがある。

「キャリー・アンはもっと効果のありそうな例をあげただけよ」ハンターが従姉の顔をじっとうかがっているのを見て、ホリーが声をかけた。

「ヒッコリーの実はこの時期だとそこらじゅうに落ちてますよ」とミリーが口をはさんだ。多くの人には欠けている常識を働かせて。「おたくの通りには、ヒッコリーの実が大好きなリスがいるんじゃないかしら。考えすぎだと思うけど」

「うちの通りにはヒッコリーの木が一本もないの」とパティが指摘した。

「リスがどこからその実を運んできたのか、わからないでしょ」と答えが返ってきた。ミリーは簡単にあきらめるタイプではない。

「それにしても、ヒッコリーの実をいつうちの裏口に置いたのかしら」とわたし。「カヤックを漕ぎ出すまえには気づかなかったけど、だからといって、そのときにはなかったとも言いきれないし」

「なかったけど」パティがぽろりと言った。

「なんで知ってるの？」とわたし。

「それは、まあ」パティは目をそらした。

そのときハンターがこう言ったので、わたしはがっかりした。

「みなさん、いまは神経が高ぶっているから、もしかしたら少々過剰に反応しているのかもしれません。気を楽にして、それぞれの仕事に戻ってください。それと――」彼はわたしをちらりと見た。「警察長への協力をお願いします。ジョニー・ジェイのことをよく思わない人がいるかもしれないけど、彼は仕事熱心で、職務に忠実です。いずれ事件を解決し、容疑者を逮捕してくれるでしょう」

わたしは部屋を見まわした。ミリーもハンターも、パティとわたしの身が危険にさらされているとは思っていない。ホリーなら、わたしが屋根の上に緑色の小びとがいたと言っても、味方についてくれるだろう。でもそれはホリーが妹で、妹は姉をかばうものだから。ベンでさえわたしから目をそらした。というか、そんなふうに見えた。

みんながいなくなったあと、ハンターはわたしを抱きしめ、つむじにキスしてから出ていった。あとに残ったわたしは、この数日間の出来事をあらためて振り返ってみた。たぶんミリーの言うとおりよ。それに、ハンターにまかせておけばまちがいない。彼は刑事なんだから。ひととおり考えおわったころには、ヒッコリー脅迫説がわれながらばかばかしく思えてきた。

ただし、もしわたしがだれかに嫌がらせをするなら、キャリー・アンがさっき例にあげた銃弾やブラウニーのようなあからさまな方法は使わない。もっとさりげないやりかたをするだろう。相手に疑惑を植えつけて、不安に陥れ、おびえさせる。それにここがミソだけど、ヒッコリーの実で脅迫されたとみんなに訴えても、だれが本気にしてくれる？

そんな人はまずいない。

ホリーが事務所のドアをノックし、返事も待たずに入ってきた。これではドアを閉めておいてもなんにもならないし、そもそもドアをノックする意味がない。「アギーのことで苦情が殺到してるの。強引な客引きをしてるって」

そのとき名案がひらめいた。ハンターが彼女の露店を見かけて口にしたことを思い出したのだ。処分セールとかなんとか。そうよ、それよ。「メイン通りで処分セールをするのに、許可はいらなかったっけ？」

「ははあ、なるほど」

わたしは町役場に電話して確認した。わたしのにやにやした顔を見れば、答えは訊くまでもなかった。

「この町で処分セールを開きたければ」とホリーは言った。「料金を支払わないといけない」

「トレントから警察に連絡してもらうわ。警察も彼なら相手にしてくれるから。アギー・ピートリーの好きにさせるもんですか」

しばらくして、おもてで騒ぎが聞こえた。わたしは頬がゆるむのをこらえようとした。ええ、ほんとうに。でもこれから始まる余興は、ぜひ特等席で見物したい。わたしたちはみな、従業員もお客もそろって歩道に飛び出した。

ジョニー・ジェイと、良心的な警官でうちの常連客でもあるサリー・メイラー巡査が、アギーとユージーンに、処分セールには許可が必要だという町の決まりを説明していた。息子のボブもその場に居合わせ、ちょうど、段ボール箱を開けて、手作りのスカーフをテーブルに並べているところだった。アギーはここぞとばかりに杖を振りまわしている。

「店の主人には許しを得た。それで充分だろうに」

「いいえ」とサリーが言った。「許可証が必要なんです」

ユージーンがわたしのほうを見た。「あんたがそれを書いてくれ」

ジョニー・ジェイはあきれて天を仰いだ。「フィッシャーは役に立たん。町役場に行って申請するんだ。さあ、店じまいして引きあげてくれ」

「死んでもごめんだね」とアギーが警察長に言った。

ジョニー・ジェイはなんなら試してみるか、とうそぶいた。

ユージーンのなかで何かがぷつんと切れたにちがいない。女房と警察長のあいだに割って入ると、ジョニー・ジェイをどんと突きとばした。

サリー・メイラーがユージーンを警棒でぴしりとたたいた。さほど力は入れず、彼の注意を引く程度に。

と、アギーがサリーの膝の裏を杖で思いきりはたいた。サリーはがくりと膝をついたが、すばやく立ちあがった。

そこからは乱闘になった。

ボブは親への義理とムショ行きの可能性の板ばさみになっていた。前科がある（といううわさ）だけに、警官とのもめごとはできれば避けたいに決まっている。彼は後ずさった。

騒ぎが収まったときには、アギーとユージーンは手錠をかけられ、サリーのパトカーの後部座席に押しこめられていた。

わたしは自分の目が信じられなかった。見方によっては、これは快挙と言えるかもしれない。住民の大部分は、さわらぬ神にたたりなしと思っているのに、ピートリー夫婦は後先見ずに刃向かった。ジョニー・ジェイは彼らを生きたままじっくりあぶるつもりだろう。

たまには、それがわたし以外のだれかであってもいい。

ボブがスカーフを箱にしまいだした。

「テーブルを全部片づけろ。十分の猶予をやる」警察長がそう言うと、ボブはうなずいて手を早め、商品を手当たりしだい段ボール箱に詰めこんだ。

「どこへ行くつもりだ、フィッシャー」背を向けて店に戻ろうとしたわたしに、ジョニーが声をかけた。

「ジョニー・ジェイ。ここは自由の国だと思ってたけど。どこでも好きなところに行くわ。あなたの許しを得る必要はない」

「あんたのためにいいものを用意した。このまえ約束したプレゼントだ。いつまでたっても署にお出ましいただけないから、これをみんなの前で進呈するよ」

わたしは振り返るのがいやだった。わたしの正面にいるホリーに小声でたずねた。

「あいつは何を持ってる？」

「手錠」とホリー。

こうしてわたしは、アギーとユージーンのピートリー夫妻ともども取り調べ室に閉じこめられたのだった。

19

「警察長がうちの女房を殺すと言ったのは、通りにいた全員の耳に入ってるはずだ」テーブルの一方の端に手錠でつながれたユージーンが言った。

「それは言葉のあやだと思うけど」わたしはもう一方の端から言った。

ジョニー・ジェイはまえに、わたしが警察署に出頭して彼のくどい質問に答えなければ手錠をかけて連行すると言ったが、わたしはその脅しを本気にしていなかった。ところがご覧のとおり。しかもこのふたりと一緒の部屋に押しこめるなんて、卑怯なことこのうえない。

「あいつを訴えてやる」アギーが真ん中から言った。「鎖でつなぐなんて、犬じゃあるまいし」

「彼を杖で殴ったのがまちがいだったわね」これはわたし。

「お黙り」とアギー。

わたしたちはしばらく無言ですわっていた。不愉快な状況とはいえ、たとえピートリー夫妻が暴力に訴えようとしても、襲われる心配のないことがせめてもの慰めだった。アギーの唇に狂犬病の犬そっくりの白い泡がついていたのは、目の錯覚じゃない。でも手枷足枷をつけられていては、それほどおっかなく見えなかった。正直、ここまで念入りな拘束はいくらなんでもやりすぎだと思ったが。

幸い、わたしの足はつながれていなかった。その点はありがたい。

「もしあんたが先にここを出たら」ユージーンがわたしに目を向けた。「おれたちの保釈金を払ってくれ」

「死んでもごめん」と言いたいところだが、彼がどんな反応を示すかは考えるまでもない。そこで「ボブとアリシアに頼めばいいじゃない」と言った。

「おれたちに借りがあるのを忘れちゃいまいな」とユージーン。

わたしは自分に言い聞かせた。これからは、不愉快な連中とはこんりんざい関わるまい。気持ちのいい人たちとだけつきあおう。一緒にいて楽しい人でなければお断わり。たとえば

―

・おばあちゃん（いつもやさしくて思いやりがある）
・ホリー（おおむね最高の友人）
・キャリー・アン（たいていは陽気でほがらか）
・ハンター（いつもわたしを支えてくれる）
・スタンリー（ミツバチやはちみつについてのよき話し相手）
・パティ（これは取り消し）

・母さん（やさしい母さんのままでいてくれるなら）

アギーがにやりとほくそえんだ。「あんたも早まったねぇ」とわたしに言う。「あの男と寝たりしなきゃ、ここにくることもなかったのに」

「はぁ？」

「しらばっくれて」

「ばかばかしい。そんなこと、どこで聞いたの？」自分がフォードと一緒のところを思い浮かべるだけで、胸が悪くなった。

「あんたの妹が不動産屋の女に話しているのを、すっかり聞かせてもらったよ」

思い出した。「ああ、あれね」笑いとばすつもりが、わたしの口から洩れたのは弱々しい泣き声だった。ホリーがロリに吹きこんだでたらめを、アギーは立ち聞きしていたのだ。妹のいたずらにロリはまんまとかつがれたが、その一方で、わたしたちが思いもよらなかった皮肉な、縁起でもない事態が生じていた。「妹は冗談を言ったのよ」

「へぇぇ」

「本当だってば」

「警察長にもあんたの薄汚い逢い引きについて教えてやらないと。まだ耳に入ってないかもしれない。ことによると、ユージーンとあたしは、あいつと取り引きできるかもしれない――あんたと死んだ男にまつわる情報を渡す代わりに、あたしらへの告発を全部取り下げて、釈放してもらう」

「おれは、あんたがうちの庭を掘り返してるところを見つけたんだ。そのことも忘れるな」とユージーンが指摘した。

「それは誤解よ」

ちょうどそのとき、錠に鍵がガチャガチャ差しこまれる音がして、ジョニー・ジェイが入ってきた。

「フィッシャー」と彼は言った。「おまえからだ」

「あたしを先にしてもらいたいね」とアギー。「あたしの話を聞いたら、この女を永久に刑務所にぶちこむことになるだろうよ」

ジョニー・ジェイは取り合わなかった。やれやれ、ありがたい、と母さんなら言うところだ。

それから数分後、彼とわたしは別室にいた。さっきの部屋よりもひとまわり小さく、おしゃべりアギーのへらず口が聞こえないのでずいぶんひっそりしている。

「知ってることはもう洗いざらい話したわ。これ以上何が聞きたいの」とわたし。「みんな書面になっているし、もうすっかりおさらいしたじゃない」

「新しい事実がいろいろ出てきたから、それについてじっくり検討したい。あんたのこともな」

気のきいた冗談でも言ったように、ジョニー・ジェイは忍び笑いを洩らした。やおら椅子を引くと、両足をテーブルにでんと乗せた。ずいぶん失礼な態度だ。靴の裏がわたしのほうを向いている。何やらぞっとするかたまりが右の靴底にこびりついていた。わたしをしばらくにらみつけたあと、「あんたと被害者の関係は？」と訊いてきた。

「フォードと？　何もないわよ」とわたし。「どんな種類の関係もない。あの男とはたった一度、それもほんの数分会っただけ。クレイが戻ってきたんじゃないかと思ってあの家を訪ねたら、彼が出てきたの」ジョニー・ジェイはどんな手を使ってもわたしをはめようとするだろうから、その発言は訂正したほうがいいかもしれない。「いまのは取り消し。そのあと二度見かけたわ。二度とも死んでたけど」

「たまたま、生きてる状態から死にいたるところは目撃しなかったんだな？」

「面白い冗談ね」

「あんたがあの男と性的な関係を持っていたと言う証人がいるんでね」

「食わせ者のアギーが、とんでもない言いがかりをつけたのを盗み聞きしてたのね」取り調べ室に盗聴用マイクが仕掛けられているとは思えなかったが、でも、ジョニーならやりかねない。

警察長はわたしをじろりとにらんだ。

「あの女なら、あんたが片づいたらすぐに調べる。だが、まったく同じことを話している信頼できる証人がもうひとりいる」

その証人がだれか、すぐにぴんときた。

「ロリ・スパンドルが信頼できるもんですか。ハイスクールのころからずっとわたしをつけねらっているんだから」ジョニー・ジェイも同じだと言ってやりたかったが、負け惜しみのように聞こえたらくやしい。「で、ロリはどこにいるの？　彼女と話をつけなきゃ」

「証人の名前を言ったおぼえはないぞ。まあ、落ち着け。それとも、あんたの妹を呼び出すとするか。おたくとガイシャの関係について、そもそも洩らしてくれたのは彼女だそうだから」

「そうね、すぐに妹を呼んで。誤解をさっさと解きましょう」

「姉さんをかばうに決まってる。涼しい顔で平然とうそをつくはずだ」ジョニー・ジェイはせせら笑った。「こういう筋書きはどうだ。あんたと死んだ男は激しく求め合い、そしてやつはあんたの気に入らないことをした。きわめつけの変態プレイか何かで、どうしても止めようとしない。で、あんたはとうとう殺してしまった。あるいは、やつの行為を気に入ったのはいいが、歯止めがきかなくなった、という線もある。あんたはまもなくやつが死んでることに気づいた。何もかも事故だったのかもしれん。いずれにしろ、やつはあの世へ行き、あんたは死体の始末に困った。そこで暖炉に突っこんだ」

このあたりで口をはさまなければ。黙って聞いていればいい気になって。

「よくもまあ、そんなばかなことを……」

「黙れ。殺人犯は気が動転してるから、妙なことをするもんだ。それはともかく、やつが死んでしまうと、あんたは冷静になり、名案を思いついた。ロリ・スパンドルをあの家に行かせて、遺体を発見させたらいい。あんたは彼女のことをよく知ってる。危機に見舞われたらどう反応するかも。あいつはその手のことがあまり得意じゃないよな？　はたしてロリはあんたの思わくどおりに行動した。泡を食って逃げ出す。ところが、予想とは裏腹に、彼女は黙っていることにした。旦那が主催している祭りの最後をぶち壊したくないというのが、理由のひとつ。もうひとつは、あの男に家を貸したのは彼女だから責任を感じたが、どうしたらいいのかわからなかった」

思いちがいもはなはだしい。ロリ・スパンドルはこれまでただの一度も責任を取ったことのない、ムカツク女なのだ。

「携帯を返してよ」とわたしは言った。「電話したいから」もし警察長と町長とその尻軽な妻がぐるになって、わたしの刑務所送りを画策しているなら、これはとんでもない窮地だ。

「わたしの推理をどう思う？」

「もうひとことだってしゃべるもんですか、ジョニー・ジェイ」そのとき、あることを思いついた。「でも、ひとつだけ訊きたいことがあった。フォード・ストックの死因はなに？」

「あんたに質問する権利はない」彼は足を床に下ろして立ちあがった。「今日のところは帰ってもいいが、この町から出るんじゃないぞ。あんたから目を離さないからな」

その捨て台詞とともに、わたしは自由の身になった。サリー・メイラー巡査がうちの店までパトカーで送ってくれた。しばしの沈黙のあと、「フォードはなんで死んだの？」と訊いてみた。

サリーは口にチャックをするまねをした。

わたしはため息をついた。ジョニーは配下の警官に鉄の規律を敷いている。彼らはいっせいに、問いかけるような表情でわたしを振り返った。

〈ワイルド・クローバー〉に戻ると、店は客で込み合っていた。

「どうぞご心配なく」わたしはそう呼びかけた。「アギーとユージーンはまだ留置場よ。え、わたし？　そんなたいしたことじゃないの。警察長とちょっとした行きちがいがあっただけ。いつものことじゃない」

ホリーがまえに出てきて、妹らしくぎゅっと抱きしめてくれた。

せっかくの機会だし、それにフォードとわたしのうわさが、いまはまだでも、いずれ外に洩れることはまちがいない。それならむしろこの場で明るみに出し、うわさの芽をつんでしまうことにした。何も隠し立てしない。それがわたしの新しい生き方。警察署で根も葉もない誹謗中傷が飛びかってからというもの、ずっと考えてきたことだ。

「不愉快なうわさが流れてるみたいね――」と言いかけたところで、従姉に話の腰を折られた。

「まだ何も聞いてないわよ」とキャリー・アンは言った。「もしそうなら、あたしが知ってるはずよ。だってずっとレジにいて、店を切りまわしてきたんだから」従姉が〝切りまわす〟という部分をとくに強調したことを、わたしは聞き逃さなかった。けれども、それには取り合わず、先をつづけた。「――わたしが被害者とつきあっていたとか……ええと……性的な関係があったとか」とわたしは言った。「でも、そんなデマはひとことだって信じないで。事実無根だから」

ホリーはキッとなってわたしを見上げた。

「そんなたちの悪いうわさ、そもそもだれが始めたの？」

わたしは目をすがめ、じろりと見返してやることで、その答えを内々に伝えた。

「あら」と妹は言った。自分が言いだしっぺだと気づいたのだ。「いやだ……どうしよう」

わたしの人生ももはやこれまで、お先真っ暗だと思いはじめたところへ、友人とお得意さんが救いの手を差しのべてくれた。

「ばかばかしい！」

キャリー・アンが吐き捨てるように言った。

「そんなうわさを広めるやつがいたら、後悔するぞ」とべつの人が言った。「おれに向かってひとことでも言ってみろ！　曲がった性根をたたき直してやる」

いくつもの頭がいっせいにうなずく。

「わたしたちがついてるわよ、ストーリー」とミリー。「どんなときも。そうよね、みんな？」

同意のつぶやきが店じゅうに広がる。店の正面から奥に向かって、そして左右にも、ひとつの巨大なうねりとなって。

わたしの打ちのめされ傷ついた耳に、踏みにじられた魂に、みんなの声は大きな、美しい、朗々たる響きとなって自信を吹きこんでくれた。

泣いちゃだめ、泣きくずれちゃだめと、わたしは自分に言い聞かせた。

それでもこらえきれない涙がひとつかふたつ、ほろりと頬をつたい、しばし声もなく立ちつくしていた。

20

そのあとすぐに携帯が鳴って、おばあちゃんのやさしい声が聞こえた。

「このワンちゃん、かわいいったらないの」

「その子はわが家を探してるの。ノームはもう帰ってこないから」

「すぐにも引き取ってあげたいけど」わたしの大好きなおばあちゃんは言った。「でもね……」

ディンキーにはいつだって〝でも〟がつくのだ。

「……しつけができていないから。あたしのおろしたてのスリッパにおもらししたんだよ」

「それは、おばあちゃんが好きだっていう証拠なの」

「そりゃそうでしょうとも」とおばあちゃん。いつも相手の一番いいところを探そうとするのだ。「でもこのままだとね。あんたの母さんはヒステリーを起こす一歩手前だったし」

キャリー・アンも以前、ディンキーにはしつけが必要だと言ってたっけ。でもこの子が手に負えない犬だとしたら？

「もしもその癖を直すことができたら、引き取ってもらえる？」わたしは預かっている里子に、新しいわが家ができそうな見こみにわくわくしていた。商売人の勘とでもいうのかしら。もちろんディンキーは売り物じゃない。もらっていただけるならよろこんでお譲りする。それでも、近くにいて、ちょくちょく会いにいけたら嬉しい。欠点だらけだけど、いつのまにやらかけがえのない存在になっていた。

「犬のしつけかたは知ってるの？」とおばあちゃんが指摘した。

「いいえ、でもハンターが知ってるし、手伝ってくれるわ」

「じゃあ、ディンキーがおもらしをしなくなったらってことで。でも、母さんには内緒だよ。びっくりさせたいから」

まあ、そんなことになれば母さんはひっくり返るだろう。動物好きとはいえないから。

「そういえば、母さんは？」わたしは訊いた。

「スチューの店に、例のトムとお出かけ」

「うわ、しまった」あのふたりから目を離さないようにすることをすっかり忘れていた。

「どうしたの？　おまえ」

「なんでもないの。じゃあ切るわね。ディンキーを明日まで預かってもらえる？」

「喜んで」おばあちゃんは思ったとおり、ふたつ返事で承知してくれた。

トレントは今日二度、勤務が入っていたので、遅番で戻ってきたときに店じまいを頼んだ。ありがたいことに、店がすいているので閉店までひとりで大丈夫だという。

「何かあったら連絡してね」とわたしは言った。「五分で戻ってくるから」

わたしはあわただしく家に帰って着替え、もらったばかりのタイガー・プリントのスカーフを巻いた。母さんが喜ぶだろうと思って。

空にうっすらとかかった満月の下、スチューの店に急ぐ。まだ一時間かそこらは明るいのに、お月さまはすでに顔を出し、意志の弱い、すさんだ心の持ち主を餌食にしようと手ぐすね引いて待っていた。わたしもそのひとりだとしたらどうしよう。フォードが命を絶たれたのもそのせい？　満月には人を狂気に追いやる力があるというパティの説は、当たっているのだろうか？

いやだ、おっかない！

メイン通りの角までくると、ロリの車が町の北側からやってくるのが見えた。バーの正面の駐車場にすべりこむ。彼女が車から降りるのが見えたので、わたしは足を速めた。

ロリはわたしを見て車に飛び乗ろうとしたが、わたしはきつすぎるサマーセーターの背中をつかんで引き戻した。

「話があるんだけど」と彼女に言った。「いまちょっといい？」

「あんたに話すことなんて何もないわ」ロリは身をよじって、セーターが無事かどうか確めた。それから向き直り、わたしと顔を合わせた。「このセーター、どうしてくれるの。無理に引っぱるから型くずれしちゃった」

「それしきのこと、あんたがしたことに比べたらたいしたことじゃない。あんたはまず第一に、フォードの身元確認を怠った。うちのすぐ隣の家を前科のある人間に貸したのよ。職務怠慢で、不動産仲介人の免許を取り消してもらうから」

ロリを免許停止に追いこむにはどうすればいいのか見当もつかないが、あとで調べてみよう。ただしロリはあまり心配しているようには見えず、そこが少し気がかりだった。

「いいかげんにしなさいよ、フィッシャー」と彼女は言った。「あたしにかまわないで」

ロリの職業的生命を絶つ算段をするのは、とりあえず後まわし。わたしとフォード・ストックがふしだらな関係にあったと、ジョニー・ジェイにたれこんだ件が先決だ。わたしはもう一歩詰めよった。

ロリは真っ赤になっていた。かんかんに怒っているしるしだ。

「あたしの前からとっとと消えて」とまたもやすごむ。

「そうはいくもんですか。あんたはわたしの面目をつぶしたのよ。もとどおりに償うと約束して」

ロリはせせら笑った。「どんな面目なんだか」

わたしたちは鼻と鼻、息と息、目玉と目玉をつき合わせて立っていた。

ロリはわたしの新品のスカーフを両手でつかむと、両端をにぎってわたしの首を思いきり絞めた。勢いあまってよろめき、ふたりしてどっと倒れこむ。ここが通りの真ん中だということは重々承知していたが、脳みその酸欠やら、燃えさかる怒りやらで、頭にカッと血がのぼった。

ロリにつかみかかる。ロリも負けてはいない。まずはロリが上になり、ついでわたしが上になる。

「手を放して」わたしはかすれた声を絞り出した。どちらも力を緩めない。わたしはロリのセーターを、ロリはわたしのスカーフをつかみ、わたしは息がつまりかけていた。

「あんたから」ロリが言い返した。

あっというまに、いくつもの力強い手がふたりをつかんで、引き離した。わたしの手にはロリの髪がひとつかみ残っていた。セーターはだらりと伸びて、ブラがのぞいている。スカーフのビーズがいくつか飛び散り、そのせいでいっそう腹が立った。

そのとき、スチューの店の客たちが歩道に出て、一部始終を見ていたことに気づいた。最前列のど真ん中にいるふたりに目が留まった。母さんとトムだ。母さんは片手で口を覆い、ショックで口も利けない様子。トムは男らしく頼りがいのあるところを見せようと、母さんを引き寄せた。

「ロリが悪いのよ」背を向けて、そそくさと立ち去ろうとする母さんに向かって、わたしは声を張りあげた。「わたしの新しいスカーフをだめにしたから」

21

火曜日の朝、〈ワイルド・クローバー〉にいると、どこからかしきりにしのび笑いが聞こえてきた。あれは絶対に空耳なんかじゃない。一夜明けると、昨夜のわたしの行動は、どう見ても大人げなかった。商店街の真ん中であんな騒ぎを起こすなんて、穴があったら入りたい。まるで何かに取りつかれたように、恥ずかしいまねをしてしまった。

なかでもこたえたのは、店にきたお客さんがだれも表立って口にしないことで、そのせいでかえっていたたまれない思いがした。

ほかの情報もぼちぼち明るみに出て、わたしの醜態とあわせて、世間の注目を集めていた。トム・ストックの過去もそのひとつで、おしゃべりなパティが広めたものだ。ただし、耳新しいものはひとつもない――彼の妻がフォードと駆け落ちしたこと、フォードのたび重なる違法行為、トムのモレーンでの隠遁《いんとん》生活。過去を葬ったつもりが、過去はここまでトムを追ってきて、そのあげく返り討ちにあった。

路上での女どうしのいがみ合いなど、そんな派手なニュースのまえではかすんで当然なのに、お客さんの笑いをかみ殺したような、いわくありげな表情を見れば、トムとトップ記事の座を争っていることがわかった。

トムとうちの母の交際も評判になっていた。こちらもじかには聞こえてこないが、従業員たちが教えてくれた。わたしのよくできた母親は、これまで世間体ばかり気にかけ、わたしのせいで肩身が狭いとこぼしてきたのに、いまや自分が陰口をたたかれている。

お年寄りたちも、もとの聖歌隊席を改装したこぢんまりした部屋で、ウィスコンシン州公認のカードゲーム〝シープスヘッド〟を楽しむために、三々五々やってきた。今日は週に一度のトランプの日だけど、いつもは午後からなのに。

うちのおばあちゃんも大のトランプ好きなので、ディンキーを連れてやってくると、その理由をこんなふうに説明した。

「あたしたちもおしゃべりに加わりたいし、ここだとおしゃべりの種にこと欠かないからね」ディンキーをわたしに渡して、「かわいいディンキーちゃんをお返しするわ。トイレのしつけができたら知らせてね」例の約束を忘れていないというしるしに、そう言いながらウインクしてみせた。

こうしてお年寄りたちも犯人当てゲームの仲間入りをした。だれもが行きずりの犯行だと思いたがっていた。もちろんトムの名前もそうでない場合の唯一の容疑者としてあがっていたが、世故に長《た》けたお年寄りたちは、トムの犯行か否かにかかわらず、あの事件は被害者の自業自得だと考えていた。前科がいくつもあって、しかも兄嫁を盗んだとなれば、世間並みの同情は得られない。

スチューがいつものように新聞を買いにやってきて、わたしを見るとにやにやした。口に出しては何も言わなかったが。それにもうひとつ、わたしたちがまだ知らないニュースを教えてくれた。

「アギーとユージーン・ピートリーが保釈されたよ」

「でも、歩道の処分セールは店じまいね」とわたしは言った。「もう懲りたでしょう」

因果応報。わたしと妹が子どものころ、耳にたこができるくらいよく聞かされた言葉だが、まんざら当たっていなくもない。自分の行ないや言葉は、良きにつけ悪しきにつけ、いずれそれ相応の報いを受ける。

アギーがそのいい例だ。わたしをあんなふうにゆすったのがそもそものまちがいだった。わたしを脅して、うちの店の前でがらくた市を開いたりしなければ、こんなごたごたに巻きこまれずにすんだのに。

届いたばかりの赤と黄色の地元産のトマトを並べおわって、通路を曲がると、ホリーとキャリー・アンとパティがひそひそ話をしている最中だった。わたしを見るなり、三人はばつが悪そうな顔でさっと離れた。パティはあわてて何かを背中に隠した。

「なんなの?」とわたしは訊いた。「教えてよ。どうせ、わたしのことなんでしょう?」

三人は顔を見合わせたあと、どっと笑いだした。笑いすぎて言葉にならず、涙まで流している。

「ねえってば!」

パティがまだ笑いころげながら、パソコンから印刷したらしい二枚の写真を寄こした。

「いったいどこでこんなものを?」わたしは目を疑った。ロリとわたしが取っ組み合っているところを撮影したらしい。ふたりとも地面に倒れ、お互いの服をはぎとろうとしている。いやはや、ひどいざまだ。

「ネットに一部始終が流れてるのよ」とパティ。

わたしの三人の友だちがようやく落ち着きを取り戻したところで、お客がどっとやってきたので、わたしたちはそれぞれの持ち場についた。でもそのまえに、面目まるつぶれの写真をびりびりに破いてゴミ箱に捨てた。まるで仲間はずれにされたような、うら寂しい気分だ。P・P・パティの気持ちが初めてわかった。これまでは、パティが自分で蒔いた種だと思っていたけど、今日のわたしはまさにそう。

折を見て、ホリーに言った。「あんたたち三人で好きなだけ楽しんでちょうだい。え、わたし? ひと足先に昼休みを取るわ。何かあったら連絡して、図書館にいるから」そこで言葉をいったん切った。「いまのは取り消し。わたしのことはほっといて」

スカーフを入れたビニール袋をつかむと、足音も荒く通りを歩きだした。

そのとたん、向こうからきたディーディーと鉢合わせした。赤、白、青の三色のこれまた大きなトートバッグを肩にかけている。「お姉ちゃんに近づかないで」と嚙みつくように言った。「あたしが黙っちゃいないから」

「はいはい」とつぶやいて、先に進んだ。

モレーンの図書館は規模は小さいけれども、蔵書は充実している。わたしは手芸の本を探して、とれたビーズをどうやってつければいいか調べるつもりだった。図書館を運営しているのは、館長のエミリー・ノーランと娘で司書のカリン。ハーモニー・フェスティバルは町が主催する行事だが、それ以外の地域の催しはいずれも、小さな実行委員会が企画運営する。図書館はそのほとんどを後援し、天気がよければ、建物の裏の芝生がその会場になる。

本の読み聞かせといった子ども向けの行事のほかに、いくつもの読書会があり、ゲストを招いての講演会も開かれる。こうした行事を通して、住人のあいだにきずなと使命感が生まれ、町はひとつになる。この春、外来種についての講義に感銘を受けたわたしたちは、アリアリアとクロウメモドキの撲滅に立ちあがり、だれが一番たくさん退治したかというコンテストまで開いた。つい先日には、チョコレートの試食会もあった。その他、音楽関係のコンサート――ジャズにフォークにカントリーソング、なんでもござれだ。

でも、わたしが図書館にきたのは、そんな話をするためじゃない。

受付に近づくと、エミリーとカリンが口もとがゆるみそうになるのを必死でこらえているのが見えた。でも、ふたりとも気まじめな図書館員なので、うちの店の三人組とはちがって、礼儀ただしく接してくれた。この町の人たちはひとり残らず、わたしとロリの一件を知っているのかしら。

訊くだけやぼというものだ。

それでも、わたしは何事もなかったような顔で、スカーフのビーズが取れたことを説明した。

「ちょっと見せて」カリンがスカーフを受け取り、カウンターの上に広げた。

「あら、すてき」とエミリー。

「母が買ってくれたの」

「きれいねぇ」とカリンも言った。「取れたのは二つか三つだから、そんなに目立たないと思うけど」

「でも、どうしても気になって」とわたし。

カリンはスカーフをもうしばらく調べた。

「これなら本は必要ないわ。わたしはお裁縫が得意なの。まかせて。ビーズはどこにあるの?」

「今朝、捜したんだけど」それは事実で、わたしは現場に戻って捜しまわったのだった。

「どうしたらいいかしら?」

「作った人を知ってる?」

わたしはうなずいた。「アリシア・ピートリー」

「ビーズを分けてもらえないか頼んでみたら。スカーフは置いていって。ビーズに合う糸を探しておくから」

「ありがとう、恩に着るわ」とわたし。「母親からもらったものは、大事にしないと」

そのあと、図書館の裏にあるピクニックテーブルにすわっていると、妹のホリーがひょっこり顔を出した。

「何か用？」わたしは胸の前で腕を組むという、昔ながらの怒りのポーズで迎えた。

「まあ、そう言わずに。話があるの」

「手みじかにして。略語でいいから」と言ってから、いまのは無神経だったと反省した。

「ごめんなさい、言いすぎた」

「わたしの話を聞いたら、それどころじゃなくなるかも。でも、とにかく話を聞いて。最後まで。いい？　あのね、母さんが男の人とつきあってるとわかってから、姉さんはずっとへんだった」

わたしは誤解を解こうとして口を開きかけた。母さんの交際をどうこう言うつもりはない。問題はだれとつきあっているか。そうでしょう？

ホリーは警告するように人さし指を立てた。

「まだ、話は終わっていない。父さんが死んでもう五年になるわね。でも、わたしには五分まえの出来事みたいに思えるの。ときには、父さんがもうこの世にいないことをうっかり忘れてて、思い出したとたん、また悲しみがぶり返す。母さんも同じ気持ちにちがいないわ。姉さんだってそうでしょう？

だから、母さんがほかの男の人と一緒にいるところを見ると、平気じゃいられない。わたしなんて、胸のなかでいろんな感情がせめぎ合って、ちっとも収拾がつかないの。頭では、母さんがそうするのは正しいことだってわかってる。でも、母さんが父さんを裏切っているように感じるのも事実なの。だけど、母さんを見て。すごく幸せそうじゃない。トムがもういちど自信を与えてくれたから。いまの母さんはきらきらと輝いてる。それに、母さんにだって幸せになる権利はある。ストーリー、もう五年たつのよ。母さんに新しい人生を歩ませてあげなきゃ」

わたしの目に涙があふれた。

「父さんに会いたい」と言いながら、涙をふいた。

「わたしも」

「あんたはセラピーとやらがとても上手なのね」

ホリーはどういたしましてと言うように、わたしの手を軽くたたいた。

「姉さんがロリにつかみかかったのも、母さんとトムに腹を立てていたからよ」

「そうは思わないけど」

「母さんがバーにいるのは知ってた？」

わたしはうなずいた。

「ロリとこのまえやり合ったのはいつ？」

「去年。うちの蜂に殺虫剤を浴びせようとしたから」

「そのときは巣箱を守ろうとしたのよね。蜂は自衛できないから。じゃあ今回はどうして？」

わたしはその理由を考えてみた。ロリはわたしの評判を落とすようなことを口にした。でもこれまでは、もっとひどいことをされてもがまんしてきた。

「わたしがフォードと寝たって言ったから」

「じゃあ、わたしのことも怒ってる？　胸ぐらをつかむほど？　だって、言いだしっぺはわたしなんだから」

「正直、あまり愉快じゃないわね」

「ごめんなさい。ほんとに悪かったわ。あの言葉がいつのまにかひとり歩きして、姉さんをひどい目にあわせるなんて思ってもみなかった」

その瞬間、恨みも悔しさも怒りもどこかへ消し飛んだ。ホリーがひとことあやまってくれただけで、魔法のように。わたしも最近の行動を振り返って、あらためて反省した。

「わたしもあなたを見習わないと」そう言いながら、妹を強く抱きしめた。

22

トム・ストックの〈アンティーク・ショップ〉は、モレーンの新築された郵便局と、焼きトウモロコシの屋台のあいだにある。その屋台はカントリー・ディライト農場の直営で、この時期、週末だけ営業し、ウィスコンシン産純正バターをたっぷりかけた、もぎたてのトウモロコシを売っている。

トムの店の前の歩道には、トムが毎朝、客寄せのために外に出すさまざまな商品がごちゃごちゃと並んでいる。夜になると、トムはそれをまた店にしまう。

わたしは骨董の目利きではないけれど、老舗高級ブランド〈シュウイン〉の自転車が完璧な状態で保存されているのを見て、思わず足を止めた。ふと気がつくと、いつのまにやら店に入っていて、マホガニーや籐細工の家具、糸車、玩具、ガラス食器、壺、ポパイのお盆、その隣にある漫画のキャラクターの絵柄がついた金属製ランチボックスを眺めていた。たくさんありすぎて、一度に全部はとても見きれない。

トムは店の奥で、木製の揺り椅子に腰かけていた。銃を磨いている。パティの窓と望遠鏡を撃ち砕いたような銃を。頭にそんな考えがちらっと浮かんだが、わたしには銃はさっぱり見分けがつかない。でも、トムはこのまえ、パティにつきまとわれて迷惑していると言ってなかったっけ？ わたしはこれまでトムの温厚な人柄に免じて、指名手配犯のポスター似のご面相についてはできるだけ考えないようにしてきた。本を表紙で判断してはいけないと、それだけはこれまでの人生で学んできたから。でも、いまにして思えば装丁に惹かれて買った本も数知れず、中身が期待はずれに終わったこともちょくちょくあった。

それはともかく、いまのわたしは、トムのことを罪を犯しかねない人物として、これまでとはまったくちがった目で見ていた。おそろしいことに、手に銃を持っているだけで、物騒なことをやりかねない人間に見えてしまう。

「やあ、ストーリー」わたしがそそくさと店を出るまえに、トムに見つかってしまった。

「それはライフル？」とぽろりと口から出た。ここに訪ねてきたそもそもの理由などすっかり忘れて。

「たいしたもんだろ？」

わたしは視線をそらすことができなかった。「アンティークなの？」その銃は、しろうと目にも古めかしく見えた。戦争映画でよく見かける、実弾を装塡《そうてん》するようなタイプとはちょっとちがっている。でも、カウボーイ映画には、トムが膝に乗せているものとてもよく似た銃が出てくる。こういうときこそ、銃にくわしいハンターがそばにいてくれたらいいのに。

「こいつは厳密にはアンティークじゃない」トムは銃を膝につけて、銃身が天井を向くようにした。わたしは視線をあたりにすばやく走らせ、彼の手近に銃弾がないかどうか確かめた。

それらしいものは何も見当たらなかった。「ヴィンテージだな」

「へえ、そうなの」とうなずいた。アンティークとヴィンテージがどうちがうのか、さっぱりわからなかったが。

トムは仕上げに銃をぼろ布でひと拭きして、壁に立てかけた。「何か用事?」

一瞬思い出せなくて冷や汗が出た。ようやく答えが浮かぶ。

「お詫びにきたの。昨夜、お恥ずかしいところを見せてしまったから。わたしがしょっちゅうつかみ合いのけんかをしてるなんて思わないでね。そんなことはないから。でも、あなたと母さんをびっくりさせてごめんなさい」

トムが立ちあがった。彼がずいぶん上背のあることに、いまさらながら気がついた。目の前にぬっとそびえているようだ。背を向けるのが怖くて、わたしはそのままあとずさった。想像力が先走り、彼が銃をつかんで、わたしにねらいを定める場面が頭に浮かぶ。

「それはご丁寧に」と彼は言った。「商店街で五年も軒を並べてきたんだ。あんたが不穏分子じゃないことはよくわかってるさ」

〝不穏分子〟——つまり、むやみやたらと騒ぎ立てる人間——というのは、母さんお得意の言いまわしのひとつだ。昨晩、(できの悪い)長女がとんでもない蛮行におよんだのを目撃したあと、わたしのことをそう呼んだにちがいない。

「ありがとう、ほっとした」

「どういたしまして」

そのときべつのものが目を引いた。トムは青いボタンダウンのシャツを着ていた。わたしが彼と母さんをスチューの店で初めて見かけた夜に着ていたのと同じものだ。

「血の染みがすっかり目立たなくなったわね」

トムはシャツについたかすかな跡を見おろした。わたしが死体を見失ったのと同じ日に、なぜかついていた血の染み。消えた死体はその後、彼の弟だとわかった。

わたしはそうそうに骨董店を出て、トウモロコシの屋台の裏にまわり、ハンターに電話した。彼が真っ先に言ったのは、「昨夜のことを聞いたよ。だれかと取っ組み合いがしたければ、ぼくに連絡してくれたらよかったのに」

やれやれ。ハンターにまで伝わっている。

「いまどこ？」とわたしは訊いた。「これからすぐトムの店まできてほしいの」

もちろん彼は理由をたずねた。わたしはトムのライフルのことを告げ、それがもしかしたらパティの家に銃弾を撃ちこんだものと同じ種類かもしれないということと、洗い落とした血の染みについて話した。そこで、頭をややのけぞらせて、トウモロコシの屋台と骨董店の裏をのぞいた。有罪の証拠がもうひとつ見つかった。

「それに、庭にヒッコリーの木があった」とわたしは最後に言った。「彼の住まいのちょうど裏手にね」

「その木が容疑の裏づけってわけか」その言い方、もしかしてからかってる？

「あなたにそれを調べてほしいの」

「警察長に連絡するんだな、ストーリー。こっちは仕事中だ」

「ジョニー・ジェイはわたしからの電話は受けつけない」

「九一一にかければいい。代表番号にかけるんだ」

「なんですって?」

ハンターは受話器にため息をついた。「いったいぼくに何をしろと?」

「ライフルを調べてみて。その銃弾とパティの家に撃ちこまれた銃弾が一致するかどうか」

ハンターはいつもならこんなににぶくないのに。

「ストーリー、『CSI』の見すぎだよ。しばらくテレビから離れたほうがいい」

「なんですって?」

「わかった。一度トムと話してみよう。ただし、どんな罪にしろ彼を逮捕するつもりはない。引っかかることがあれば、ジョニーに連絡するよ」

「いまからすぐにこれる?」

「もちろん、何をおいても駆けつけるさ」

「皮肉に聞こえるんだけど」

「貸しにしとくよ」

深刻な状況にもかかわらず、思わず頬がゆるんだ。ハンターへの借りはかさむばかり。そろそろ返済計画を考えなければならないだろう。ちょうどいい腹案があるんだけど、それはまた折を見て。

折を見ると言えば——ハンターはずいぶんのんびりやってきた。ようやくハンターのSUVが止まったころには、すっかり待ちくたびれていた。彼はわたしがトウモロコシの屋台の陰に隠れているのを見ると、ウインクして、トムの店にぶらぶら歩いていった。わたしはSUVに乗りこみ、ベンと一緒に助手席にすわった。「やあ、相棒」とわたしは犬の友人に声をかけた。「調子はどうだい？」

彼はわたしの鼻に大きな舌で盛大にキスしてくれた。わたしはベンの耳と首をなでてやった。

「ハンターも賛成してくれるといいんだけど。トムには弁明しなければならないことがあると思うの」

わたしはベンにめんめんと訴えた。そもそもトムの店に行ったのはどうしてか、店のなかでたまたま何を見つけたかを説明した。ベンは全部わかってくれたにちがいない。

しばらくして、ハンターが店から出てきて、運転席に乗りこんだ。まっすぐ前を向いている。頬がぴくぴく引きつっていた。

「それで？」わたしは答えが知りたくて、彼の袖を引っぱった。「なんとか言ってよ」

ハンターはわたしに向き直ると、今日これまでに会ったほかの人たち同様、お腹を抱えて笑いだした。一向に止まる気配がない。

「ベン」とわたし。「ハンターに言ってやって。笑いものにされるのは好きじゃないって」

ベンはわたしをじっと見つめ、それからハンターを見た。

ハンターは手のひらで涙をぬぐった。

「ライフルを見たの？」わたしは訊いた。「見たんでしょう？」

ハンターはうなずき、またもやこみあげてきた笑いを押し戻した。

「それで？」

「あれは〈デイジー〉の空気銃だよ」

そう言うなり、ふたたび笑いころげた。

23

これだけは自信をもって言える——わたしの銃に関する知識はお粗末きわまりない。というわけで、ハンターはようやく落ち着きを取り戻すと、〈デイジー〉の空気銃とは何ぞやを説明しなければならなかった。空気銃と聞いて、川越しにパティの窓に穴を開けるのはとても無理だ、というぐらいはわかったけれど。

「子どもがBB弾を撃つ銃だよ」と彼は言った。「〈レッド・ライダー〉という商品だけはまだ製造されているが、いまではほとんどが蒐集用なんだ」ハンターはそこでまた噴き出した。

わたしは車を降り、ドアをたたきつけて、自分の店に歩いて帰った。

母にトムとの交際をすぐにやめてほしい。そう言いたいのはやまやまだが、長いあいだ不仲だった母親の変身ぶりに、わたしはまだあっけに取られていた。ちょっと恋をしたぐらいで、あのかたくなでとげとげしい性格がすっかり和らぐなんて。それにしても、どうしてほかの男性を選んでくれなかったのかしら。

わたしは母に電話したが、トムと別れてほしいと切りだす代わりに、「いま人手がちょっと足りないの。手伝ってもらえる？」と頼んだ。

わたしをよく知っている人なら、いまの依頼を聞いて首をかしげたにちがいない。わたしはもう何年も、母を店から遠ざけておくのに必死だったから。またそれなりの理由もあった。とはいえ、こうでもしなければ、母から目を離さないでいることは難しい。母は店にくることを承知して、すぐにやってきた。

「母さんに手伝いを頼んだって？」ホリーがえらい勢いで事務所へ入ってきた。「どういうつもり、気はたしか？」

「しばらくのあいだだけよ」とわたし。

「たったいま母さんが何をしてるか知ってる？」

いいえ、ちっとも知りたくない。「はたきをかけてる？」と当てずっぽうで言ってみた。

「トイレットペーパーを入口の近くに置き直すとか？」以前にもそんなことがあった。

「いいえ。レジに陣取って、お客さんが何か買うたびに、はちみつスティックをただでサービスしてるの」

「母さんらしくないわね」とわたし。

「生まれ変わったんだもの。このつぎは何をサービスするやら」

この店まるごととか？「心配しないで」と妹に言った。「ほんのいっときだから」

「出かけるの？」わたしがパソコンの電源を切ったことに、ホリーは目ざとく気がついた。

キャリー・アンが一日じゅうソーシャルゲームにのめりこまないように、最近ではそうしている。

わたしはディンキーを抱きあげた。これも夏休みと双子のおかげだ。食料雑貨店と養蜂業の両立は、彼らの協力なしにはむずかしい。

「人手は充分に足りてるから、家に帰って養蜂場の用事を片づけてくるわ。あなたもくる？」と誘ってみた。ホリーが承知する見こみがあるかのように。

ホリーは背を向けて歩きだした。「いいえ、けっこう」と肩越しに言う。「母さんを手伝って、はちみつスティックを配ることにする」

外に出ると、ジョニー・ジェイが墓地をつつきまわしていた。トムの弟フォードが殺害された場所は暖炉じゃない、どこかよその場所だと、ようやく気づいたらしい。それにしても、こんなに手間取るとは。わたしの言うことさえ聞いていれば、事件はいまごろ解決していたかもしれないのに。ディンキーのリードを店の側面の壁に取りつけた掛け金につなぐと――犬連れのお客さんのために特別に誂《あつら》えたもの――わたしは建物に沿って、もっとよく見えるところまでじりじりと進んだ。

子どもたちが二、三人、彼の目の前を駆け抜けていった。ジョニー・ジェイに見つかるとまずいので。ひとりは墓石をひらりと飛び越した。

「こらっ」ジョニー・ジェイがどなりつけたが、子どもたちは立ち止まらなかった。「あいつら、どうしようもないな」とぼやいている。そのとおり、いまさらどうしようもない。墓地で死体を見つけたというわたしの言い分を最初から信じていれば、手順を誤ることもなかったのに。大勢の人間がさんざん踏み荒らしたいまとなっては、たとえ手がかりのほうから手を伸ばし、彼の肩をトントンたたいたとしても、絶対にわかりっこない。

ジョニー・ジェイは実際の犯行現場のど真ん中に立っていた。わたしはそのことにみじんも疑いを持っていない。フォード・ストックはあの野生リンゴの木のすぐ隣で殺害されたのだ。死体はそのあと、わたしの目の前で運び去られたといっても過言ではない。もし犯人が逃げおおせたとしたら、その責任はすべてジョニー・ジェイの石頭にある。

スタンリー・ペックの車が近づいてくるのが見えたので、わたしは店の前に戻って、養蜂仲間をうちの裏庭に誘った。スタンリーが急用を抱えていることはまずない。なにしろ、男やもめで気ままな隠居の身だ。彼はディンキーとわたしと並んで歩きだした。

「ノエルはいつまでいるの？」

「来週いっぱいだ。何やらよからぬことをたくらんでるみたいで。おっかなくて訊けやしない」

「麻薬をやってるわけじゃなし」

「麻薬のほうが、まだ健全かもしれん」とスタンリー。「あいつの身が心配でな。これまでにも一回か二回、誤って爆発した」

「防弾チョッキでも着せる？」と言ってみた。

うちの裏庭にあるはちみつ小屋は、わたしのお気に入りの場所のひとつだ。この小屋に何時間もこもって、はちみつの甘い香りにつつまれながら、黄金色の液体をさまざまな形に加工してお客さんに提供する。うちのはちみつ製品はどこに出しても恥ずかしくない。はちみつは滋養に富み、砂糖のような依存性がない。豊富なビタミンB群のほかにカルシウム、鉄分、カリウム、その他さまざまな成分が含まれている。

それにはちみつには正真正銘、傷ややけどを治す力があり、天然の保湿剤でもある。そこで、わたしは最近、はちみつを使った特殊なスキンケア用品、たとえば化粧水や洗顔料の試作品を作っている。まだ売り物になるところまではいかないが、そうなるようがんばっている。

スタンリーと一緒にはちみつ小屋に入るまえに、ディンキーのリードをはずしてやった。さっそくあちこちを嗅ぎまわっているのを、ふたりで眺めた。

そのときスタンリーがポケットから何やら取り出し、わたしに手渡した。

「ビーズを見つけたんだ。ホリーがあんたのスカーフから取れたものかもしれないと言ってたが」

たしかに、スタンリーが差し出したビーズはわたしのものととてもよく似ていた。

「惜しいけど、ちがうわ。これは銀色でしょ」と指摘した。「わたしのはトパーズ色だから。どこで見つけたの？」

スタンリーはばつが悪そうな顔をした。

「さっき墓地を通ってきたんだ」と言った。「これまでは遠慮してぐるっと遠回りしてたんだが、みんながそうするもんで……」あとは言葉をにごした。

墓地とは、また意外な。「どうして、そんなところにあったのかしら」

スタンリーは肩をすくめた。

と、そのとき、うちとパティの家の境にあるヒマラヤスギの生け垣の後ろから妙な物音が聞こえてきた。スタンリーとわたしは顔を見合わせ、うなるような、うめくような声に耳をすませた。「うむ、うむむむ」というくぐもった声がする。ディンキーもそれを聞きつけて、わんわん吠えた。

「あれは何かしら？」わたしはスタンリーに言ったが、そう口にしたとたん答えがひらめき、パティがいつもやっているように生け垣のすきまをそそくさと通り抜けた。

わたしの隣人は格子縞のパジャマを着て、うつ伏せで地面に倒れていた。しかも、体をがんじがらめに縛られて。口にはガムテープ。目は血走っている。わたしがテープをはぎとるとひいっと悲鳴を上げた——ちょっと手荒だったかしら、でも心配だったから。

スタンリーがポケットナイフを取り出し、パティを怪我させないように気をつけながらロープを切った。

「いやだ、体が動かない！」パティはいましめを解かれるとそう言った。「もう何時間もずっとこのままだったから、筋肉が麻痺したのかも」

「まあまあ、落ち着いて」とスタンリーが言った。「あせりなさんな」それからわたしに言った。「警察を呼んだほうがいい」

「そうしなきゃだめ？」とわたしは言った。「わたしたちだけでなんとかならない？」

「早く電話して」とスタンリー。

「いいえ、やめて！」とパティが叫んだ。「そんな必要はないわ」

「さあ」スタンリーが有無を言わさぬ口調でくり返した。

彼がパティをゆっくりとすわらせているあいだに、携帯で警察署の代表番号に電話した。緊急対応の通信司令室では、わたしの言葉はちり紙よりも軽いので。

「警官を寄こしてくれるそうよ」とわたしは伝えた。警察が今回はわたしの通報にまともに取り合ってくれたのでほっとした。というか、取り合ってくれたものと期待している。警察長ではなくサリー・メイラー巡査がやってきたのを見て、さらに胸をなでおろした。そのころにはパティを裏口の階段にすわらせて、水の入ったコップを渡していた。サリーはパティに報告書を書くよう求めた。

「手がちゃんと動かなくて、水を飲むのもやっとだっていうのに」とパティ。「ペンを持って字を書いたりできるもんですか。てっきり体が麻痺したと思ったんだから」

「長いあいだ縛られてたせいよ」と言って、わたしはコップを受け取った。「いったい何があったの？」

サリーが口をはさんだ。「質問はわたしにまかせて、ストーリー、いいわね？」

でもそれからは、どんな質問にしろわざわざ訊く必要はなくなった。パティの話がどうにも止まらなくなったからだ。

「今朝、宅配便のトラックが、あたしが注文した新しい望遠鏡を持ってきてくれたのよ」とパティは話しはじめた。「お急ぎ便で配達してもらうために追加料金をうんと払って、首を長くして待ってたわけ。まだパジャマを着てたから、玄関越しに裏口に置いておくようドライバーに頼んだの。

その箱がまた重くて、ドアから運び入れようと四苦八苦しているところを、後ろから襲われた。体を押さえつけられて、何がなんだかわからないうちに、体はがんじがらめで、地面に転がされてたの。あれは九時ごろだったわね」

パティはほんとうに何時間も縛られていたのだ。

「あなたを襲った人間をちらっとでも見た？」とサリーが訊いた。

でも、パティはサリーに注意を払っていなかった。話の途中で、いきなり飛びあがったのだ。麻痺していることも忘れて。

「ない！　新品の望遠鏡がないわ。まだ箱から出してもいなかったのに。この町にはいったいどんな変人がうろついてるの？　みんな、モレーンみたいな田舎は安全だと思ってるでしょうけど、とんでもない！」

「それで」わたしは、パティが本題からすっかりそれてしまうまえに、口をはさんだ。「襲いかかってきた相手を見た？」

パティは首を振った。「気を失ったのかしら」

「いつから気絶するようになったの？」と訊いた。わたしの知るかぎり、仲間うちでちょくちょく気絶するのは妹のホリーだけだ。

「じゃあ、薬を嗅がされたのかも」とパティ。

「病院に行って検査してもらいましょう」とサリーが言った。

「いいえ、けっこう。いまのは取り消し。首を絞められて気を失ったとか？」

サリーはパティの首をじっくり見た。「跡がついてない」

「まあ、犯人がロープの使い方をよく心得ているのはたしかね」とパティ。自分が縛られるまま、何ひとつ抵抗できなかったことが腑に落ちないようだ。

「何も見なかったんだな？」スタンリーが念を押した。「サリーの参考になるような、どんな小さなことも？」

「ええ、まったく」

「目ざとくないとまずいんじゃないの？」とわたし。「記者なんだから」

パティはその皮肉を無視したが、彼女のようになんの罪もない女性を襲う人物については、思い当たるふしがあるようだった。

「世の中にはいまだに、プライバシーにこだわるおめでたい人種がいるのよね。いまは透明性の時代なんだから、それに慣れてもらわないと。あたしが個人情報を集めるのを止める権利なんて、だれにもないんだからね！」

サリーとわたしはあきれて顔を見合わせた。サリーが一歩下がって腕を組んだ。

「パティ、あなたの望遠鏡はどうやら敵をつくったみたいね。そのうちのひとりが、また監視塔ができるのはこりごりだと思った。いちおう調べてみるけど、犯人が見つかる見こみは薄いと思う」

「損害保険でもうひとつ望遠鏡が買えるかしら」パティは考えこんだ。

「このさいはっきり言うけど」サリーが言った。「望遠鏡でのぞくのはひと休みしたらどう?」

「で、暴力に屈する? 冗談じゃない! このつぎは油断しないから」

「このつぎは」とわたしが言った。「あなたの命はないかもしれないのよ」

24

その日の夕方、はちみつ小屋でたまっていた用事を片づけると、スタンリーと交わした会話や、彼がビーズを墓地で見つけた件を思い出した。そのビーズは、パティのうめき声がヒマラヤスギの垣根の向こうから聞こえてきたときに、ポケットに突っこんだままになっていた。

ポケットをごそごそ探って、ビーズを取り出した。スタンリーはエックス線並みの視力を持ってるの？　ビーズはそんなに大きなものではない。でもクリスタル製だから、たまたま太陽の光を反射してきらっと光ったときに、スタンリーの目に留まったのかもしれない。

それからまたしばらくして店を閉め、空にかかる満月の下、ホリーと一緒にディンキーを連れて家まで歩いているとき、ほかにもあることを思い出した。ディンキーは死体を見つけた夜、墓地で何かを拾い食いした。止めようとしたが手遅れだった。そして家に帰ってから、ディンキーはそれを吐き戻した。ふだんから手当たりしだい口に入れてしまう癖があるので、あのときはとくに気に留めなかった。

でも、もしあれが重要な手がかりだとしたら？　確たる証拠があるわけではない。その思いつきはどこからともなく頭に浮かび、突然の雷のようにわたしを直撃した。

その考えをさらに追求しようとした矢先、P・P・パティがパジャマを着て、枕とダッフルバッグを抱えてうちにやってきた。

「あんな目にあったあとで」と言う。「ひとりで家にいるなんて無理よ」

わたしに何が言えよう？　いいえ、何も。というわけで、好むと好まざるとにかかわらず、わが家にお客さんを迎えることになった。

生ゴミはもう外に出していたので、わたしはゴミ置き場に急いだ。ホリーとパティもあとからついてくる。一番上に載っていたゴミ袋を取り出し、膝をついて袋をあけ、なかをあらためた。なんとも濃厚なにおいが鼻を突いた。

「いったい何をしてるの？」ホリーが鼻をつまみながら言った。

「ちょっと調べたいことがあって」見つかった。ディンキーの吐瀉《としゃ》物を拭き取ったペーパータオルだ。

「吐きそう」わたしがペーパータオルを広げると、ホリーはなかば消化された胃の中身をひと目見て、そう言った。

「そんな弱虫じゃ犬は飼えないわよ」とわたし。「わたしが見かけによらずしっかりしてるのは、きっと母さんの遺伝ね」

え？　その言葉はふと口をついて出た。しっかり者うんぬんの台詞は、母を見る目が大きく改善したことを示している。これまでだったら、母さんと――良きにつけ悪しきにつけ

――似たところがあると考えるだけで、ぞっとしただろうから。これは正しい方向への大きな一歩だ。それに、ホリーとはちがって、セラピストにあなたは正しい道を進んでいますと言ってもらう必要もない。

わたしはペーパータオルをじろじろ見まわし、干からびかけた塊から固形のものを見つけた。なにやら丸い形をしている。手のひらに乗せ、汚れを払い落とした。

「銀色のビーズだわ」声がややしゃがれている。「わたしのスカーフについてたのとそっくり、色がちがうだけ」

ホリーとパティは、犬の反吐を引っかきまわして見つけたものの、どこがそんなに重要なのか知りたがった。そこでわたしは、スタンリーが墓地で銀色のビーズを見つけたことと、たったいま同じ場所からもうひとつ出てきたことを話した。

「スタンリーが拾ったビーズは、いつ落ちたとしてもおかしくない。でもこれはちがう」わたしはディンキーが拾い食いした宝物を、指でつまんで持ちあげた。「フォード・ストックが殺されたときに墓地にあったのよ。犯行時刻に関係する重要な証拠というわけ」

「それはどうかしら」とパティ。「フォード・ストックがビーズを喉に詰まらせて死んだというなら、話はべつだけど」

「たしかに、まだ死因はわからないけど」とわたしは認めた。ゴミ袋の口を閉めて、ゴミ箱に戻す。

「ねぇ」家のなかに戻りながら、ホリーが言った。「アリシアはそれと同じようなビーズをほかのスカーフにも使ったんじゃないかしら。ピートリー家のだれかがスカーフを抱えて墓地を通り抜け、たまたまビーズが地面に落っこちたのかもしれない。わたしはパティの言うとおりだと思う。たいしたことじゃないわ」

わたしは母さんに電話した。わたしの早とちりでないことを確認するために。

「母さんにもらったスカーフ」とわたし。「アギー・ピートリーの露店にあったものでしょう？」

「そうだけど？」

「えーっと……すごく気に入ったから、わたしも一枚買おうと思って。友だち用に」

「あら、やさしいのね」わたしはおばあちゃんと話しているような気がした。〝母さんに代わって〟と言いたくなる。

電話を切ると、わたしはホリーとパティに言った。

「凶器について何か聞いてない？　フォードの死因についても？」

ふたりとも首を振った。

わたしはまた電話をかけた。相手は検死官のジャクソン・デイヴィスだ。

ジャクソンとわたしはけっこう親しい仲で、彼の電話番号は短縮ダイヤルに登録してある。スチューの店でアイルランド式お通夜が開かれたときに仲よくなって以来、ちょくちょく情報を教えてくれるようになった。ジャクソンの仕事はパズルの断片を元どおりに組み合わせること。検死の作業は大きなジグソーパズルのようなものだ。フォードの額に〝死亡〟と刻印するのは簡単かもしれないが、そのつぎに、どういう経緯で彼が死にいたったかを、正確に読み解かなければならない。ジャクソンならフォードの死因を突き止めたばかりか、細々した事実から、犯人特定の決め手になるヒントをつかんでいるかもしれない。

白状すると――恥ずかしながら――わたしも人並みに、悲劇や血なまぐさい事件に引きつけられる。人間はだれしもそんなふうに下世話に生まれついている。ただ、それを表立って認めないだけで。この町のなかで、犯罪ドラマが大好きで、交通事故を見かけたらスピードを落としてまじまじと見てしまうのはわたしひとりじゃないはずだ。

わたしがジャクソンと世間話をしているあいだに、ホリーが三人分のサンドイッチを作ってくれた。ようやく本題に入る。「フォード・ストックの解剖は終わった？」

ジャクソンはくすくす笑った。「またわたしから情報を搾り取ろうとしてるな」

「まあね。いつものことじゃない。でもこの事件は、まんざら他人《ひと》ごとでもないの。うちの母がフォードの兄さんとつきあってるから」

「じつを言うと、たしかに解剖はすんだ。その結果を警察長と近親者に口頭で伝えたばかりだ」

「近親者ってトム・ストック？」

「そう。彼が一番近い身寄りだから」

「フォードは死体が発見された家のなかで殺されたかどうか、教えてもらえる？」

「それはできない。いま捜査中だから」

「じゃあ死因は？」

「そっちは秘密じゃない」

ああ、よかった。〝絶対、だれにも言わないから〟とせがむつもりでいたのだ。どうせ、ジャクソンがスチューの店でグラスを一、二杯傾けるまでのことにしろ。それでも、彼の口を割らせるのは容易ではない。だから〝秘密じゃない〟のはありがたかった。「で？」といそいそとたたみかける。ちょっとはしたなかったかしら。

「しろうとにわかるように？　それとも……」

「しろうとで」とさえぎる。

「絞殺だよ」とジャクソン。「首を絞められて殺された」

わたしの胃が引きつった。「紐か何かで？」

「それは明かせない。詳細の一部について、警察長は伏せたがっている」

電話を切ったあと、ホリーがわたしのまえに置いてくれたサンドイッチを見ても、ちっとも食欲がわかなかった。

「何かあった？」と妹が訊いた。

「信じられないでしょうけど」とわたし。

「言ってみて」

「絞殺だって」

「スカーフで？」ホリーはどならんばかりだった。

「ジャクソンは言わないの」

「あたしにまかせて」とパティが叫んだ。最新のニュースに興奮して。

その雄叫びで、パティは肩の力が抜けたようだ。ホリーも泊まっていくことにした。夫のマックスがいつものように出張なので。わたしたち三人は夜更けまで、ワインを飲みながら、さまざまな仮説や筋書きについてああでもないこうでもないと話し合った。

わたしはふだんよりもお酒を飲みすぎた。

そのせいか、ビーズと反吐と銃弾が出てくる夢を見た。

25

翌朝起きると、頭が割れるように痛かった。パティとホリーは空き部屋のベッドで一緒に眠っていて、わたしがのぞいても起きなかった。ディンキーがふたりのあいだからひょっこり顔をのぞかせたが、またふとんにもぐってしまった。毛があちこちはげているので、厚手の毛布にぬくぬくとくるまれているのが何より好きなのだ。

はちみつバターを塗ったトーストにコーヒーという軽い朝食をとったあと、〈ワイルド・クローバー〉に出向くと、キャリー・アンが事務所でオンラインゲームにかまけていた。

「パソコンはたしか消したはずだけど」とわたしはとがめた。「それに、パスワードはだれにも言ってない。どうやってネットにつないだの？」

キャリー・アンはさっと目をそらせた。「それは――えーっと――あんたがパソコンを消し忘れたんじゃない？」

パスワードを知っているのだ！　どうやって探り当てたのだろう？　でもハッカーをとっちめるまえに、サイレンの音がすぐ近くを通りすぎた。となれば、もちろん、そちらを調べるほうが優先だ。

キャリー・アンとわたしが店の正面入口から飛び出すと、ジョニー・ジェイの署長車ともう二台のパトカーが、通りの少し先にあるトム・ストックの骨董店の正面に止まっていた。車から降りた警官たちは、建物のなかにいる人物に気取られたくないかのように、慎重な足取りで、こっそりと近づいていく。ここまでくる途中で、あれだけ騒音をまき散らしてきたことを考えると、ちゃんちゃらおかしかったけれど。

骨董店はまだ開店まえだったので、警官たちは忍び足で建物の裏手にまわり、わたしたちのところからはもう見えなくなった。でも見るまでもない。彼らが向かっているのは店と棟続きになっているトムの住まいで、いかめしく緊張した身のこなしから見て、これが社交の訪問でないのは明らかだった。

悪いことは重なるもので、祖母のキャデラックが近づいてきて、のろのろとUターンすると、ジョニー・ジェイの車の隣に止まった。金属どうしがぶつかるガチャンという音が聞こえた。祖母の車がぐいっと前に出ると、署長車のサイドミラーが取れかけて、何本かのワイヤーでかろうじてぶらさがっているのが見えた。

母が覆いをかけた大皿を持って、助手席から降りてきた。

「ああ、なんてこと」と母さんが言うと、かつての面影がありありとよみがえった。「このつぎはわたしが運転しますからね。警察長に見つかるまえにさっさと帰ったほうがいいわ」

祖母は母の助言に従って、車を急発進させた。おばあちゃんにそんな芸当ができるとは知らなかった。ところがまずいことに、母が降りた助手席側のドアが開けっぱなしで、パトカーの一台と思いきりぶつかってから閉まった。

「信じられない」祖母の車を見送りながら、従姉のキャリー・アンがつぶやいた。それから「店に戻らなきゃ」と立ち去った。

そのときには、わたしはもう母のほうに歩きはじめていた。

母さんは三台のパトカーをまじまじと見つめていた。それがいったいどういうことか、わけがわからないというように。わたしはその隣で立ち止まった。

「どこに行くの？」

「朝食をトムに持ってきたんだけど」そう言いながら、まだあちこち見まわしている。「いったいどうしたの？」

「さあ。ついさっき警官たちがきて、店の脇を通ってトムの家に向かった」

「いいことじゃなさそうね」

「ええ」とわたし。「うちの店でしばらく様子を見ない？」

「それより」と母さんは言った。「トムの家に行って、じかに確かめてくればいいでしょう」

なるほど。

母さんはつかつかと歩きだした。わたしもそのあとにつづく。

サリー・メイラー巡査がトムの家の玄関に立っていた。大柄じゃないけど、いざとなれば手ごわく、侮れない女性だという気がする。どんな武器も意のままに使えるにちがいない——催涙ガス、警棒、スタンガン、銃。それに、必要に応じて、それらを使う法的な権限もたっぷり持ち合わせている。でもサリーはいつもわたしに親切で、それはこれからも変わってほしくなかった。

母さんはサリーに行く手を阻まれるつもりはなかった。「ご苦労さま」と言って、サリーに大皿を渡そうとした。「しばらく預かってちょうだい」

「すみません、ヘレン。命令なんです。だれもなかに入れません」

「あら、それはどうかしら」母さんは居丈高な口調になって、一歩詰めよった。サリーも一歩も引かない構えだ。

「ヘレン、道はふたつあります」とサリーは言った。「あなたをなかに入れて、わたしが職を失うか。あるいは、あなたを足止めして、職にとどまるか。さて、わたしがどっちを選ぶと思います？」

「でも、トムは大丈夫なんでしょうね？」と母さんは訊いた。えらそうな様子は影をひそめ、心配そうな声で。「怪我はしてないんでしょう？」

「トムの健康に問題はありません」とサリーは言った。救急車も消防車も店の外に止まっていないことから、それはうかがえた。

わたしは母さんの腕を取った。「おもてで待ちましょうよ。サリーを困らせちゃ悪いわ」

母さんは譲歩するつもりはなさそうだったが、しばらくためらったあとで折れた。

待っているあいだに、わたしはジョニー・ジェイの車の被害をざっと見積もった。ぐるっと正面にまわる。

「おばあちゃんのアリバイ作りをしないと。さもないと免許を取りあげられてしまうわよ」

「それも悪くないわね」と母さん。「この分じゃ、そのうちだれかを轢《ひ》いてしまう」

「いつも時速八キロなんだから、それはないでしょう。でも、今度ジョニー・ジェイの車とぶつかるようなへまをしても、おばあちゃんをせかしちゃだめよ」

サイドミラーは交換しなければなるまい。さいわい、おばあちゃんの車の塗料といった決定的な証拠は残っていなかった。もう一台のパトカーにも目立った跡はなく、小さなかすり傷がひとつだけ。それに、路上やどこかの店から、だれかが事故を目撃したとしても、おばあちゃんを密告するようなまねはしないだろう。ジョニー・ジェイには人望がない。おばあちゃんはみんなのアイドルだ。だから、うちの祖母におとがめはないだろう。

わたしはこの機会に、スチューの店の前でロリ・スパンドルと派手な立ちまわりを演じたことを母さんに詫びた。母さんは朝食の大皿をジョニー・ジェイの車のボンネットに置いて、いいのよ、と抱きしめてくれた。これで謝罪はふたつ片づいた。残るはふたつ。いくら気が進まなくても、心を入れ替えるつもりなら、ピートリー一家との関係も修復しなければならない。ロリ・スパンドルやジョニー・ジェイとは長年のしがらみがあるから、いますぐどうこうするのは難しい。でも、アギーやユージーンとのあいだには、本気でいがみ合うような問題はひとつもない。アギーがことあるごとにけんかを吹っかけてくるのはべつにして。いざというときに頭のひとつやふたつ下げられないようでは、客商売はとうていつとまらない。

わたしは母に、最悪の事態について覚悟してもらおうとした。

「トムは刑務所に行くことになると思うけど」

「そんなことありませんよ」

「パトカーが三台もきてるのに？　いい兆候じゃないわ」

でも母は聞く耳を持たなかった。「警察はさっさと用事を片づけてくれないかしら。朝ごはんが冷めちゃうじゃない」

双子が出勤してきたので、手の空いたキャリー・アンがふたたび顔を出した。母さんの肩をそっとたたき、わたしを心配そうに見やった。

ようやく警官たちがトムを連れて出てきた。思ったとおり、手錠をかけられている。

そこで母さんとトムは、テレビの恋愛ドラマそこのけの別れの場面を演じた。

「朝ごはんを持ってきたのよ」と母さんは呼びかけ、皿を掲げてみせた。明るい声を取りつくろっているが、顔色は真っ青だ。それからジョニーに向かって、「せめてこの人に朝ごはんを食べさせてやって」と頼んだ。

「あとで食べるよ、ヘレン」トムはにっこり笑ってみせた。その笑顔がややこわばっていたのは無理もない。「帰ってきたらすぐに。きみのおいしい手料理を楽しみにしてる」

「ごちゃごちゃ言ってないで、さっさと車に乗れ」ジョニー・ジェイがトムをせかした。

「早く帰ってきてね」恋に溺れているわたしの母親は言った。「待ってるから」

「そのときが待ち遠しいよ」トムはそう言い残してパトカーの後部座席に乗りこんだ。ジョニー・ジェイはドアをバタンと閉めて、運転席にまわった。

「どうして車の横っ腹がこんなことに？」と彼は叫び、これまで聞いたこともないような組み合わせで、神さまの名前をひとつふたつ口にした。

だれもひとことも言わない。

「あきれたな」と彼は言った。「白昼堂々、この車にぶつかってくるとは。しかも、わたしはこの建物のすぐ裏にいたんだぞ」彼はさらに二言三言、悪態をついた。

愛車を四方八方から調べ、野次馬たちに圧力をかけたが、それでもらちが明かないと、ジョニー・ジェイはわたしを、ついで母をじろりと一瞥《いちべつ》し、さらに母が持っている大皿に疑惑の目を向けた。

「ここにはどうやってきた、ヘレン？」と彼はたずねた。わたしたち同様、たいていは祖母が母の運転手を務めていることを知っているので。

「わたしが乗せてきたの」とうそをついた。愛する祖母のため、そして、祖母がこれからも好きなだけ車を運転できるように。

ジョニー・ジェイはもうしばらくぶつくさ言っていたが、ようやく車に乗りこんだ。ドアをたたきつけるように閉めたので、取れかけていたサイドミラーがとうとう落っこちた。車が出発すると、トムは後部座席で振り返り、母としっかり視線をからませていたが、やがて車は見えなくなった。

母がどれだけトムに思いを寄せているかを目の当たりにして、わたしの胸は痛んだ。ふたりのあいだには絆が育ちつつあるようだった。とても強い絆が。母はトムの無実を一度たりとも疑わなかった。それなのにトムが犯人とわかったら、ようやく見つけた人を信じる気持ちはどうなってしまうだろう。

どうかトム・ストックが犯人でありませんように、わたしは心の底から祈った。

26

うちの母はこれまで父以外のだれともつきあったことがない。父は母にとって唯一無二の存在だった。ハイスクールのころから父が死ぬまで。そして死んだあとも。

そこへトムが登場した。

もしトムが弟を殺したとしたら、母には苦い薬になるだろう。これまでの苦々しい性格に逆戻りすることは言うまでもない。うちの家族全体にとってもかなりの痛手となる。

トム・ストックには不利な点がいくつもあった。

まず、彼は大柄で、必要なら、フォードをかついでかなりの距離を運ぶことができる。だから、わたしが墓地で彼の弟につまずいたところを物陰から見ていたとしたら、わたしが店に逃げこんだあと、死体を持ち去るのはたやすかったはずだ。

それに彼のシャツには血がついていた。もしフォードの血と判明すれば、トムの容疑は〝黒〟になる。

さらに、警察がトムの自宅か店で凶器を発見すれば、トムはもう〝黒こげ〟だ。

ここまで慎重に考えたすえに、わたしはトムに勝ち目はないと判断した。

「よかったら店を手伝いましょうか」と母さんが言った。「トムが帰ってくるまで」

わたしはその申し出にまったく乗り気になれなかった。母さんが店じゅうの棚を並べ替えるとか、無断でおまけをつける等々とはべつに、お客さんたちがゴシップに花を咲かせ、ストック兄弟にいわれのない誹謗中傷を浴びせるに決まっているから。そんなうわさを母の耳に入れるのはしのびないので、はっきりそう言った。

「トムのぬれぎぬはすぐに晴れるわ」と母さんは言った。「それまでのあいだ、誤解しているお客さんがいたら、わたしがその誤りを正すから」

母さんが店を手伝ってくれてありがたい点がひとつあった。わたしがほかの用事やら計画やらに取りかかれるということだ。そこで、電話帳でアリシア・ピートリーの番号を調べてかけてみた。留守電になっていたので、折り返してほしいと伝言を残した。

たまっている事務も少しは片づけるつもりで、ドアを閉めてデスクについた。ところが正面の書類の束に取りかかるまえに、トムの殺された弟、フォードと交わした会話で気になることを思い出した。

フォードにクレイの家をいつまで借りているのかたずねたとき、彼はたしか、「週末だけだ。それだけあれば、おれたちの用事も片づく」と答えた。

おれたちですって！

寝袋はひとつ。キャンプ用のテーブルと椅子が一組。何もかもひとり分だった。だとすると、あの発言はどういう意味？

の？　もうひとり、あるいは複数の仲間がいるってこと？　それはだれ？　そして、どこにいる

あのとき気がつかなかったのは、ロリ・スパンドルがフォードに長期で家を貸したんじゃないかと心配でたまらなかったから。まともに耳に入ったのは〝週末〞の部分だけで、それを聞いてほっと胸をなでおろしたのだった。

わたしは店に戻って、母に質問をぶつけた。

「トムについてのゴシップはもう耳に入ってるわよね？」

母さんはうなずいた。「町じゅうそのうわさで持ち切りだもの」

「じゃあ、フォードがトムの奥さんと駆け落ちしたことは？　それは事実なの？」

ふたたびうなずく。

「この事件が起きるまで、トムとフォードが連絡を取り合っていたかどうか知ってる？」とわたしは訊いた。「つまり、フォードは兄さんがモレーンに住んでるって知ってたの？」

「そうでしょうね、だってこの町に姿を見せたんだから。トムのほうは驚いたみたいだけど。もう何年も口をきいていなかったから」

「フォードがどうしてここにきたのか、トムに心当たりは？」

母さんは首を振った。「トムはいい人だから悪いことは考えたくないみたいだったけど、わたしに言わせたら、あの弟はトムのお金をねらってたに決まってるわよ」

わたしはトムが宝くじで賞金を獲得したことをすっかり忘れていた。なにしろ質素な暮ら

しぶりなので。きっと全額、銀行に預けているにちがいない。そして、お金はそれ以降、さらに増えつづけているのだろう。

「フォードがトムの賞金をねらっていたとしても」とわたしは言った。「どうやって手に入れるつもりだったのかしら？　トムの奥さんに手を出した以上、トムが財産を分けてやるとはとても思えない」

母さんは立ち聞きしている人がいないか左右を確かめた。

「ひとつだけ方法があるわ」と声をひそめた。「遺産として相続するのよ」

「でもそれだと……」

母さんはうなずいた。「トムは死ななきゃならない」

「フォードはトムを殺すつもりだったの？」わたしは母さんをまじまじと見つめた。

「ありえない話じゃないわ」という返事に、わたしは口をあんぐりとあけて立ちつくした。

その口を閉じて、事務所に引っこんだ。

正当防衛を訴えれば、弁護の決め手になるかもしれない。わたしは頭のなかで事件の一部始終を思い浮かべた。

フォードはトムを殺そうとした。トムは防戦した。思わぬ結果になり、うろたえてしまう。すぐに自首すればよかったのに、フォードの死体を暖炉に遺棄した。そのせいで、こんな窮地に陥っている。いまさらジョニー・ジェイにあれは事故だったと申し開きするのは手遅れだ。運がよくても、せいぜい故殺だろう。

一方、もしフォードがトムを殺すつもりだったとしたら、〝おれたち〟とは、彼に共犯者がいたことを意味する。母の恋人を助けられるかもしれない唯一の方法は、その共犯者を暴くことだ。もしその男（あるいは女）が見つかれば、その人物は警察に真実を明かすことになる——フォードが兄を亡き者にして、彼の金を盗むことをもくろんでいた、と。そうすればトムは正当防衛を訴えることができる。

わたしはパティの携帯に電話した。パティは電話に出なかった。その代わりに、ノックもしないで事務所に入ってきた。身につけているベストには、いまの稼業になくてはならぬさまざまな道具がぎっしり詰めこまれている。手作りの記者証を首からぶら下げ、黒いサングラスをかけていた。

昨夜飲んだワインの酔いがまだ残っているのかしら。わたしもそうだけど。

「うちの妹は？」

「頭が痛いって」とパティ。

「いい気なもんね。庶民は額に汗して働いているというのに」

パティは肩をすくめ、デスクの横にある椅子にどさりとすわった。

わたしはトムの逮捕と、フォードの相棒がこの近辺にいるのではないかというわたしの推理について、知っていることをすべて話した。

パティはわたしの言葉にじっと耳をすませたあと、「でも、ほら、あたしもいろいろ問題を抱えてるし」と言いだした。

「え、どんな？　この事件を一緒に解決するんじゃなかったの？　記者の仕事にもプラスになるでしょ」

「まずは、あたしを襲った犯人を突き止めないと。それまでは囚人にでもなった気分。これまでなんの遠慮もなくのびのびやってきたのに、いまのあたしときたら。すっかり萎縮して、これじゃ昔の自分に戻ったみたい」

「もうひとつ望遠鏡を注文しないかぎりは大丈夫よ」つづいて、自分でも信じられないような言葉がぽろりと飛び出した。「それに、好きなだけうちにいればいいわ」

その言葉を口に引き戻し、飲みこんでしまうまえに、パティの顔がぱっと明るくなった。

「了解。じゃ、そういうことで。持ちつ持たれつでいきましょう」

「ところで、ヒッコリーの実はまた出てきた？」とわたしは訊いた。

「これまでのところはまったく。でも凶器について、手がかりをひとつ見つけた」

「そう。だれから聞いたの？」パティに関しては、裏を取ることが重要だ。

「取材源は明かせない。記者の倫理に反するから。いまわかっているのは、茶色の繊維がフォードの首から見つかったということだけ」

「スカーフの糸みたいな？」

「そうかもね」

パティなら証拠の捏造《ねつぞう》もしかねない。「じゃあ、これからどうやってフォードの相棒を見

「そっちは難題ね」とパティ。「それより、あたしを縛って見殺しにしようとした狂人のほうは、どうやって突き止める?」

「あなたは死にそうには見えなかったけど」

「あんたたちが助けにきてくれなかったら、どうなっていたか」パティはようやく黒っぽいサングラスをはずした。目が赤く充血している。「外部の犯行だと思う? それとも内部の犯行?」と彼女はたずねた。

「どっちのことを言ってるの? フォード・ストック殺し?」

「いいえ。あたしを襲った犯人よ」

「内部でしょうね」とわたし。パティを襲撃したのは、彼女のせいで迷惑をこうむった人間にちがいない。早い話が、この町の住人だ。「だれかがあなたのことをずっと見張っているのよ。また望遠鏡を買わないかどうか」

パティはうなずいた。「まんざらありえない話じゃないわね。でも、どうしてそこまでするのかしら。あの窓から町じゅうを見渡せるわけじゃないのよ。見える範囲はごくごく一部だから」もっとのぞき見したいのにできないことが、いかにも残念そうだ。

「もう望遠鏡は買っちゃだめよ」わたしは、パティが聞いていなかった場合に備えてくり返した。そちらのほうは、頭を悩ますまでもないと思うけど。

「フォードの相棒についてはどう思う?」とパティが訊いてきた。「内部、それとも、外部？」

「あの家にはフォードしかいなかったから、内部の犯行だと思う。その相棒には寝泊まりする場所は必要なかった。つまり、このあたりに住んでいるのよ。どこから探せばいいのかはわからないけど」

「あたしは望遠鏡を配達したドライバーを突き止める」とパティは言った。「何か目撃してるかもしれないし」

ちょうどそのとき、アリシアから電話がかかってきた。わたしはスカーフのことを説明し、アリシアの家を訪ねることにした。

「これからアリシア・ピートリーの家まで行ってくる。あなたは宅配会社を調べて」

わたしは電話を切って、捜査に取りかかった。

27

アリシア・ピートリーは、義理の両親アギーとユージーンの家の隣に住んでいるので、わたしは一石二鳥をもくろんだ。まずは手先の器用なアリシアにビーズの件を相談し、そのついでに、意地の悪いアギーばあさんにあやまることにしよう。

わたしはトラックに乗って、雁やカナダガンが道路沿いの沼地を舞っているのをぼんやり眺めたり、開いた窓から刈ったばかりの牧草の香りを嗅ぎながら、のんびりと田園道路を走っていった。牛糞のにおいがトラックのなかまで漂い、農場の生活をうらやましく感じた。養豚場はまったくの別物で、あれは臭いなんてものじゃない。でも牛のにおいを嗅ぐと、草に寝ころがって空の雲を何かに見立てる、穏やかな暮らしが思い浮かんだ。

コルゲートの村が丘の向こうに見えてきた。幹線道路を降りてファイヴ湖に向かい、ピートリー親子が住んでいる二軒の家のあいだに車を止める。

呼び鈴を鳴らすと、アリシアがドアを開けた。「菜園を掘る許可がほしければ、義父と話をつけてね」と言ってから、いまのは冗談だというしるしに声をたてて笑った。

わたしも笑顔になる。

「さあ、入って」アリシアはドアを大きく開けた。「コーヒーはいかが？」

「いただくわ」

アリシアは義母とちがって、親切で思いやりにあふれていた。アギーの隣に住み、毎日顔を合わせるなんて、わたしにはとても耐えられない。

コーヒーを飲みながら、わたしはスカーフのことをいやというほど学んだ。裁縫はもともと得意ではない。編み物も、レース編みも、手先が不器用なので、どれも苦手なのだ。じつを言うと、ホリーに誘われて一緒に受講した裁縫の初心者向けクラスも挫折した。妹はいまだにその件をときどき持ち出す。

でも、アリシアが情熱を傾けていることはわかっていたので、興味のあるふりをした。話が一段落するのを待って、「トパーズ色のビーズを補修用に少し分けてもらえないかしら。あのスカーフがとても気に入ってるの」と切りだした。

アリシアは大きな裁縫箱を取り出すと、あちこち探って必要なビーズを見つけ、渡してくれた。「念のために、余分に持っていって」と彼女は言った。「それと、ありがとう。気に入ってくれて嬉しい。わたしはよくビーズを使うんだけど、引っかかっても全部はほどけないように、つけ方を工夫してるのよ。そんなにたくさん一度に取れてしまうなんてへんね」

「ええ、まあ。でも悪いのはわたしで、あなたのせいじゃないから」わたしはロリのことをいまいましく思い返しながら、そそくさと話題を変えた。

「ほかにどんな色があるの？　銀色とか？」

「ええ、銀色のビーズも使う。それにバラ色、ブルー・トパーズ、いろいろあるわよ。あなたの好みに合わせて誂えることもできるけど」

「銀色のビーズを編みこんだスカーフもお祭りに出品した？」

アリシアはコーヒーを飲んだ。「そのはずだけど。ボブにスカーフを何箱か持っていってもらったから。どうして？」

「いえ、べつに」ボブが銀色のビーズを運ぶときに墓地を通り抜けたかどうか、それに、墓地にどんな用事があったのか訊きたくて頭をしぼったが、適当な言い訳を思いつかなかった。

もうしばらく世間話をして、彼女にコーヒーと時間を取ってくれたお礼を言ってから、今度はアギーの家に出向いた。

アギーが出てくるのを待っているあいだに、ヒッコリーの木が庭に何本もあることに気がついた。まだ殻のついた実があたり一面に落ちている。

もう一度ノックした。

アギーがドアを開けた。わたしを見ると、顔をしかめた。わたしは小柄で無愛想な女性を見下ろした。アギーはドアのすぐ隣に立てかけてある杖をつかんだ。

「なんの用だい？」

「あやまりにきたの」

「何を？」意地悪そうな目がわたしの目を探るようににらみつける。

「いろいろいやな思いをしたでしょう。逮捕だのなんだの」

「なんで？　あんたのせいでもないのに。それとも仕組んだのはあんたかい？」

わたしは、トレントに警察へ電話をさせて、アギーが処分セールの許可を取っていないと密告したことまで認めるつもりはなかった。うちの店の前から立ち退いて、商売の邪魔をしないでくれたらそれで充分だったのだ。実際、ことが思惑どおりに進んで、アギーがあの杖を棍棒よろしく振りまわしたりしなければ、それだけですんだはずだった。

「それで？」アギーはわたしの答えを待っている。「警察沙汰になったのは、あんたが裏で糸を引いたからじゃないだろうね」

「もちろんちがうわよ」わたしは、自分が果たした役割はほんの小さなものにすぎないと、すばやく自分に言い聞かせた。

アギーの目が糸のように狭められた。

「ねぇ」とわたしは言った。「わたしたち、ボタンを掛けちがったみたいだけど」

そもそも嫌味を言ったのも、わたしを脅したのもみなアギーだと言いたかったが、それはのみこんだ。「これからは仲よくしましょうよ」

「裁判で証言してくれるのかい？　判事に言っとくれ。警察の暴行を目撃した、あたしがあんな目にあういわれはないって」

「あなたは杖で警官を殴ったじゃないの」

「じゃあ、友だちになるのはなしだね」

「わたしは仲よくしたいって言っただけ。友だちじゃないわ。それとこれとは大ちがいよ」

「たしかにヒキガエルとカエルもちがっているけど、どっちも虫を食べて糞を出すからね」ヒキガエルとカエル、および彼らの排泄の仕組みがどう当てはまるのかさっぱりわからなかったが、ことアギーに関しては、わたしの読みが当たったためしはない。

「そんなこと言わずに、アギー」とわたしは言った。「こうして手を差しのべているんだから」

「せっかくだから、その手にシャベルを持ったらどうだい」とアギーは言った。「裏庭に樹皮チップがひと山ある。灌木のあたりにまいておくれ。そしたら許してやるよ」

「あなたは煮ても焼いても食えない人《タフ・ナッツ》ね、アギー」わたしはアギーの顔に目をこらした。ヒッコリーの実《ナッツ》と聞いて何か思い当たるふしはないかと。そんなツキには恵まれなかった。

裏庭のチップはこれまで見たこともないほど大量にあった。トラック一杯分は軽くありそうだ。チップの山の隣には大きな手押し車があった。アギーの足取りはしっかりしていて、ちっとも危なげないのに、まだ杖をつかんでいる。わたしがチップの山を見まわしているあいだに、物置に入ったかと思うと、すぐまた出てきた。「シャベルがない」とぶつぶつ言っている。「このまえうちの庭に無断で入ったとき、持ち出したのかい?」

「いいえ、畑に突き立てたままにしておいたけど」わたしは菜園の何もない場所を指さした。「あのあたりに」

「見当たらないね」

わたしはアリシアに訊いてみたら、と余計な口出しをしそうになった。彼女か夫のボブが借りたのかもしれない。でも、それは墓穴を掘るようなもの。シャベルが見つかれば、それを使うのはわたしだ。その考えがアギーの頭に浮かばなくてさいわいだった。

「シャベルを持って、出直しといで」とアギーは言った。

そんなこと、わたしがするとでも思ってるの。「じゃあまた」と言ったが、それは来世という意味。アギー・ピートリーはとことん食えない女だ。

幹線道路に乗り、アギーの魔の手から逃れてほっとしていると、宅配便のトラックがウインカーを点滅させながら丘を登ってきた。わたしのピックアップとすれちがい、ピートリー家に通じる湖沿いの道に曲がったとき、トラックの横腹がちらりと見えた――〈スピーディー・デリバリー〉。運転手に目をやる。わたしは驚きのあまり、思わず後ろを振り返った。

宅配便を運転していたのが、ボブ・ピートリーだったからだ。

28

店に戻る途中で、パティの携帯に電話した。往路ののんびりしたドライブとは打って変わって、水鳥に見とれることもなければ、刈りたての牧草の香りを胸いっぱいに吸いこむ気にもならない。わたしは大物の魚をねらっていて、その一匹がたったいま、わたしのそばを通りすぎ、湖に向かって泳いでいったのだ。

利己的な気持ちが混じっていることは認める。パティを襲った人物を捕まえたら、彼女は自宅に戻ってくれるだろうから。もしボブが配達員だったとしたら、重要なことを目撃していたかもしれない。あるいは、彼がパティを縛りあげた当人だという可能性もある。

「望遠鏡を届けた運送会社の名前は？」パティが携帯に出るなり、わたしはたずねた。

「〈スピーディー・デリバリー〉だけど」とパティ。わたしの胸は高鳴った。ようやく手がかりをつかんだ。ボブ・ピートリー、とうとう見つけたわよ。ところが、つぎのパティの言葉で、わたしはがっくり落ちこんだ。「このあたりだと、あそこが配送をほぼ一手に引き受けてるから」

心のどこかで、そのことはわかっていたような気がする。

「こっちも運転手を捜し当てたけど」とパティが言った。「ふだんとちがったものは何も見なかったそうよ。配達のまえも、配達中も、配達してからも、あやしいものは何もなし。うちのまわりにはだれもいないし、通行人もいなかった。車もなし。何ひとつなかったって」

ずいぶん目ざとい運転手がいたものだ。職業をまちがえている。探偵になるべきよ。「その人は、どうしてそんなことまで覚えてるの？」

「簡単よ。情報を引き出すのは得意なの。根ほり葉ほり訊くのは仕事の一部ですからね」

「運転手に見覚えは？」運転手がモレーンの住人なら、名前はわからなくても、顔の見分けはつくだろう。

「それがなんの関係があるの？」

「ちょっと知りたいだけ」

「運転手とはじかに会ってないの」とパティは認めた。「電話で話したから。どうして？」

「名前は？」

パティが考えているあいだ、電話の向こうで沈黙がつづいた。

「聞かなかったと思う。会社に電話したの。受付の女性が記録を調べて、本人に電話をかけさせると言った。で、その運転手が電話をかけてきた。それがどうしたの？」

「店で会いましょう」

母さんとキャリー・アンがお客を出迎え、挨拶を交わし、レジを打っていた。母さんはこれまでのようにわたしの商売のやり方を鼻であしらうようなまねはせず、しゃれた方法で店にとけこんでいた。

うちの従業員が全員、胸もとに〝ワイルド・クローバー〟のロゴが入った、かわいいピンク色のエプロンをつけていたのだ。

母さんは接客中だったので、わたしは店の奥にまわった。双子たちが品出しをし、野菜のかごを並べている。彼らもピンク色のエプロンをつけていた。ふたりともたいそう照れくさそうだ。

「男はピンク色を着ないって、お母さんに言ったんですけど」とブレントが言った。トレントもうなずいた。「でも、本物の男ならピンクを着こなせるって」

「そのとおりよ」とわたし。ハンターはピンク色のシャツを持っていて、それを着ると男ぶりがあがる。わたしがそう言うと、双子たちの気後れも少しは薄らいだようだ。ハンターをとても尊敬しているので。「ふたりとも、それを着ていたら、女性客のハートを射止めることまちがいなしね」

わたしはそのつぎに妹を探した。ホリーの姿がどこにも見当たらないので、再びいらだちが募る。寝こんでいたいのは、お互いさまなのに。

わたしは店に戻った。「母さん、エプロンはどうしたの？　母さんのお見立て？」

母はにっこりした。「びっくりさせようと思って、年明けからこっそり準備していたの。わたしの手作りよ。ほら」と、自分がつけているエプロンを指さして、特徴を説明した。

「アカツメクサのピンク色は、〈ワイルド・クローバー〉という店名に合わせたの。ペン入れのポケットでしょ。首まわりは調節できるし、ポケットにもすぐ手が届く」

母と仲よく暮らすという夢に向かっての長く険しい道のりも、ひと山越えたと言えそうだ。以前のわたしなら、母がまえもって相談してくれなかったというだけでカッとしただろう。でも今日は、お手製のエプロンがとてもおしゃれだと思った。クローバーの花を思わせるピンク色のエプロンは文句のつけようがない。

「すごくかわいい」と大きな声で言うと、母をぎゅっと抱きしめた。

「アカツメクサのアップリケを、いくつかつけてみようかしら」と母さんが言うと、みんな賛成した。まあ、双子は除いて。

わたしは母さんから手渡されたエプロンをつけながら、お店にぴったりの名前を考えるのに苦労したことを思い出した。〈ワイルド・クローバー〉と名づけたのは正解だった。うちのミツバチたちもわたしもアカツメクサが好きだから。庭でよく見かける野草というだけでなく、ウィスコンシン州では大切な牧草で、一、二週間だけでなく夏のあいだじゅう咲きつづける。

花は食用になり甘い。牛でも、餌を探しているミツバチにでも訊いてみたらいい。しかも体を動かし、体調を維持するために必要なタンパク質が豊富に含まれている。乾燥させた莢《さや》や頭状花を挽《ひ》いて粉にすることもできる。よっぽどのことがないかぎり、わたしはそこまでする気はないけれど。ハーブティーにもなるので、うちではもっぱらそうしている。

そのつぎに母さんは言った。「ホリーはどこ？」

とうとう、母さんにも妹娘がどんなに当てにならないかわかるときがきた。わたしはホリーが大好きだけど、家族が一緒に働くのはまちがいのもと。おまけに、母さんは、ホリーが悪いことをするはずはないと思いこんでいる。とんだお笑いぐさね。これで妹の欠点も白日のもとにさらされる。わたしたちみんなと同じように。

「ホリーはお休みなんです、フィッシャーさん」とパティの声がした。じゃしゃり出てくると、妹をかばって、せっかくの機会をぶちこわした。「昨日、ストーリーの家で女子会を遅くまでやったので、今朝はぐあいが悪いみたい」

母さんは心配そうな顔をした。「ちょっと様子を見てくるわ」

「たいしたことないわ」とわたし。

「もっと思いやりを持ちなさい」と母さん。「かわいそうに、妹が病気だっていうのに」

わたしの頭も二日酔いでずきずきしていた。なんでホリーのことまで心配しなきゃいけないの。ホリーはたったいまわたしのことを心配してくれてる？　いいえ、まさか。それに、あの子は好きなだけベッドで寝ていられる。

母さんはエプロンをはずしてきちんとたたむと、ホリーの世話を焼きに出かけた。

「ちょっと問題があるの」わたしは事務所のドアを閉めると、パティに言った。

「そうよ。あたしを襲ったやつの手がかりがまったくつかめない」

「まずは、わたしの話を聞いて」わたしはアリシアを訪ねたときのあらましを、をひととおり話した。このごろつくづく思うのは、探偵仕事は巨大なパズルを解くようなもので、かなりの部分が知的作業だということ。ああ、頭がこんなに痛くなければいいのに。

「というわけで、車を出したら、ボブ・ピートリーの運転する〈スピーディー・デリバリー〉のトラックとすれちがった」と話を締めくくった。

「だから？」どうやらパティも、昨夜の飲み会で脳細胞のいくつかを失ったらしい。

「だから、ボブが望遠鏡を配達した運転手だとしてもおかしくないわけ」

「べつに運転手が彼でもどうってことないじゃない。警察長でも。だれだってかまわない。だって運転手はあやしいものを何ひとつ見ていないんだから」

「もしもよ」わたしはしばらくまえから気になっていた疑惑を口にした。「あくまで仮の話だけど、宅配便の運転手があなたを襲った張本人だとしたら？」

パティとわたしはまじまじと見つめ合った。ふたりとも同じことを考えている。

「彼は自分が配達している中身を知っていた」とパティ。「箱にちゃんと書いてあったもの」

わたしもうなずく。

「犯人はボブ・ピートリー？　でも彼はモレーンに住んでもいないのよ。犯人はあたしの職業に恨みを持っている人間だって、そういう話じゃなかった？」

「これまでにボブに嫌われるようなことをした？」

「彼はそもそもあたしのことを知らないと思う」

「ふーむ」

わたしには、ここ数日のあいだに起こった出来事について気になることがあった。そのどれもが、わが家のある袋小路とその周辺で起こっているのだ。あの通りには、パティとわたししか住んでいない。通りをはさんでオーロラの自然植物園が広がっているけど、自宅も温室もずっと奥まったところにある。だから、わたしとパティだけと言っても差し支えない。

「ピートリー一家って、ビーチサンダルにへばりついたトイレットペーパーみたい」とわたしはぼやいた。「どれだけこすっても、取れやしない」そこで、しばらく考えこんだ。「もういちど宅配会社に電話して、運転手の名前を訊いてみたら？　ことによると、ほんとうにボブかもよ」

パティが電話をかけているあいだ、わたしはホリーに電話した。いいかげん起きて、仕事をしたら、と言うつもりで。妹は電話に出なかった。

パティが電話を切った。「大正解よ。運転手はボブ・ピートリーだった」

わたしは、血の気が多いと言われているあの息子と、彼が過去に何度も警察ともめごとを起こしているといううわさについて考えた。

「これからどうする？」とパティに訊いた。

「彼のあとを追っかける」

「答えを聞き出すのが得意だって言ってたわね」

パティはにっこりした。「あたしにまかせて」その笑みがすっとかげった。「あんたもきてくれるんでしょう？　友だちならそうするわよね」

わたしはため息をついた。

「ええ、そのとおりよ」

29

それから数時間は店が忙しかったので、パティはすぐに帰ってくると言い残してひとりで出かけた。

スタンリー・ペックが孫を捜しにやってきた。「だれかノエルを見かけなかったかい?」

キャリー・アンが答えた。「弾薬庫は調べた?」

「この町にそんなものが?」スタンリーは口をぽかんとあけて彼女を見つめた。「しかも、このわしが知らんとは」

「冗談よ、スタンリー」キャリー・アンは笑った。「ころっとだまされるなんて、もう年ね」

「でも」とわたし。「もし郡に弾薬や爆薬の貯蔵施設があれば、ノエルはよろこんでアルバイトするんじゃないかしら」

「そういえば」とキャリー・アン。「このごろ爆発の音をとんと聞かない」

スタンリーは買い物かごを手にとって言った。「あの子はこのところ机にかじりついててな。手帳から顔を上げようともしない。だが今朝わしが起きたときにはもういなくて、それからずっと帰ってこないんだ」

「実験でもしてるんでしょう」とわたし。「大丈夫よ、きっと。だれも火の手があがるのを見てないし、大きな音も聞いてないから」

「ノエルには友だちが必要だ」スタンリーは言った。「一緒に遊べる仲間がいるといいんだが。いつもひとりというのはな。子どもらしくない」

「あの子はあれでふつうなのよ」その言葉を信じているわけではなかったが、スタンリーの気を楽にしてあげたい一心でそう言った。そもそも〝ふつう〟ってなんだろう。

それで安心したのか、スタンリーはビール売り場のある通路に向かった。

わたしはときおり、お客が買い物かごやカートに何を入れるか当ててみることがある。浮世離れしたところのあるオーロラは、豆腐はじめ、大豆のさまざまな加工品、牛乳、豆類、小麦粉、ナッツ、それにクランベリージュースなど、甘味料のいっさい入っていない酸っぱいジュースを買いにくる。当てるのはわけもない。

パティは特ダネを追って食事がとれない場合にそなえて、手早くエネルギー補給ができる食品、たとえばエナジー・バー（運動中のエネルギー補給を目的としたビスケット）や、ロケットの燃料になるほど大量のカフェインや糖分を含んだ栄養ドリンクなどを買っていく。

ターボエンジンがらみで言えば、もしノエルがうちの店にきても、排水口洗浄剤とアンモニアを買うだけで、食品には見向きもしないだろうけど、ルートビア味のはちみつスティックだけはひとつかみ買っていくかもしれない。

モレーンの町を通りがかった旅行客がひとりちょうどレジにいた。キャリー・アンがレジを打ち、わたしは袋づめを手伝った。口中清涼剤、利尿薬、それにセロリ。このお客は摂食障害にちがいない。そこではっとひらめいて、わたしは従姉に訊いた。

「お祭りの少しまえか最中に、漂白剤、ゴム手袋、黒いゴミ袋を買った人はいなかった?」

「そんなこと覚えてないわよ」

「そりゃそうよね。でも、何か思い出したら教えて」

わたしは双子を捜して、同じことを訊いた。でも犯行現場の後始末用品を買ったお客がいたとしても、うちの店員はだれも覚えていなかった。

母がホリーのお見舞いから戻ってきた。黄色い布のバッグをさげている。わたしが環境のために、紙やビニール袋の代わりに使っているものだ。

「ホリーはどうだった?」とわたしは訊いた。

「頭痛薬を飲ませたの。もう少し寝かせておくわ」

「そのバッグには何が入ってるの?」

「あなたの家の玄関脇にヒッコリーの実が積んであったから、ミリーのところに持って行って、レシピ作りに役立ててもらおうと思って」

わたしは口をあけた。言葉がひとつも出てこない。母さんがバッグをあけたので、中身が見えた。はんぱな数ではない。リスが一週間、いやひと月かけてもこんなには集められないだろう。

「家のまわりでだれか見かけた?」わたしはかすれた声をしぼり出した。

母はけげんそうにわたしを見た。「ホリーしかいなかったけど」

「ほかには」

「いいえ。あなた、大丈夫？」

わたしはうなずいた。

あやしげなヒッコリーの実の山だけでも手に余るのに、そこへつんとすましたロリ・スパンドルがやってきた。ロリは昔、蜂よけのネットをかぶって店にやってきたことがある。住人たちを焚きつけて、うちのミツバチを町から追い出そうとしたときのことだ。ロリはその戦いに敗れた。今日はどういう神経をしているのか、アイスホッケー用のケージのついたヘルメットをかぶっている。

わたしたちはお愛想を言い合った。

「こんな格好をしてるのは、あんたがまた暴れるといけないから」とロリ。「社会の敵ってあんたのことね」

「うちの店にきてくれと頼んだおぼえはないけど」

「あんたがこのつぎ何をたくらんでるのか、そのゆがんだ狭い心にどんな考えがよぎっているのか確かめておかないと。それにはこうするしかないのよ」

「つまり、そのヘルメットが豆粒サイズの脳みそを守ってくれると」

「いまに見てなさいよ、フィッシャー」ロリは肩を怒らせてわたしのそばを通りすぎ、果物の通路に向かった。わたしはそのあとを追った。

「ひとつ訊きたいんだけど」と声をかける。「クレイの家をフォードに貸したとき、彼はほかにもだれかくるみたいなことを言ってた？」

ロリはレモンを一個、品定めにぎゅっと握った。それからもうひとつ。「いいえ」

「わたしのもと夫は、あなたのせいで家がめちゃめちゃになったことを知ってるの？」

できるものならクレイに電話して、ロリには人を見る目がまったくないことを告げ口してやりたかったけど、彼と口をきくと考えるだけでぞっとした。それに、クレイはどうせロリの肩をもつだろう。

「あたしの仕事《アフェア》によけいな口出しをしないで」とロリは口をすべらせた。なにしろ不倫《アフェア》は彼女の専売特許だから。

言い返すのはやぼというもの。にやりとゆるんだ頬がすべてを語っている。わたしはくるりと背を向けて、遠ざかった。ヘルメットをかぶったロリはなんてこっけいだろうと思いながら。

パティがボブ・ピートリーの詳細な情報を集めてきた。その報告を聞きがてら、ディンキーを連れて墓地のまわりをぐるりと散歩した。

「Cキャップで検索してみたの」

Cキャップとは、裁判《C》情報《C》自動統合《A》プログラム《P》の略で、ウィスコンシン州当局が巡回裁判所で審理された裁判についての情報を公開しているウェブサイト。一時間ごとに更新される。だから、ある人物が刑事事件を起こしていれば、だれでもその事件について調べることができる。未成年者や養子縁組など非公開の記録が含まれている場合はべつだが、それ以外はすべて一般に公開されている。

「ボブは交通違反の常習者じゃなかった」とパティは言った。「〈スピーディー・デリバリー〉は自動車局で確認しただけで、それ以上の身元調査はしないで採用したんでしょう。だけど窃盗や、暴行、器物損壊などでたびたび警察の厄介になっていた」

「どうしようもないやつね」とわたし。「わたしたちが探している人物にぴったり」

「それに、そろそろ配達の仕事が終わるころよ」

「じゃあ彼の家に先まわりしましょう」

道中、わたしは母がうちの玄関で見つけたヒッコリーの実のことを話した。

「どういう意味なのかさっぱりわからないんだけど、あなたはどう？」

「一種の脅迫でしょうよ。それにしても、あいつにむざむざと望遠鏡を奪われたことが、いまだに信じられない」

「あなたの手落ちじゃないわ。手も足も出なかったんだから」文字どおりでも、比喩的な意味でも。「ところで、凶器について追加の情報は出てきた？」

「とりあえずは茶色の繊維ってことだけ」

丘を登りきってコルゲートの村が見えてきたので、湖につづく道路の手前で車を止めた。あとはボブを待つだけだ。

「ボブがやってきたらどうする？」とパティが訊いた。「溝に追い落としてやる？」

そこまでは考えていなかった。「家に着くまえに足止めしましょう。さもないとピートリー一家全員を相手にしなければならなくなる。そうなったら尻尾を巻いて逃げ出すのがおちよ。それとも、樹皮チップを蒔くことになるか」

「何を蒔くって？」

「なんでもない。ボブは私用のときはどんな車を運転してるか知ってる？」と遅ればせながら思いついて訊いた。

「いいえ」

「それはまずいかも」

「路上に出て、通りすぎる車を片っ端から止めようか」とパティ。身をよじってトラックの後ろから外を見た。「あたしは工事中の旗の振り方を知ってるけど。持ってる？」

「いいえ。それにもしボブがあなたを縛った犯人なら、すぐに気がついて轢いていくんじゃない？」

「なるほど」

「あなたは調査のプロなんでしょ」〝プロ〟の部分を強調する。

「シーッ、ちょっと考えさせて」すぐにパティは言った。「斧があったら、木を切り倒して道路をふさぐ。そしたらボブは急停止する。そこでスプレー缶のどれかを浴びせるの」

わたしは彼女のベストをちらりと見やった。小さなポケットがいくつもついている。何が入っているのだろう。

わたしの携帯が鳴った。ハンターからだ。

「その後どうなった？」と彼は訊いた。

「たいして動きはないの。パティ・ドワイヤーとおしゃべりしてるだけ」

「それは面白そうだ」

「そりゃそうよ」

それから、おばあちゃんが条件つきでディンキーを引き取ってくれることを思い出した。

「犬を訓練したいんだけど手伝ってくれる？」

ややためらったあと、ハンターは言った。「ディンキーでなければ。ディンキーを訓練したいなんて言わないでくれよ」

「ディンキーにも仕事が必要なの」

ハンターは笑った。「ディンキーは末っ子だったにちがいない。あれだけ頑固なのはそのせいだ」

「どうしてもしつけないと。できるわよね？」

「長時間、集中して取り組む必要があるかもしれない」

「じゃあ早く取りかかりましょう」と言って切った。早ければ早いほどいい。

パティが、「一瞬、あんたがピートリーのことを話して、くすくす笑いながら、ハンターに事件をまかせてしまうかと思った」

「わたしのことをなんだと思ってるの？　弱虫の腰抜け女？」

ちょうどそのとき白いヴァンが丘を登ってきた。お祭りのあいだ、ピートリー家の露店のそばに止めてあった車とそっくりだ。思ったとおり、ハンドルを握っているのはボブ・ピートリーだった。けれどもわたしたちがぐずぐずしているあいだに、ボブは彼の家へとつづく道に曲がってしまった。

30

「こうなったら、奥の手でいくわよ」と言って、わたしはトラックを出した。

「そんなのあった？」

でも、わたしはすでに行動に移り、しゃにむにボブのあとを追った。タイヤが悲鳴をあげる。アクセルをさらに踏みこむ。

ボブがヴァンから降りるまえに追いついた。パティがトラックから飛び出した。

「ボブ・ピートリー」記者証をちらりとのぞかせる。「あんたに二、三訊きたいことがあるの。あたしたちと一緒にきて」

ボブはあっけに取られたような顔をした。わたしもだ。とっさに立てた計画には、彼をうちのトラックに乗せることまでは含まれていなかった。

だが、そのままいけば万事まるく収まったかもしれない。ボブが断わったからだ。

パティが彼の股間を蹴りあげさえしなければ。

わたしの口から思わず悪態が洩れた。トラックを降りて、助手席側に駆けつける。トラックとヴァンのあいだに、ボブは倒れていた。空気を求めてぜいぜいあえいでいる。

「車に乗せるから手伝って」とパティ。

「だめ。誘拐なんてもってのほかよ」

「こいつなのよ、あたしを襲った犯人は！」パティはうんうんうめきながら、ボブを起こしてトラックに乗せようとした。

「自信はあるの？」

「大ありよ。手を貸して！」

ボブは自分の問題で手いっぱいで、地面を転げまわっている。

「いいことを思いついた」とわたし。「彼の車に乗せて、あなたが運転するのよ。ここに車を置いといたら、家族に見つかってしまうから」

「了解」

ふたりがかりでその仕事をやりとげ、胎児のように丸まったボブを助手席に押しこんだ。この行動の結果については考えたくもなかった。そんな時間もない。さっさと移動しなければ、いつなんどきアギーやほかの家族に声を聞かれたり、姿を見られたりしかねない。おまけに、もうじきボブの下腹部は落ち着きを取り戻すだろうし、そのあかつきには、彼はパティの脳天をぶち割るだろう。

また、わたしの行動は正気とは言えないが、あながちまちがいでもなかった。今回、もし警察に捕まったとしても（こんな方法を取ってしまった以上、それも覚悟しておかなければならない）、ジョニー・ジェイの鍵のかかった取り調べ室でその報いを受けるのは、パティのはずだ。

数分後、わたしたちはコルゲートの表通りをあとにした。わたしがトラックで前を走り、パティはボブのヴァンであとからついてくる。

うちの祖母が持っている地所はここからそれほど遠くない。とりあえずそちらに向かった。バックミラーに、ボブの頭がひょっこりのぞいた。そのあとふたりのあいだにちょっとした騒動があって、ふたたびボブの頭が見えなくなった。パティが何をしたのか訊くつもりはない。

道路を折れて、おばあちゃんが地元の農家に貸している畑のなかに入っていった。今年もトウモロコシが植わっている。トウモロコシは膝丈をはるかに超えてぐんぐん伸び、もういつでも収穫できるほどで、わたしたちの姿をすっかり隠してくれている。わたしは畑のすぐわきを、手近のトウモロコシの茎で車体を引っかきながらガタガタと進み、道路からすっかり見えないところに停車した。

パティもヴァンを止め、運転席から降りると、ぐるりと回りこんで助手席のドアを開け、囚人に何かをしてから、わたしの隣にすばやく乗りこんだ。

わたしはヴァンをさっと振り返った。「ひとりで残しておくのはまずいわ。運転して行ってしまうんじゃない？」

「手錠をかけてあるから。それに、しばらくは目が見えないし」

パティがそこまでするとは信じられなかった。これから先もずっとパティのご機嫌を取り、くれぐれも同じ目にあわないようにしなければ。さもなければ、とっとと逃げ出すか。将来どんな道を選ぶにせよ、とりあえずいまは最後までやりとおすしかない。「ボブがあなたを襲った犯人だとどうして言いきれるの？」

「においよ」とパティ。「あいつのにおいを嗅いだとたん、全部思い出した」

わたしは思案した。パティはボブの急所を蹴り、誘拐し、手錠をかけた。その根拠が彼の体臭だけというのは、まずいんじゃないの。

パティはわたしの疑念を感じとったにちがいない。

「人にはそれぞれにおいがあるって気がついたことはない？　その人がいるあいだは、そんなものがあるとは思っていない。ところが、あとになってその人が使っていた枕に頭を乗せたり、まだ洗濯していない服を手に取ったりすると、不意になじみのあるにおいが鼻先をかすめる。ああ、あの人のにおいだってわかる」

パティのちょっとした演説に、わたしは心を打たれた。あのＰ・Ｐ・パティに、そんな繊細で感傷的な面があるなんて。

とくに最近の行動からは、わかりっこない。

さらに意外だったのは、パティの話に思い当たるふしがあったこと。わたしも祖父を亡くしたときに、まったく同じ経験をした。祖父は自分の小さな書斎で、よくパイプを吹かしていた。祖父が亡くなったあと、わたしは祖父のにおいが懐かしくてその書斎に入りびたっていた。おばあちゃんもそうだ。その部屋にいると、祖父を身近に感じることができた。

「なるほどね」とわたし。「じゃあ、ボブのにおいの決め手は？　何が手がかりになったの？」

「ペパーミントとメンソールを掛け合わせたというか……」

「筋肉痛のときに貼りつける湿布のにおい？」

「それそれ！　あとはニンニク。それにしけた煙草。このまえはちょうどそんな感じのにおいがしたけど、今日もそれと同じにおいだった。さあ、知ってることを洗いざらい話してもらうわよ」

わたしはパティのあとから小走りに彼のヴァンに向かった。パティにも独特のにおいがある――決意のにおいをぷんぷん放っているのだ。彼女がさらに過激な行動に走ったらどうしよう。

ボブはぐあいが悪そうだった。なにしろ、あらゆる男性の悪夢のなかでも最悪のひとつを経験したばかり。パティは毒薬のスプレーも浴びせたにちがいない。彼の目は真っ赤で、せわしなくまばたきしていたからだ。それに、本物の手錠をかけられている。

「助けてくれ！」彼はわたしを見ると、かすれた声を出した。「この女に殺される。おれは何もしちゃいない。信じてくれ」

パティは彼にずいと顔を近づけた。「事実を話しなさい」と言った。「そうすれば逃がしてあげる」

ボブはうろたえきっているように見えた。わたしは後ずさり、よほどパティを残して逃げ出そうかと思った。かつてパティに同じ目にあわされたことがあるから、そうしたところでバチは当たるまい。よし、これ以上彼を痛めつけるなら、わたしはいち抜ける。

「じゃあ、まず」とパティは捕虜に声をかけた。「あたしに見覚えはある?」

ボブはうなずいた。

「どこで?」

「あんたの家に荷物を届けた」

「そのあと後ろから襲いかかってあたしを縛りあげ、口にガムテープを貼った」

「そっちはおれじゃない」とボブ。

わたしは思わずにじり寄った。

「じゃあだれよ?」とパティが訊く。

「知らない。だれかがおれの勤め先に電話をかけてきたんだ。あんたみたいにな。おれを探して」ボブの顔がぴくぴくと引きつった。ショックの後遺症のようなものだろう。「その日の配達を終えて、日誌を書いているときに電話があった」

「それで?」

「先方は、あんたに届ける荷物があるかどうか教えてくれたら、現金を払う用意があると言うんだ。あんたの家は担当区域にあるから、おれはこう言った。いいとも、現金はいつだって大歓迎だ」

「いくら?」

「一〇〇ドル」

「もうもらった？」

「いや、まだ」

わたしも質問に加わりたくてたまらなくなった。なんてすご腕。パティは思うがままに彼をしゃべらせている。

「あなたに頼みがあるの」とわたしはボブに言った。「その相手の連絡先を教えて。電話番号は？」

「電話じゃないんだ」とボブは答えたが、自分を痛めつけたパティから片時も目を離さない。「eメールで連絡してきた」

「アドレスは？」パティは手帳と鉛筆を取り出した。

ボブは自由が利くほうの手で目をこすった。「言えば逃がしてくれるのか？」

わたしならフォードについても問いただし、彼がフォードの相棒かどうかの手がかりを探るだろう。質問の順番がまわってくるのが待ち遠しい。

「ええ」とわたし。「あと二、三質問したら」

「ただし」とパティが警告をつけ加えた。「このことをだれかに言ったら、あんたに乱暴されたって訴えるからね。聞こえた？」

「ああ、はっきりと」

「わたしに質問させてくれてもよかったんじゃないの」店に戻る途中で、わたしは文句を言った。

「まだ彼が答えていない質問なんてあった？」とパティ。

「おぼえてもいないのね。あんたは自分の問題しか眼中にないから」

「凶暴なストーカーは地域の大問題でしょうが。このつぎ手足を縛られて地面に転がされ、ゆっくり死んでいくのはあんたかもしれないのよ」

「わたしは彼がフォードと知り合いかどうか知りたかったの。思い出した？　殺人犯のほうがストーカーより、世間の優先順位は高いわよ」

「訊けばよかったのに」

「ええ、そのとおりよ」わたしは恨みがましく鼻を鳴らした。

というのは、あのあとパティが手錠をはずしたとたん、ボブはヴァンから逃げ出し、そこでパティがまたもや膝蹴りをお見舞いしたからだ。まえもってわたしにはひと言の相談も目配せもなく、いきなり蹴りつけた。

「あいつの動きを封じておく必要があったのよ」とパティ。「あたしたちが無事に逃げおおせるように」

「ボブはもうこんりんざい、わたしたちの質問には答えないでしょうよ。あんな目にあわされたんだから。それに、きっと警察に訴えるわよ」

「それにしても、あんな腑抜けとは」とパティ。「あれでも犯人かしら。犯罪者の面汚しね。

あんなにべらべらとしゃべるなんて。まあ、しっかり脅しつけておいたから、前科の記録に暴行容疑までつけ加えたくなかったら、警察に訴えやしないわよ」

わたしの恨みはまだ解けていなかった。

「わたしにも同じだけの時間をくれたら、答えを聞き出したのに」

「でも、あいつが望遠鏡の窃盗にひと役買ったことはわかったんだから」とパティは言った。

「大部分は他人のせいにしてたけどね。うそをついてるかもしれないし」

「それはないでしょう」

「それにしても、あっというまに口を割ったわね。もう少し抵抗してもよかったんじゃないの」

パティが凄味のある笑顔でにやりと笑った。

「世の中には知らないほうがいいこともあるのよ」

ま、そういうことなら。

わたしは拷問の女王と別れて事務所に戻ると、ボブから聞いたeメールのアドレスを打ちこんで、空メールを送った。どうなるか確かめるために。

そのアカウントは存在しないというメッセージがすぐに返ってきた。

思ったとおりだ。かつて一度も存在しなかったということだろうか？　それとも、いまはもう使われていないということ？

ボブがうそをついた？

あるいは、パティの敵は痕跡を隠すのがとても上手なのか?
いずれにせよ、わたしたちはふりだしに戻ったのだった。

31

地元のテレビ局によると、ここしばらく天気は荒れ模様で、竜巻が発生する危険もあるらしい。そんな天気予報が出るといつも、お客さんたちは生活必需品の買い出しにどっと押し寄せる。こういうときの一番人気は牛乳、卵、パン、それにビールだ。でも、目端のきく人たちがまず選ぶのはトイレットペーパー。その商品にかぎっては、代替品があまりないので。買い忘れのないように、母さんははりきってトイレットペーパーを店の正面に積みあげた。

嵐が北西の方向から近づいてくるのをひしひしと感じ、においからもそれがわかるような気がした。それでも、最初に雷が落ちたときは、スタンリーの孫がまた化学の実験をしているのだろうと思った。外へ出て空を見上げると、まがまがしい雲が地平線上にとぐろを巻いている。竜巻が起こらない地域にお住まいの幸運な方々のために説明すると、竜巻とは発達した積乱雲の底から雲が漏斗《ろうと》状に垂れ下がり、地上からその雲に向かって上昇気流を伴う高速の渦巻きが発生したもので、すさまじい破壊力を備えている。ウィスコンシン州は竜巻の通り道の外縁に当たり、不公平なほど頻繁にこのたぐいの気象現象に見舞われる。

竜巻注意報と竜巻警報では大きなちがいがある。注意報はいつ竜巻が発生してもおかしくない条件が整ったことを示す。警報の場合はすでに竜巻の発生が確認されているので、急いで避難したほうがいい。地下室か家の奥に隠れること。避難する場所がなければ、溝に飛びこんで祈るしかない。なぜなら、竜巻のなかには、オズの魔法使いよろしく、家ごとそっくり持ちあげて飛ばしてしまうほど勢力の強いものがあるからだ。

昔は、みな天気予報などひと言も信じていなかった。予報が出たら、その逆だろうと高をくくっていた。でも最近では、精度がじょじょに上がり、いつごろ通過するかもほぼ予測がつくようになってきた。

嵐の襲来に関して、わたしが気づいたことがもうひとつある——吹雪であれ、ひょうであれ、豪雨であれ、雷雨であれ、モレーンの住人たちのあいだに連帯感が高まるのだ。嵐への備えで、町じゅうに興奮がみなぎる。まぢかに迫った悪天候ほど、レジの列や店の通路での会話を盛りあげ、地域をひとつにまとめてくれる話題はほかにない。

店の入口から空を見上げていると、ふいに町のサイレンが鳴って、竜巻への警戒を呼びかけた。

「みなさん、さあ地下室へ」わたしはお客と従業員に声をかけた。

キャリー・アンが奥の事務所から飛び出し、階段めがけて走っていった。

お客さんたちがかつて教会の集会所だった地下室へぞろぞろと下りていくなか、スタンリー・ペックが駆けこんできた。

「ノエルがいないんだ」狼狽しきった声だ。「どこへ行っちまったのか捜さんと」

「とりあえず地下室に入って、スタンリー」わたしは彼の背後にある、開いたドアから見える空がすっかり暗くなっていることに気づいた。真っ暗で、見るからに怖ろしい。「急いで。ノエルもきっとどこかに隠れてるから。もう時間がない」スタンリーはまだためらっていた。そこでわたしは奥の手を出すことにした。本人はこの場にいないけど、ホリーの名を借りて。「いざとなれば、わたしと妹はレスリングの技を駆使して、あなたを引きずっていくわよ。そんなまねはしたくないけど」

スタンリーはしぶしぶほかの客たちと一緒に地下室に下りて、嵐が通りすぎるのを待つことになった。

つぎに、わたしは下にいる母に声をかけた。「おばあちゃんは？」

「もう連絡した。地下の物置にいるわ」と答えが返ってきた。

ホリーがディンキーを抱いて店に駆けこんできた。

「この子をなんとかして」と言って、ディンキーを押しつけた。「もう一秒だって耐えられない」

ディンキーはこの世の何よりも嵐が苦手だ。雷の音をだれよりも先に聞きつける。あまりにも正確だから、お天気犬にでもなれば人気が出るだろう。ディンキーが震えだしたら、注意しろという合図だ。

ホリーとわたしは地下室の階段を下りた。

頭のなかで家族と友だちの数を数えた。全員、わたしの工作用テーブルのまわりで身を寄せ合っている。そのテーブルはミツバチやはちみつを利用した日用品作りの教室で使っているものだ。パティは見当たらなかったが、機転がきくし、モレーンに長く住んでいるから大きな嵐の兆候は知っている。スタンリーは心配そうな顔でテーブルの端にすわっていた。ディンキーがわたしの腕のなかにもぐりこんできた。椅子の背にかけていたフリースの上衣でくるんでやると安心したようだ。

わたしはスタンリーのところへ行って声をかけた。

「ノエルみたいに化学好きで頭のいい子なら、竜巻をうまくやりすごすわよ。それどころか、竜巻のエネルギーをちゃっかり利用するんじゃない」

スタンリーは弱々しいながらもにやりと笑った。

「そんなことができるのは、あいつだけだ」

「もう避難してる。大丈夫よ」

「それにしても、一日じゅうどこをほっつき歩いてるんだか」

「嵐が収まったら、すぐに捜しにいきましょう」

いまや外では嵐が吹き荒れている。雷が落ちたかと思うと、明かりがまたたき、ふっと消えた。非常用の発電機が動きだす音が聞こえた。

ハンターが携帯にかけてきた。「どこにいる？」

「店の地下室。停電したけど、みんな無事よ。あなたは？」

「ああ。ぼくのことは心配しないでいい。避難解除になったら連絡するよ」

「ベンも一緒？」Ｋ９係の愛しの相棒が、ハンターの家の外にある犬舎にいるのではありませんように。

「ここにいる。あとで店に寄るよ」

地上からは耳を聾《ろう》さんばかりの音。ディンキーは上衣のさらに奥にもぐってきた。わたしも大きな毛布の下にすっぽり隠れてしまいたい。地下室にいるほかの人たちの輪郭がかろうじて見えた。

母が言った。「トムに、自宅に寄って必要なものを取ってくると約束したの。着替えとか、本とか……」声がとぎれた。

「ここから出たら」とわたしは言った。「一緒に行くわ」

「トムは今晩にでも帰ってくると思ってたのに」

「保釈金なら用意できるわけだし」

「保釈ですって！」と母さん。「そんなオーバーな。あなたの言い方だと、まるでトムが本当に罪を犯して告発されるみたいじゃない」

「もちろん、そんなことにはならないわ」とホリーが言った。母の頭ごしにわたしと目を合わす。

三十分後、ハンターからもう安全だと電話があった。けっきょく竜巻は発生しなかったらしい。スタンリーはノエルを捜しに飛び出した。店の正面にある椅子がいくつかひっくり返っただけで、〈ワイルド・クローバー〉に被害はなかった。これまでのところはよいニュースばかりだ。

電気はまだ通じていなかったので、電力会社に電話して頼んだが、発電機のおかげで冷蔵庫や冷凍庫は心配ない。さしあたっては店を閉めて、電気が復旧したかどうかときどき確かめるぐらいしかすることはない。

「スタンリー・ペックの孫が見つからないの」わたしはハンターに電話をかけ直した。「みんなで捜してみる。無事だといいけど」

「みんなって？」

「わたしとホリーと母さん」

「きみがお母さんと一緒に？」その声に驚きの色があったような。それに、とっさに弁解したくなったのはどうして？

「母さんは生まれ変わったの」わたしは言い訳がましく言った。「これまでとはちがうから。あなたもぜひ一度会ってやって」

「そりゃもうぜひ。いまからでもいいかな？　ぼくとベンもよかったら捜索を手伝うよ」

「ありがとう。じゃあトム・ストックの家で落ち合いましょう」

「どうして？　いったい何が――」

わたしはさえぎった。「説明はあとで」

32

店を出るころには、モレーンの町はすでに闇に包まれていた。黒々とした雲が夜空にうずまき、あたりには熟れたような濃厚な香りが漂っている。行く手を照らしてくれる満月はなく、メイン通りの街灯もすべて消えているので、店から持ち出した二本の懐中電灯の光だけが頼りだ。わたしたちは嵐が歩道にまき散らした木の枝を慎重によけながら進んだ。ホリーと母さんとわたしは、トム・ストックの骨董店の裏手にまわった。母さんは植木鉢のなかから鍵を取り出して、わたしたちを家のなかに入れてくれた。いつから鍵の場所を知っているのかしら。母さんとトムの関係は進展が少々速すぎて、気持ちの整理が追いつかない。わたしはその思いを振り払った。そんなことはどうでもいい。

トムは宝くじの当選者にしては質素な暮らしぶりだった。生活に必要なものしか置かず、贅沢品はなし。店の奥にある小さな住まいに、商品のアンティークを持ちこんで使っている。家具のいくつかには白い値札がついていた。

「荷物をまとめてくるから」母さんは懐中電灯で足もとを照らしながら寝室に向かった。「あなたたちは台所で待ってて」

「母さんはどこに何があるか全部知ってるみたいね」わたしはやや非難がましい口調でホリーに言った。

ホリーは食卓についた。みずみずしいデイジーの花を飾った骨董らしきブリキの容器が食卓の真ん中にある。どこから見ても母さんの手仕事だ。そもそも、この花はおばあちゃんの花壇から摘んできたのでは？

「ちょっとそのへんを見てくる」とわたし。

「母さんはここにいなさいって」

「じっとしていられないもの」

懐中電灯の光を頼りに台所とリビングを調べるのに、二、三分もあればこと足りた。この家は小さいどころじゃない。

「このドアの向こうはどうなってるの？」台所に戻ったわたしは、そうつぶやきながらドアを開けた。

地下室だ。

懐中電灯で階段を照らしながら、母さんに聞こえないように足音を忍ばせて階段を下りる。だが、木の階段は協力してくれなかった。足もとでギーギーときしむ。妹の舌打ちが聞こえた。わたしが母の言いつけを聞かないことへの反応だ。取り合わないことにする。

こんな機会をみすみす見逃すわけにはいかない。これを逃したら、殺人の容疑者の自宅の内部に入りこむ正当な理由なんてまず手に入らない。正当防衛を申し立ててトムを助けるつもりなら、できるだけたくさんの情報を集めなければ。

「何をしてるの？」わたしのあとを追ってきた妹が、声をひそめて言った。「わたしを暗いなかに置き去りにして」

「シーッ」と、わたしもささやき返す。

懐中電灯の光を上下左右に大きく動かし、塗装していない地下室に視線をざっと走らせた。コンクリートの床、セメントブロックを積んだ壁、整理のゆきとどいた棚、箱にはラベルが貼ってある。作業台、釘やねじ釘の入ったガラス瓶、それに洗濯機と乾燥機など、どこの家庭の地下室にもある標準的なものがそろっていた。

奥まで歩いていくと、庭から地下室へと続く入口を見つけた。傾斜したドア、ぼろぼろの急な階段、それに木の棚や物入れが壁ぎわに並んでいるのを見ると、このあたりは野菜置き場に使われていたらしい。昔は収穫した果物や野菜をここで保存していたのだ。

おばあちゃんの家にある地下の物置の造りもこれとよく似ている。このドアは外から南京錠をかけるようになっていて、おそらくいまも施錠されているのだろう。

右手のドアは機械室に通じ、なかにはボイラーや給湯器があるものと思われた。ドアは閉まっていて、錠が下りている。

母さんの声が階段の上からひびきわたった。「あなたたち、下にいるの？」

ホリーとわたしは顔を見合わせた。地下室の階段がきしんだと思うと、わたしたちが答えるまえに母さんがやってきた。

「こんなところで何をしてるの？」階段の一番下までくるなり、母さんがたずねた。

「のぞき見」とホリー。そんなにあっさり認めるなんて、何を考えているのやら。

「ちがうわよ」とわたしはうそをついた。母さんが顔をしかめたので、あわてて取り消す。

「まあ、少しは」

ホリーはわたしよりも母さんの考えがよく読めるし、こういう場合にはどう言えばいいかも心得ていた。「わたしたち、トムに興味があるのよ。母さんにはとても大切な人みたいだから」

「だから、トムのことをもっと知りたいの」とわたしも得点をかせいだ。

「やさしいのね」母さんの声からとげとげしさが消え、またもやおばあちゃんそっくりになった。やや舞いあがっているきらいはあるけれど。

ちょうどそのとき、ハンターの声が上から聞こえた。「ストーリー、どこにいる？」

「地下室よ」と声を張りあげると、懐中電灯の光が階段のてっぺんに現われた。

ハンターが下りてきた。「この家に入る許可は得たのかい？」刑事という職業柄、確認せずにはいられないのだろう。

母さんはわたしたちがこの家にいる理由を説明し、「警察長の許可も取ってありますからね」と最後はスラムダンクで決めた。そこで笑顔になり、「お久しぶりね。調子はどう、ハンター？」と挨拶した。

母さんはこれまでただの一度もハンター・ウォレスにいい顔を見せたことがない。ハイスクールでわたしたちがつきあっていたころも。ハンターが断酒して優秀な刑事になってからも。わたしたちがまたつきあうようになったいまも。いつも冷ややかな、とがめるような目つきで彼をながめ、その視線にふさわしい氷のように冷たい口調で話しかけた。

それがどうだろう。

「ご家族は？」と母さんは訊いた。「みなさん、お元気？」

ハンターはよどみなく答えたが、わたしと同じようにきつねにつままれたような顔をしている。「はい、おかげさまで」

「うちは日曜日によく、みんなで母の家に集まるの」と母はつづけた。「場所はご存じでしょう？　一度夕食にいらしてくださいな」

ハンターとわたしの目が合った。彼がにやりとする。おそらくわたしが驚きのあまり、口をぽかんとあけていたからだろう。わたしはなんでもすぐに顔に出るたちなので、店でもシープスヘッドのゲームに加わらないことにしている。それにしても驚いた。あの母が、わたしの彼氏を夕食に招いてくれるなんて。夢を見ているにちがいない。そのうち目がさめるんじゃないかしら。

「喜んで」ハンターは相変わらず如才なく答えた。「お招き、ありがとうございます」

わたしはようやく声が出るようになった。

「ホリーとわたしで家のなかを見てまわってたの」とハンターに言ったが、母に聞かせるためでもあった。「鍵がどれもきちんとかかっているか確認しようと思って。トムの留守に空き巣が入って、骨董品を盗まれでもしたら大変だから」わたしは地下室の庭側のドアをガチャガチャといわせた。鍵がかかっている。

「トムは明日には帰ってきますよ」母さんは自信たっぷりに言った。「心配のしすぎよ」

ハンターが母の夢をそっけない事実でしぼませては困るので、わたしはあわてて話題を変えた。「母さん、こっちの鍵のかかったドアの奥には何があるの？」

「ボイラーとか」と母さんは言葉をにごした。

「どうして南京錠をかけてるの？」

「じつは、このなかには金庫があるのよ。トムが言ってたけど、コンクリートの床にセメントで接着して、鍵もしっかりかけてあるって」

「ずいぶん手間をかけたのね」ホリーが、わたしの代わりに口にした。「その金庫には何が入っているの？　金塊？」

「それはトムの勝手でしょ」と母さんは言った。「わたしたちには関係ないわ」

わたしは鍵のかかったドアを見つめた。よほどの貴重品でも入っていなければ、そこまでする人がいるだろうか。金貨とか。モナリザの絵とか。女王陛下の宝石とか。あるいは札束とか。

「母さん」と、わたしは言ってみた。「トムは銀行にお金を預けているんでしょう。どこに口座を持ってるの？」

ハンターはわたしに鋭い視線を向けた。わたしの考えを読んだのだ。

母さんは銀行のことを訊かれて気を悪くしたようだ。

「なんなの、いったい？　言っときますけど、彼はわたしのお金なんかねらってませんよ、もしそういう意味なら。べつにわたしはそんなお金持ちじゃないけど、あの人に金銭上の援助は必要ないわ。宝くじの賞金をそっくりそのまま残してるから。骨董の商売は手堅いし、借金もない。どう、これで満足？」

「わたしたちは母さんのことを心配してるのよ」とホリー。

「心配ご無用。わたしは大丈夫だから」母さんは腕にかけたバッグに目をやった。「これをトムに届けないと」

それをしおに、わたしたちは階段をのぼり、玄関の鍵をかけ、その鍵を植木鉢に戻した。メイン通りに出ると、ハンターとわたしは母さんとホリーが店に戻るのを見送った。夜の闇がふたりの姿をのみこんだ。

「お母さんのことで、きみが言ってた意味がわかったよ」ハンターはおそれ入ったと言わんばかりだった。「すっかり人が変わったみたいだ」

「びっくりでしょう？」わたしはうなずいた。「ホリーは、トム・ストックを好きになったからだと言うの。母さんに必要なのは恋だって」

好きになった相手が殺人事件の容疑者でなければよかったのに。たとえば、スタンリー・ペックなら申し分ない。独り身だし、殺された弟もいない。だいいち、留置場に入っていない。でも、夜空の星にひとつ残らず願いをかけたところで——いまは雲に隠れているけれど

――状況は何ひとつ変わらないだろう。

そのときハンターが言った。「ストーリー、もうこれ以上フォード・ストック殺しに深入りするつもりはないんだろ？」

わたしは目をぐるりと回してみせた。暗がりでも見えることを期待して。

「もちろんよ。ちょっぴり母さんの手伝いをしただけ」

その〝ちょっぴり〟に、トムの犯行が正当防衛だったことを証明したいという願いが含まれていることは言わなかった。その代わりに、ボブ・ピートリーの件を話した。洗いざらいというわけにはいかなかったが。恋人が刑事だと、そのあたりがもどかしい。行動をともにしているのがパティなので、さらに厄介だ。彼女がボブの股間を蹴って、誘拐し、脅迫し、最後にまたひと蹴りしたなんて、ハンターに言えるわけがない。わたしが口をつぐんでいたのは、好むと好まざるとにかかわらず、わたしも共犯者になってしまったからだ。その部分は伏せることにした。

「ボブ・ピートリーがパティの望遠鏡を配達した運転手だった」とわたしは言った。「どうもうさんくさいの。パティを襲った犯人のひとりかもしれない」

「パティは要注意人物だ。少し距離をおいたほうがいい」

「でも、あの事件はうちの通りで起こったのよ。ボブには前科があるし、話にもあやしいところがある。ボブのことを調べてもらえない？」と頼んだ。パティはCキャップのサイトで調べたが、ハンターならもっと精度の高い情報が手に入る。「経歴を調べてほしいの」

ハンターは首を振った。「ぼくはこの件に関わるつもりはない」

「ジョニー・ジェイはまったく捜査する気がないのよ。パティを襲った犯人が自首してこないかぎり、ヤナギ通りではもう二度と安心して暮らせない」

今度はハンターが天を仰ぐ番だった。暗闇のなかでも、それがはっきり見てとれた。

「わかった。調べてみよう」とハンターは折れた。それから咳払いのような音を立てた。

「ぼくはこれまできみにああしろ、こうしろと言ったおぼえはない」

「そこがあなたのいいところよ」

「お互いにあるがままの相手を尊重しているから、だろ？」

わたしたちはハンターのSUVのそばまできた。ベンが車内からわたしたちをじっと見ている。「そうね」とうなずいた。〝でも〟がくることを予期しながら。

「でも……」と彼は言った。「今回だけは、きみに……」

わたしは自分が知っているただひとつの方法で彼を黙らせた――体が触れ合うほど近寄ると、彼の顔を見上げた。見まちがえようのない約束を瞳にたたえて。ふたりの唇が重なったとき、体にピリリと電流が走った。ハンターとキスするたびに、わたしはいつも軽いおののきを感じる。

おばあちゃんの口ぐせではないが、マントを脱がせるなら北風よりも太陽だ。

「さあ」とわたしは言った。「スタンリーの家に行って、ノエルが見つかったかどうか確かめましょう」

SUVに乗りこむと、ベンが顔をなめて温かく歓迎してくれた。わたしは大きな体に腕をまわして、ぎゅっと抱きしめた。わたしたちは夜道をヘッドライトの明かりだけを頼りに進んだ。街灯がないと、町はふだんよりも不気味な場所に思われる。

どうやら停電しているのはうちのあたりだけらしく、スタンリー・ペックの家に近づくと、通りすぎる家々の窓から明かりが見えた。わたしはノエルが食卓について手帳に書きこみをしている姿を何よりも見たかった。

ジョニー・ジェイのパトカーがスタンリーの家の私道に止まっていた。それでもわたしは希望を捨てなかった。「ジョニー・ジェイがノエルを見つけて、家まで送ってきたのかもしれない」と言いながら、車から飛びおりた。

明るい期待は長続きしなかった。なぜなら、家のなかではスタンリーが捜索願を書いていたからだ。

「あんたの孫がいなくなったのは、それほどまえじゃない、スタンリー」ジョニー・ジェイはこのまえ出くわしたときと変わらない、いつもどおりの尊大な態度だった。「嵐でなかったら、もう少し様子を見るように言うんだが」

「あんたは待つのが好きらしいな」スタンリーも負けてはいない。ジョニー・ジェイを怒らせることをものともしない大胆な態度に、わたしは心のなかで喝采を送った。武器を隠し持っていようが、警察長を嫌いな人はだれでも、わが終生の友だ。「だが、いまここで話題にしてるのは子どもだ。届けを出すまでもない。あんたは役立たずだ」

「法律に少しは敬意を払ったらどうだ、スタンリー」ジョニーは警告した。

「それはお互いさまだ」

ジョニーはわたしたちが戸口にいるのを見つけた。

「フィッシャー。ウォレス。いま取り込み中だ。とっとと帰るんだな」

「いや。入ってくれ」スタンリーは味方の救援に、見るからにほっとしていた。「ノエルの居どころがまだわからないんだ。あちこち捜したんだ。

「捜索のお手伝いにきたの」とわたし。ハンターがひどくきしむ網戸を開け、わたしたちはなかに入った。

「あの年ごろの子どもは何をするか見当もつかん」ジョニーがスタンリーに言った。「あんたに腹を立てて、懲らしめてるんじゃないか。もめたことは?」

「ない」スタンリーはかたくなに首を振った。「言い争ったことはない。いっぺんもだ」

ジョニー・ジェイはそれでなくてもこじれた事態に、言わずもがなの意見をつけ加えた。

「あの子にはさんざん迷惑をかけられてる。爆発騒ぎに、いたずら、今度はこれだ。もう少し目を光らせてもらわんと」

スタンリーはうんざりした表情で、「ノエルはいい子だ」と言った。

ハンターが口をはさんだ。彼は丁重な態度をくずさなかった。たとえジョニー・ジェイがその言葉の意味を知らなくても。

「みんなで手分けして捜したらどうかな」とジョニーに言った。「スタンリー、これまでに捜した場所を教えてください。捜索がだぶらないように。ストーリーとぼくが手伝います。それに警察長、どこを捜せばいいか、あんたにも心当たりがあるだろう」

「わたしはそろそろ引きあげる。何かわかったら連絡する」ジョニーはそう言うなり、ぷいと出ていった。

「やっこさんはチームプレーがお得意だからな」スタンリーが皮肉たっぷりに言った。

そのあとすでに彼が捜した場所を教えてもらったが、そこはわたしが思いつきそうな場所とほとんど重なっていた。

「この近くに友だちは？」ハンターがたずねた。「その子の家に遊びにいってるかもしれない」

「あの子はいつも引きこもってた」とスタンリー。「誤解せんでくれ。それを苦にしてたわけじゃない。実験のことで頭がいっぱいだったんだ」スタンリーはすっかり気落ちしていた。しょんぼりとうなだれている。「あの子の親に行方不明なんて言えやしない。なんとしても捜し出さんと」

「参考になるような手がかりはひとつもないの？」とわたしは訊いてみた。

「じゃあ部屋を見てみよう」とハンターが提案した。「何か見つかるかもしれない」

ノエルはスタンリーの家の空き部屋のひとつに泊まっていた。ごちゃごちゃ散らかっていて、足の踏み場もない。なんともいえない不快なにおい——汚れた靴下のにおいと薬品特有のにおいが混じり合った悪臭が立ちこめている。あたりを見まわしているうちに、涙が出てきた。ビーカー、じょうご、アルコールランプ、さながらひとクラスの生徒が使いおわったばかりの実験室のようだ。

「手帳はどこ？」ノエルがいつも肌身離さず持っていたものだ。

「見当たらんな」とスタンリー。「でも、そりゃそうだろう。置いていったらかえって心配だ」

ハンターは部屋をぐるっと見まわし、刑事ならではの方法で部屋をあらためた。いくつか引き出しを開け、押し入れをのぞきこみ、ハーレーのブーツのつま先で汚れた衣類の山を持ちあげる。「私物がいくつか見当たらないと言ってましたね」

「たとえばリュックだな」

お祭りが始まるまえ、ノエルが母さんとのいがみ合いからわたしを救い出してくれたときのことを思い出した。たしかにリュックを背負っていた。

「着替えも持っていきましたか？」とハンター。この散らかりようで、はたしてスタンリーにわかるかどうか。

思ったとおり、スタンリーは首を振った。

「ノエルはこっちから言わんと着替えるのを忘れるぐらいでな。それよりも、あの子がリュックを持ち出すのは、あれこれ計算しおわって、あとは実験するばかりのときだから、そっちのほうが案じられてならん。自分を吹っ飛ばさなきゃいいが」

ノエルの捜索にベンの力を借りる相談をしているところへ、パティが電話を寄こし、わたしの家でひとりで留守番しているのが心細いと泣きついてきた。わたしはノエルについてこれまでにわかったことを伝え、先に寝ているようにと言った。

スタンリーがノエルの汚れたTシャツを引っぱり出し、ベンが追跡する手がかりに差し出した。ちょうどそのとき、網戸がギーッと開く音がした。

ノエルがひょっこり現われた。けがひとつなく、ぴんぴんしている。

「いったいいままでどこにいた？」とスタンリーが訊いた。その顔をよぎった表情から、怒りと安堵のあいだで揺れ動いているのがわかった。

「時間がたったのに気づかなくて」とノエルは言った。「そしたら嵐がきてさ。サイレンが鳴ったから、溝に伏せてたんだ」

わたしは十二歳の男の子をとっくり眺めた。

嵐は去ったばかり。

それなのに、ノエルの体はどこも濡れていなかった。

33

夜が明けると、わたしはディンキーと庭に出て、うちのミツバチたちのもとを訪れた。彼らはまだ巣のなかで羽を休め、陽光が降りそそぐのを待っている。巣板を何枚か調べると、嬉しいことに巣房にははちみつが一杯たまっていた。盗蜂はあれからまったく見かけない。

今年は七月にすでに一度目の採蜜をすませていた。もうじき予定している二度目の採蜜の見こみから考えて、どうやら豊作のようだ。わたしは養蜂場で即席の朝食を楽しんだ。はちみつがあふれている巣板に指を浸し、ついで熟した小ぶりのローマトマトをもぎとり、端を少しかじって、ベリーの茂みからラズベリーを摘んでトッピングにする。

人生ってすばらしい。

裏口のドアが開く音がして、うちに泊まっているパティが出てきた。もう外出の支度をすっかり整えている。

わたしは、はちみつとトマト果汁と舌でつぶしたラズベリーによる、めくるめく味覚の饗宴の余韻に浸りながら、パティのことを考えた。パティはわたしの人生の深刻な問題になりつつあった。これまで彼女のへまの尻ぬぐいをさせられたのは一度や二度ではない。そのなかには留置場の訪問や、ジョニー・ジェイによる取り調べも含まれる。彼女は虐待や拷問すれすれの人道に反した手段を平気で使う。パティの考えでは、ことわざとはま逆で、手段が目的を正当化するのだ。あらゆる方法を駆使して、結果を手に入れようとする。つまりは、道徳的な指針をなくしてしまっているのだ。でも、友だちなら、とことん話し合うべきよね。それに、この頭のおかしな女性はうちの隣に住んでいるから、絶交するわけにもいかない。そんなことをしたら、どんな仕返しをされるやら。

「話があるの、パティ」わたしは意を決してパティオの椅子に腰かけた。パティも警戒するような表情で、向かいにすわる。

「昨日のことだけど、まさかあんなふうになるなんて思わなかった」と口火を切った。「ショックだったわ」

「あたしも」とパティ。

わたしは目を丸くした。「そうなの？」

「そりゃそうよ。もうあんなことは二度としないから」

「ほんとに？」こんなにうまくいくとは思ってもいなかった。

「もちろん。このつぎはあのでくのぼうから情報をひとつのこらず搾り取ってやる。なんなら、あんたから質問を始めてもいいから」

やっぱり。これではいつまでたってもらちが明かない。

「わたしは手を引かせてもらうわ」と思いきって言った。「あなたのやり方はむごすぎる」

「むごい？」

「言いすぎかもしれないけど」

いや、そんなことはない。でも……。

「あんたの言いたいことはわかった」パティは身を乗り出した。「自分はお上品だから、汚れ仕事はかんべんしてほしいってわけね。じゃあ、これからは不愉快な部分はあたしが一手に引き受けるから、あんたは作戦の参謀ってことで。それでどう？」

参謀という部分は気に入ったが、「わたしは、もう抜けたいの」と言った。

「何から？」

「何からって……その……いいわ、気にしないで」パティともめずに手を切る方法を考えなければ。「とりあえずは、そういうことで」

少なくともこんどパティがきなくさい方法に頼ろうとしても、それを目撃しないですむ。

「今日の予定は？」とパティが訊いてきた。

「店にいるわ。目と耳をしっかり働かせて」

パティは立ちあがった。「じゃあ、行くね」

「どこへ？」

「知らないほうがいいんじゃない」

パティが恐怖のドラマをくり広げるべく立ち去ったあと、わたしはディンキーに餌をやり、シャワーを浴びて着替え、あちこち嗅ぎまわるディンキーを連れて通りを歩いた。店の前で足を止め、新しい一日の始まりに胸をおどらせる。そこへクラクションが聞こえたと思ったら、おばあちゃんのキャデラック・フリートウッドが止まるのが見えた。〈ワイルド・クローバー〉はまだ開店していないので、行く手をはばむ車は一台もない。それなのに今回、おばあちゃんは縁石との距離を見あやまり、一メートル以上も離れて停車した。

母さんが降りてきて、駐車位置を確かめた。

「ここじゃまずいわ。通りの真ん中じゃありませんか」

おばあちゃんの返事は聞こえなかったが、どうやら意地を通したらしく、母さんはドアをたたきつけるように閉めて、店に近づいてきた。バッグのなかをごそごそ探る。

「眠れなかったから、店を開けようと思って」

わたしが見ていると、鍵束を取り出し、引っかきまわしてひとつを選ぶと、鍵穴に差しこんだ。いまのいままで、母が合い鍵を持っているとは知らなかった。

でもそれにには取り合わないことにして、母のあとから店に入った。

「トムはどこかの政党の党員なの？」ふたりで明かりをつけてまわりながら、そうたずねた。

母さんはぎょっとした。

モレーンでは、小さな町にはよくあることだが、政治を語るのはまちがいのもと、社会的に許されない禁句である。セックスと宗教を話題にするのはちっともかまわない（本気で藪《やぶ》をつつく覚悟があるのなら）。でも、政治信条のちがいはいくつもの友情や家庭を壊してきた。

うちの店は井戸端会議にもってこいなので、店主のわたしも性格のタイプと政党についていくつかのことを学び、ときには、その人の職業や暮らしぶりから好みの政党を言い当てられることもわかってきた。

住人は人それぞれだが、いささか極端な意見の持ち主もいないではない。モレーンも小さな町なりに、右左それぞれ熱狂的なシンパがいるのだ。わざわざ口にしなくても、だれがどの政党を支持しているかは、みんななんとなくわかっている。

それでも、いまのわたしみたいに、正面切って質問する者はいない。

「どうなの？」と、わたしは母に答えをうながした。

「トムにずいぶん興味があるのね」と母さんは言った。「あなたとはこれまでいろいろ行き違いもあったけど、わたしの口出しをどうしてそんなに嫌がるのか、ようやくわかった。これからはもうつべこべ言うのはやめるわ。だから、あなたもそうしてちょうだい」

つまり、よけいなお世話だと？「わたしはトムを助けたいのよ、母さん」

「あなたがもめごとに巻きこまれるのはそのせいよ——そうやって、人の問題に首を突っこもうとするから」

「ねぇ、母さん、質問に答えて。これは重要なことなの」

「いいかげんにしなさい」と言うなり、母は足音も荒く出ていった。

おばあちゃんがひょっこり顔を出した。

「おはよう」と言って、わたしをぎゅっと抱きしめる。「母さんは眠れなくて、だからこんなに早くきたんだよ。仕事にかまけていれば、悩みから気をそらせるからね」

「事実から目を背けているのよ」とわたし。

「母さんは希望を捨てちゃいませんよ」

「トムには連絡したほうがいい身寄りとかいるの?」

「母さんはいないと言ってたけど。フォードがその身寄りだったのよ。せつないねぇ」

話がそれてしまうまえに、わたしはおばあちゃんにも政治がらみの質問をぶつけた。

「トムなら自由党員《リバタリアン》だよ」おばあちゃんはこともなげに答えた。

思ったとおりだ。

リバタリアンは個人の権利を重視する。政府への不信はどの政党よりも強く、自主独立を重んじるあまり、政府によるいかなる規制にも反対を唱える。

スタンリー・ペックもリバタリアンだ。彼はわたしたちの友情に免じて、銃を政府に没収されないよう、地中に埋めていることを話してくれた。銃の所持は、彼らには面子《メンツ》に関わる問題なのだ。「わしの銃を渡してたまるか」と彼はしょっちゅう言っている。「そんなやつは撃ち殺してやる」

わたしはトムがライフルを持っているところを見たことがあった。それがただの空気銃だったにせよ。それに、店にもアンティークの銃が二つ三つはあるにちがいない。スタンリーと同じように、裏庭に何丁か埋めてあってもおかしくない。

リバタリアンふうに考えれば、トムの家は彼の城だ。そもそも銀行に不信を抱いているかもしれない。

わたしはふんと鼻を鳴らした。銀行を信じてる人なんているかしら？

銀行に預けているという証拠がどこにもない以上、宝くじの賞金は地下室の金庫に眠っていると考えざるをえない。

全額、耳をそろえて。

そして、フォードがねらっていたのもそれだ。フォードはトムのじつの弟。兄の一風変わった癖も知っているだろう。トムが宝くじに当たったことを知れば、賞金をねらったとしても不思議はない。

わたしは鼻高々だった。「ちょっと出かけてくる」とおばあちゃんに言った。「戻ってくるまで、母さんのそばにいてくれる？」

「あのおいしいアニス・スクエア（甘草味の赤黒い四角いキャンディ）はまだ残ってる？」

わたしは笑った。「もちろんよ」

「それならいいよ」そしておばあちゃんは、キャンディの容器が並んでいる一画に向かった。

おばあちゃんが子どもだったころ、ヤナギ通りとメイン通りの角に駄菓子屋があって、おばあちゃんは友だちと一緒によくそこで買い食いした。だから、わたしが店を開くつもりだと知ると、店にキャンディ売り場を設けて、昔なつかしい駄菓子を置いてほしいとねだったのだった。

・タフィキャンディ——ブラック・ジャック、ターキッシュ、ソルトウォーター、包装紙にジョークが印刷してあるラフィ・タフィ
・飴——アニス・スクエア、ねじり棒のミント・ツイスト、樽形のルートビア・バレル
・風船ガム——バズーカ、酸っぱいクライ・ベイビー、黄金に見立てたゴールド・マイン、麵のようなビッグリーグ・チュー
・キャラメル——バナナ・スプリット、はちみつの入ったビット・オー・ハニー、キャンディ・コーン、オレンジ・スライス、昔ながらの四角いキャラメル
・ロリポップ——ダムダム、真ん中がガムのブローポップ、スローポーク、チャームズポップ
・その他——キャンディ・リップスティック、瓶の形をしたワックス・ボトル、空飛ぶ円盤形のサテライト・ウェハース

わたしはその場で決心した。ディンキーを連れて通りに出ると、左右を素早く確かめ、こっそりトムの骨董店の裏にまわった。

家の鍵は母さんがこのまえ置いた鉢のなかにあった。鍵穴に差しこむと難なくまわった。ディンキーを抱きあげて、家のなかに忍びこむ。

トムの住まいは空き家のような雰囲気で、不気味な沈黙が立ちこめ、背筋がぞっとした。玄関と台所は東向きなので、夜明けのまばゆい光がいく筋も窓から射しこんでいる。冷蔵庫

のモーターが入り、その音に驚いて、心臓の鼓動が一拍分止まった。ディンキーがわたしの不安を感じとったように、あごをぺろりとなめてくれた。床に下ろして、リードを椅子の脚に巻きつける。ここで待っていてもらうことにした。

このまえトムの家を見てまわったときには、これぞという目標がなかった。今回はふたつのものを探している。銀行の口座番号と預金残高がわかるもの、それに機械室の鍵も探し出して、なかを捜索してみたい。

実際の殺人についてはよく知らないが、テレビではそこそこ見ている。人を殺す理由は意外にもそれほど多くない。組織犯罪による銃撃事件と頭のおかしい連続殺人犯を除けば、殺人を犯す大きな理由は三つになる。

・復讐——トムの場合、妻を奪われた仕返しに、弟を殺したという可能性はある。
・貪欲——これは除外。トムはお金をたんまり持っている。
・自衛——トムが自分の命、あるいは財産が危険にさらされたために、弟を殺したのかもしれない。

これとまったく同じ動機をフォードに当てはめた場合、彼がモレーンにやってきた理由として考えられるものは?

・復讐——ありえない。フォードがトムの人生を狂わせたのであって、その逆ではない。
・自衛——もしそうだとすると、彼は身を潜めているはずで、招かれてもいないのにのこのこ現われたりしないだろう。
・貪欲——ピンポーン。

わたしに言わせれば、フォードがこの町にやってきたのは兄の金を盗むためにちがいない。あるいは恐喝するため。あるいは兄を殺して遺産を手に入れるため。いずれにせよ、トムが手に入れた莫大な賞金に関わっているはずだ。

ときには、わたしはぼんくらそのもので、木を見て森を見ようとしない。でも今日は、フォードの謎の相棒がこの事件全般について、最初に考えていたよりもずっと大きな役割を果たしたのではないか、という可能性にふと思い当たった。

いずれにせよ、これから家のなかを調べてみるつもりだ。

トムの家はこぢんまりしている。手早くすませれば、だれにも気づかれないだろう。パティのレーダーもわたしを捉えていない。だれも知らない。

台所には目ぼしいものは何もなかった。いかにも独身男性らしい所帯道具が、カウンターにずらりと並んでいる——トースター、コーヒーメーカー、電子レンジ、電動缶切り、オーブントースター。引き出しや食器棚はがらがらだ。

洗面所と居間。変わったものはひとつもない。必要最低限のものだけ。

おつぎは寝室。うちの母との交際を考えれば、むしろほかと同じように、殺風景なほうが望ましい。ありがたいことに、そうだった。

この家には机がなく、請求書の束が散らかっていることもなかった。押し入れのなかの二段の書類入れには、過去の所得税申告書など重要書類が入っていた。けれども銀行からの通知や小切手は見当たらず、鍵もない。

地下室に下りたわたしは、トムの作業エリアをながめて落胆した。釘やボルトを入れたガラス瓶、飾り棚、ハンガーボードから吊り下げられた道具類。作業台の引き出しには、アンティークの修復に必要な用具や材料がぎっしり詰まっている。

鍵のように小さなものを探して、これを全部ひっくり返していたら、一生かかるだろう。ディンキーが台所でくんくん啼きだして、もう待ちくたびれたと訴えた。

けっきょく、目標のひとつは達成できなかった。鍵のかかった部屋は捜索できなかったので。

でも、もうひとつは成し遂げた。

トム・ストックが銀行口座を持っていないことが、これでほぼ確信できた。

34

〈ワイルド・クローバー〉に戻ると、母さんが店を取り仕切っていた。おばあちゃんと愛車は消えていた。お客さんが五、六人、買い物をしている。わたしはキャリー・アンを事務所のパソコンの前から追い払った。彼女いわく、「店長に昇進する意欲まんまんの店長見習いのように、在庫情報を更新していた」そうだ。

わたしも店に出て、母さんとキャリー・アンと一緒に働いたが、そのあいだも頭のなかではいろいろな想像がうずまいていた。たとえば、トムが自宅でフォードを見つけたとする。ふたりはもみ合う。暴力がエスカレートする。トムが弟の首に手をかける。気がつくとフォードは死んでいて、トムは愕然とする。あわてふためいてゴミ袋をかぶせ、フォードの死体を裏庭から路地へと、人目につかないように引きずっていく。墓地を通っている途中で、わたしとディンキーがやってくるのを見て、急いで物陰にひそむ。そのあと中断していた仕事にふたたび取りかかり、フォードの死体を彼が泊まっていた家に戻す。

暖炉に放りこんだのは、あとで死体を燃やしてしまうつもりだったのだ。

もしわたしが陪審員で、最後の部分を聞いたら、暖炉にあと二、三本薪を投げこんで、トムをじっくりあぶってやりたいと思うはずだ。

どうしてフォードの死体が暖炉に詰めこまれていたのか、もっとましな説明ができればいいのだけど。

ちょうどそこへ、ロリ・スパンドルがやってきた。あのまぬけなアイスホッケーのヘルメットをまだかぶっている。ディンキーを昼寝のために事務所に連れていったあとでよかった。犬は商店への立ち入りが禁止されているので、ロリに知られたら面倒なことになるところだった。

「トム・ストックの家で何をしてたの？」とロリが訊いてきた。

「トムの家なんて行ってないわよ」とうそをついた。自分に関係ないことを嗅ぎまわるなんて、ロリはパティに劣らず始末が悪い。

もちろん、母はわたしたちのやりとりを立ち聞きしていた。

「彼の家に行かなかったってどういうこと？」と母はわたしに言ってから、ロリに向かって、

「トムの身のまわりのものを取りにいったとき、この子に手伝ってもらったの。あなたには関係ないことだけど」

ロリのヘルメットが母さんのほうにさっと向き直った。

「今朝は、彼女ひとりでしたけど」

「ストーリー？」母さんの片方の眉がきりりと上がった。

「携帯をトムの家に忘れたの」わたしはぼそぼそ言って、ポケットから携帯電話を取り出し

て、ちらりと見せた。

「店の前で、みんなで賭けをしてるのよ」とロリが言った。

「賭け？」

「あんたが今回はどんなばかばかしいうそをつくかって」

心臓が喉もとにせりあがってきた。みんなにどう言おう？　なんて説明すればいいの？

母さんがロリをにらみつけた。ふだんはわたしのために取ってある例の陰険な目つきで。

「ずいぶんあつかましいのね」と言った。「うちの店で騒ぎを引き起こすなんて！」

うちの店！

わたしはその言葉を聞きとがめたが、いまはそれどころではない。

わたしは店の入口にとんでいって、外をのぞいた。人っ子ひとりいない。わたしは歯を食いしばった。カッとなってあとで後悔するようなことを口走らないように。できるものなら、ロリの頭からヘルメットをもぎとり、それでぶん殴ってやりたかった。それとも、はちみつスティックをケージのすきまから突っこんで、つついてやるとか。

ロリはしてやったりといわんばかりの顔で、通路に曲がっていった。妹のディーディーともども出入り禁止にしてやろうかしら。

ロリはますます始末に負えなくなってきた。ジョニー・ジェイよりもたちが悪い。わたしを思いのままに操るすべを心得ている。警察長より上手《うわて》かも。どうすればロリの口を永遠に閉じておけるか、わたしの前に二度と現われないようにするにはどうしたらいいか、ハンターなら相談にのってくれるかもしれない。

図書館に補修用のビーズを届ける道すがら、わたしがハンターに頼りすぎだというパティの指摘が、なんだか当たっているような気がしてきた。

ホリーは二、三ばかばかしい思いこみがあるとはいえ、それ以外の問題に直面したときは、ま正面から取り組む。ミツバチを怖がるなんて情けないけど、プロレスラーのハルク・ホーガンも顔負けの技とスピードで敵を倒す。取っ組み合いになったら、妹に勝てる者はいない。それにパティ。あの根性には脱帽する。ふだんは泣きごとばかり言ってるくせに、いざとなれば、シカゴの女探偵V・I・ウォーショースキーばりに敢然と立ち向かう。ただし体にぴったりした服やハイヒールの出番はない。

そしてキャリー・アン。飲酒という内なる悪魔を抱えているが、戦って勝利を収めつつある。それに人と衝突することを恐れない。一歩もあとに引かず、自分であれ、愛する者であれ、守ろうとする。

わたしの友だち三人はみな困難に負けず、人生に果敢に立ち向かっている。

じゃあ、わたしは？　ハンターとつきあいだしてから弱腰になった？　彼に頼りすぎ？　自分の問題を肩代わりしてもらっている？　おやおや、そのとおりだ。

これまでに何度、ハンターに助けを求める電話をかけただろう。数えようとしたけど、あきらめた。

図書館に入って、お世話になっている館長に挨拶した。

「あら、ストーリー」とエミリーは言った。「ノエルは見つかった？」

「無事に戻ってきたわ。時間がたつのも忘れて、実験にのめりこんでいたみたい」

エミリーの顔がぱっとほころんだ。「それは何よりだったわね。じゃあ、トム・ストックのほうは？」

「エミリー、あなたのほうがくわしいんじゃないかしら。図書館にいれば、うちの店に負けないくらいの、とっておきの情報が手に入るでしょ」

「それほどでもないのよ。今朝はずっと静かだった。ノエルが見つかったという嬉しい知らせはいま初めて聞いたし、トムの新しい情報もちっとも入ってこない。そういえば、警察長の巡回もまだね。嵐のまえの静けさかしら」

「そうでなきゃいいけど」わたしは図書館を見まわした。「カリンは？　スカーフにつけるビーズを渡しにきたんだけど」

「今日は風邪で休んでるの。夏風邪はたちが悪いわね。ぐずぐずと長引いて」エミリーはビーズを受け取った。「スカーフはまだここにあるから、ビーズと一緒に、あとで娘に届けましょう」

「急ぎじゃないから、カリンがよくなってからにして」

エミリーは金鎖のついた読書用のメガネを首から下げていた。そのメガネをひょいとかけて、カウンターの下の棚を探した。「ああ、そうそう」と彼女は言った。「わたしのデスクに置いたんだった」

エミリーがあたふたと行ってしまうと、わたしは自己啓発の本を探した。

エミリーが戻ってくるのを待って、声をかけた。「攻撃性や攻撃行動のことがよくわかる、何かいい本はない？」

「お店のだれかに手を焼いているの？」彼女は首を振った。「いじめや嫌がらせは、大きな社会問題になってるわね」

「いいえ、自分の参考に」わたしは根の深い、うしろ暗い秘密を打ち明けているような気がした。「わたしはもっと強くなりたいの。思いきってぶつかるというか」

エミリーはくすりと笑った。「それはつまり、自分の意見や気持ちをもっと素直に、はっきり言いたいってこと？」

「そのとおりよ」

エミリーが喉の奥でクックッというような音を立てたと思ったら、こらえきれずに笑いだした。図書館長たるもの、それなりの威厳や共感のこもった表情を保つような訓練は受けていないのだろうか？　相手の目の前で笑いころげるなんてあんまりよ。

「なんなの？」わたしはむっとして言った。

「ストーリー、あなたは部屋いっぱいの人間が相手でも、自分の意見を堂々と言える人よ」

「そう？」

「それでもまだ足りないというなら、この町はあなたには小さすぎる」

わたしはそれを褒め言葉と受け取ることにして、エミリーに満面の笑みを返した。

ところが、そのときエミリーはこう言いだした。

「あなたのスカーフが行方不明なの。わたしの机に置いておいたはずなんだけど。いま見にいったら、どこにもないのよ」

35

店に戻る途中、トムの骨董店の前で立ち止まり、〝準備中〟の札をしばし見つめた。もしトムが殺人罪で刑務所に入ったら、この店はどうなるのだろう。窓に〝売り店舗〟と貼り紙が出て、ロリが手数料をがっぽりせしめようと仲介に精を出しているところを想像した。アギー・ピートリーがここを買ったらどうしよう。彼女が商店街の仲間になるなんて、考えるだけでぞっとする。

それに母さんはどうなってしまうだろう。かつての辛辣《しんらつ》で、非難がましく、物事の暗い面ばかりを見ようとする女性に逆戻りするのだろうか。いまのところ、おばあちゃんが言ったように、母さんは希望を捨てず、トムはいずれ釈放され、正義が勝利を収めると信じてはいる。けれども、いずれは現実に向き合わざるを得ない。そうなったら母さんは……？

通りに目をやると、〈スピーディー・デリバリー〉のトラックが近づいてくるのが見えた。ボブ・ピートリーが運転席にいるのが見えたので、歩道から下りて、手を振ってトラックを止めようとした。

ところがボブはそれを無視し、わたしなどいないかのようにふるまった。わたしはさらに通りのなかほどまで歩を進めた。

歩道に目撃者がいなかったら、そんなばかなまねは決してしなかっただろう。前回の苦い経験のあとだけに、ボブはもし逃げおおせると思えば、わたしをきっと轢いていったはずだから。

トラックはキキーッという耳ざわり音を立てて停車した。

わたしがすばやく運転席側にまわると、ドアがロックされる音が聞こえた。窓がほんのち

ょっぴり開いた。「おれに近づくな」とボブは言った。

「話があるの」

「あの頭のいかれたドワイヤーはどこだ？」ボブはパティを探してあたりを見まわした。

「パティはいない。わたしはただ、あなたに痛い思いをさせたことをあやまろうと思って」

ボブは警戒を解かなかったが、少なくとも走り去ろうとはしなかった。

「あの女は正気じゃない。だが、あんたは何もしなかったからな」

本音を言えば、彼がフォード・ストックを知っているかどうか、また、フォードがこの町

でどんな計画を実行に移すつもりだったにせよ、ボブが彼の相棒だったかどうかを、ぜひ訊

きたかった。ただ、その質問をどうぶつけたらいいのか、これぞという名案が浮かばない。

ボブは煙草を自動車の日除けにはさんでいた。それを取ろうとして手を伸ばしたとき、わ

たしはあやうく悲鳴をあげそうになった。彼の二の腕に刺青《いれずみ》があるのに気づいたからだ。

「いま配達の途中なんだ」とボブは言った。「じゃまをしないでくれ」

「ちょっと待って！」なんとか落ち着きを取り戻そうとした。けれどもボブは行ってしまい、わたしはもうもうたる排気ガスのなかに取り残された。

どうして彼の腕にヒッコリーの実の刺青があるのだろう、と首をひねりながら。

その意味についてじっくり考えるひまもなく、サリー・メイラーの運転するパトカーが止まり、トム・ストックが助手席から降りてきた。

店のほうから彼の名を呼ぶ母の声が聞こえたので、振り返った。

母は歩道を転げんばかりに駆けてきた。晴れやかな笑顔で、腕を差し出し、まるで映画のなかの一場面のように。ふたりは向き合い、ひしと抱き合った。

「どういうこと？」とわたしはサリーにたずねた。彼女は車から降りてわたしの隣に立ち、再会のシーンを見守っていた。

「保釈になったの」とサリー。

「だれが保釈金を払ったの？」

「本人」

それは意外だった。今朝、トムは現金をそっくり地下室の鍵のかかった金庫にしまっていると結論を出したばかりだったから。どうやって保釈金を払ったのだろう？

「現金で？」とわたしは訊いた。

サリーはわたしをじっと見た。「ほかには？」

「小切手？」

「小切手は受け取らない」

「クレジットカード？」

「わたしが言ったわけじゃないわよ」

それなら話はわかる。わざわざ金庫のところまで行かなくてすむから。やはりわたしの直感は当たっているのかもしれない。

母さんとトムはようやく抱擁を解いた。母さんはトムの腕に体をあずけたまま、わたしに小さく手を振ってみせた。ふたりはわたしたちの前を通りすぎ、骨董店の裏にあるトムの住まいに向かった。

「判事は、トムが逃亡するおそれはないと判断したの」とサリーが言った。「ジョニー・ジエイはかんかんだったけど」

「でしょうね」

「警察長は自信を持っているから」

「じゃあ凶器を発見したのね？」テレビの犯罪ドラマでおなじみだ。手順はわかっている。

「それについては、じかに訊いて」

わたしは肩をすくめて、その言い逃れには取り合わなかった。

「うちの母は大丈夫かしら？　トムのそばにいて危険じゃない？」

「お母さんの身に危険が迫っているようには見えなかったけど」

サリーはパトカーに戻って走り去った。わたしはトムの家に向かった。

トムにいの一番にたずねる。「警察は凶器を手に入れたの?」

彼は台所のテーブルについていた。母さんは向かい側にすわり、彼の手を握っている。これまで戦争神経症の人をじかに見たことはないけど、いまのトムの様子を言い表わすのにぴったりの言葉だ。「警察長は」とトムは言った。「わたしがフォードを布のようなもので絞殺したと考えている。茶色の繊維を発見したから」

ということは、パティの情報は正しかったわけだ。

トムはつづけた。「うちの店でも家でも一致するものが見つからなかったから、警察長は焦ってるんだ」

「凶器なんか見つかるもんですか」と母が言った。「だって、あなたは犯人じゃないもの」

「わたしたちにはわかりきったことだが、ヘレン」トムは噛んでふくめるように言った。「警察長はまだあきらめちゃいない」

「もう心配することはないわよ」母さんはトムの問題がいかに深刻かを忘れている。「これからゆっくり考えましょう」

ふたりのどちらも椅子をすすめてくれなかったが、わたしはかまわず腰を下ろした。

「弟さんがボブ・ピートリーの名前を口にしたことはある?」とわたしはトムに訊いた。

「ストーリー」母さんがたしなめた。「この人は疲れてるんだから。休ませてあげなさい」

トムが母に言った。「かまわないよ、ヘレン」それからわたしに向かって、「聞いたおぼえはないが。どうして?」

「ちょっと訊いてみただけ」とわたし。「でも、フォードがうちの隣の家に潜伏していたのはどうしてか、見当はついているんでしょう」

トムはテーブルに視線を落とした。「弟がよからぬことを企んでいたとは考えたくない。和解しにきたんじゃないかな」

「まあ、そんな」と母さんが言った。「あなたのお金をくすねにきたのよ、わかってるくせに」

「でも、どうやって？」わたしは母さんにたずねた。「トムを殺すわけにはいかないでしょ。そんなことをすれば、遺産は検認やらで長い時間、ひょっとしたら何年も凍結される。しかもフォードが第一容疑者になることはまちがいない」

「わたしはかなりの額の現金を金庫に入れてるんだ」トムの言葉は、わたしの推理を裏書きするものだった。「弟はその金を盗み出す計画を立てていたんだろう」

「それを証明すればいいのよ」と母さんは言った。そんなことはわけもないと言わんばかりに。

36

キャリー・アンはひとりで店番をしていた。ホリーはあいかわらず出てこないが、従姉はよくがんばっている。

一方、わたしのほうはさっぱりだ。

というか、頭がすっかり混乱している。そもそも、店に戻る途中、これまで思いもしなかった事実に気づいて動揺をきたしていた。何をいまさらという気がしないでもないけれど。

その事実は、わたしのスカーフと関係している。

そして、フォードを殺すのに使われた凶器の一部である茶色の繊維にも。

わたしの真新しいスカーフ、たまたま茶色の繊維からできているそのスカーフは、図書館から行方不明になっていた。あれが凶器だと本気で信じているわけじゃないけど（そんなふうに考えまいとしてるけど）、あの手のスカーフは首を絞めるのにぐあいがよさそうだ。現にこのまえの夜、もう少しでロリに絞め殺されるところだった。

ジョニー・ジェイが図書館からスカーフを押収していったのだろうか？　検死官が発見した茶色の繊維と照合するために？　いや、もしそうなら図書館長のエミリーに断わるはずだし、エミリーもわたしにそう言ったはずだ。でも、警察長がエミリーに口止めしたとしたら？

それに、ボブ・ピートリーのヒッコリーの実の刺青はどういうこと？　ヒッコリーの実を警告代わりに置いていったのはボブにちがいないとは思うけど、その理由は？

パティの暴走から身を守るだけではなく、この殺人事件からも距離を置く必要がありそうだ。うちの母が容疑者とつきあっていなければ、こんなに悩まずにすんだのに。

わたしには蜂の世話と店の仕事があるし、ハンターと一緒に過ごす時間も大切にしたい。どうせ、ものごとはなるようにしかならないのだから。

スカーレット・オハラのように、いろいろな問題は明日考えることにした。あるいはあさって。なんなら、しあさってでも。そもそも、どうして首を突っこんだりしたのだろう。

わたしはハンターに電話して、今夜出かける段取りをつけることにした。彼とベン、それにディンキーと一緒に過ごそう。がんこなお姫さまには少々しつけの訓練が必要だし、いつも迷惑をかけている恋人にはその埋め合わせをしたい。

ところがせっかく電話したのに、ハンターは出なかった。わたしは伝言を残さなかった。着信を見れば電話を返してくれるだろうと思って。きっとK9係の訓練中にちがいない。

そのあいだに、ディンキーを用足しに連れ出した。すでに床におもらししたあとだったので、形だけとはいえ。そのあとキャリー・アンとわたしは並んでレジに立ち、お客さんとのおしゃべりを楽しんだ。パティとは今朝早く会ったきり、姿を見ていない。いま何をしているのやら。携帯に何度かかけたが、うんともすんとも言ってこない。わたしはジョニー・ジエイにも神経をとがらせていた。茶色の繊維の件で、わたしを捕まえにこないともかぎらない。

昼近くになって、ユージーン・ピートリーがめずらしく顔を出した。これまで〈ワイルド・クローバー〉にきたことがあったかしら？　いや、ないのでは。口うるさい女房のアギーがいないと、わりあいまともに見えた。「やあ」と挨拶し、足を止めて世間話までしていった。わたしは彼の息子のボブがヒッコリーの実で妙なまねをしていることについて根ほり葉ほり訊いてみたかったが、がまんした。

よけいなことは言わないにかぎる。

ユージーンは通路の先に進んだ。

ハンターが数分後に電話をかけてきたとき、わたしはキャリー・アンに安心してレジをまかせ、事務所に引っこんだ。あとで〈スチューのバー&グリル〉で落ち合うことになった。

「きみに頼まれた調査をしてみた」と彼は言った。

「は？」

「ボブ・ピートリーの件で」

わたしは頼んだことさえ忘れていた。「どうだった？」

「関係があるかどうかわからないが、ボブ・ピートリーは数カ月まえにウォーキショー刑務所にいた」

「しょっちゅう出入りしてたそうよ。そのときはなんの罪で？」

「法廷に現われなかったそうだ」

ちょっとがっかりした。もっと深刻なもの、たとえば傷害や暴行など、凶暴な性格をうかがわせる罪状を期待していたので。

「どうして呼び出されたの？」と訊いてみる。「だれかを襲ったとか？」

「交通違反だよ」

「それだけ？」たいした罪ではない。常勤の運転手として採用されるには、運転歴は重要かもしれない。でも、わたしにはどうでもいい。

「それだけじゃない」とハンター。「フォード・ストックもウォーキショー刑務所に入っていた。あのふたりはしばらく同じ監房にいたんだ」

「やっぱり！」わたしは快哉《かいさい》を叫んでから、ユージーン・ピートリーがまだ店内にいるかもしれないと思い出した。「ボブがフォードの相棒だったのよ」

「ストーリー、どういうことかな？」

わたしはこれまでハンターに情報をあまり伝えてこなかったし、そうすべきだったのもわかっている。でもいつ？　彼が非番のときは、わたしは仕事。それに、ただおしゃべりするためだけに、彼が店にくるなんてありえない。だから……わざと隠しごとをしていたわけじゃない。

「今晩、話すわ」とわたしは約束した。

「とりあえず大筋だけ教えてくれ。細かいことはあとでいいから」

「込み入った話なの。全部まとめて説明するほうがいいと思う」

「よし、じゃあ今晩」

わたしが電話を切ると、ホリーが新しい服、新しい靴、新しいハイライトと、一分の隙もない身なりでやってきた。わたしは時計を確かめた。「今日はたった二時間の遅刻ね」と皮肉たっぷりに言った。「買い物に行ってたの？　美容院？」

「マックスが今晩帰ってくるの。彼のためにきれいでいたいから」

お金持ちで甘ったれの妹は、本物の仕事や責任感のなんたるかをまるでわかっていない。それなのに母ときたら。あれ、母さんはどこ？　そうそう、保釈中の彼氏とおデートだった。

ここでひとこと忠告を。まちがっても身内とは一緒に働かないように。うちだってこちらから呼び寄せたわけじゃない。どういうわけだか、店が軌道に乗ると、みな引き寄せられるようにして集まってきた。小さな店にはよくあることらしい。

わたしは事務所に引っこみ、あらゆるごたごたを心から締め出そうとした――ヒッコリーの実も、頭のおかしな連中も、それに殺人の容疑者も。ところが、お酒が飲みたくてたまらないアルコール依存症の患者、ヤクが切れた麻薬常用者のような症状に襲われた。額に汗がにじむ。体がぶるぶる震えてくる。殺人事件の捜査について、わたしがいればどんなにちがうかと考えずにはいられない。それもそのはず、捜査機関に役立つ情報をつかんでいるのだ。この場合の捜査機関がジョニー・ジェイでなければいいのに。

キャリー・アンが酒を浴びるように飲んでいたころ、こんな話をしてくれたことがある。毎朝、今日こそは酒を断とうと決心する。ところが午後になると、決意が揺らいでくる。三時にはもう飲みたくてたまらない。一杯だけ、それで止めるから。四時になると、もう一刻も待てない。五時には三杯目を飲んでいる。

それがいまのわたしだった。内なる衝動と闘っている。頭のなかの正気な部分は、情報をひとつ残らずハンターとジョニー・ジェイに渡し、あとはどちらかにまかせればいいと思っている。警察長がわたしの言い分に耳を貸すとは思えないが、それはわたしの問題じゃない。五時になって双子が到着し、引き継ぎが終わると、捜査に関わりたいという思いは募るばかり。もういちどパティに連絡を取ってみる。やはりつながらない。

わたしは妹、母さん、おばあちゃん、従姉に呼びかけ、スチューの店で会合を持つことにした。ハンターともこの店で落ち合う約束なので、家族会議はそれより一時間早く設定した。刑事の彼氏をこの集まりに招待するわけにはいかない。

わたしはホリーとディンキーと一緒にバーに向かった。いつものように、スチューが見て見ぬふりをしているあいだに、ディンキーを連れて隅のテーブルに陣取った。母さんがまもなくやってきて、おばあちゃんとキャリー・アンもそのあとにつづいた。

「あたしはもうずっと一滴も飲んでないからね」キャリー・アンは身内が集まっているのを見て、すぐさま弁解した。お説教を食らうものと早とちりして。バーでそんな会合を持つはずがないでしょうに。「聖書にかけて誓うわ」と右手を上げ、もう一方の手を胸に当てる。

「まあ、すわって」とわたしは言った。

「あなたの件じゃないから」と

「ああ、よかった」と席につく。

バーはサービスタイムのお客さんで込み合っていた。おばあちゃんは席につくまえに、カウンターの奥にいるスチューの写真を撮った。

「スチューはいい男だね」とおばあちゃんはわたしに言った。「おまえにはハンター・ウォレスというすてきな彼氏がいるけど、スチューには恋人が必要だよ。もしハンターとうまくいかなかったら、代わりにどう？」

「スチューには彼女がいるわよ」とわたしは指摘した。

「それはそうだけど、あのふたりには先がない。あんたはどう、キャリー・アン？　あの男前を追いかけてみたら？」

おばあちゃんが本気で仲人業に乗り出すまえに、急いで口をはさんだ。それに、キャリー・アンは離婚したガナーとこっそりよりを戻しているのでは？　たとえそうじゃなくても、アルコール依存症の患者がバーの経営者とつきあうのが名案とは思えない。この顔ぶれから見て、この町の住人の縁組みを始めたら、本題に戻るのは至難の業だろう。

スチューが注文を取りにきた。従姉に敬意を表して全員がソフトドリンクを注文し、心臓の血管を詰まらせそうな前菜をたくさん頼んだ。テーブルを離れるまえに、スチューがウィンクしたので、さっきのおしゃべりが聞こえていたのだとわかった。

「みんなの力を借りたいの」とわたしは一同に向かって言った。

「妊娠したのね」とホリー。

「ちがうってば！」

「それを聞いてほっとしたわ」と母さん。

「ジョニー・ジェイに相談したいことがあるんだけど」とわたしはつけ加えた。「彼はわたしを毛嫌いしてるから」

それを聞いて、みんないっせいにがやがやとしゃべりだした。飲み物を持ってきたスチューまで「ジョニー・ジェイはあんたに惚れてるんだ」と言って、さっと遠ざかっていった。

「そのとおり」とおばあちゃん。「警察長はほの字だね」

わたしはむせてアイスティーを噴き出してしまい、あわててナプキンをつかんでテーブルを拭いた。

「うそじゃないから」とおばあちゃんは言いはった。「小さな男の子とおんなじだよ。おまえの注意を引きたくて、わざと意地悪してるのさ」

「もういいわよ」わたしはそんなばかばかしい考えには取り合わなかった。「彼を訪ねるわけにはいかないの。その代わりに、みんなに相談して、一緒に考えてもらおうと思って」

〝一緒に〟の部分がみそだった。この問題にひとりで対処しなくてもいいように、家族を巻きこむことにしたのだ。

スチューが料理を運んできて、みなでわいわい食べながら、わたしは知っているけれどみんなは知らないことについて、これまでにわかったことを披露した。まずは、殺されたフォードに相棒がいると気づいたいきさつから。

「いつまでこの町にいるのか訊いたら、フォードは口をすべらせたの」とわたしは説明した。「〝おれたち〟ってね」

みんなぽかんとした顔をしている。

わたしは嚙んでふくめるように説明した。「だれか仲間がいるみたいに聞こえるでしょ。つまり、共犯者よ」

母さんが言った。「それは証拠とは言えないんじゃないかしら、ストーリー」

わたしはうなずき、もっと大きくて確実な手がかりに話を進めた。たとえば、パティを襲った犯人について。その件はみんなもう知っていて、ヒッコリーの実のことも承知していたが、念のためにそれをくり返してから、またひとつ重大な情報を明かした。

「ボブ・ピートリーは腕にヒッコリーの実の刺青をしてるの。彼がパティを襲った犯人だったのよ。しかも、ボブはフォードと刑務所で同房だった。ふたりは刑務所でトムのお金を奪う計画を立てたにちがいないわ」

全員がわたしをまじまじと見つめた。

「みんなで力を合わせてトムを助けましょう」わたしは勢いこんでつづけた。「それに母さんも」

「でも、どうやって？」と妹が訊いた。

「わたしがいま話したことを証明することができたら、トムを見る世間の目も変わるんじゃないかしら。ふたりの犯罪者から自分の身を守ろうとしただけだって証明できるかもしれない」

母さんは首を振った。「トムは悪いことは何もしてないわ」

おばあちゃんもうなずいた。でも、それは驚くには当たらない。おばあちゃんはいつでも、その人の最善の面を見ようとするから。

キャリー・アンも母さんに賛成した。

ホリーはわたしを見やり、どちらの側にもつかなかった。

じつを言うと、最近、わたしの意見もそちらに傾いていた。トムには不利な証拠が山ほどあるというのに、本当は無実ではないかという考えが、ときおり電流のようにぴりっと頭をかすめるのだ。

それでもわたしの脳みそは反撃を試み、鋭い点を突いてきた。自分でも気づかないうちに、それを口走っていたらしい。

「『でもトムのシャツには血がついてた』って、どういうこと?」とキャリー・アンに訊かれた。そこでその意味を説明し、死体が墓地で見つかった日、トムが血のついたシャツを着てスチューの店に現われたことを話した。

「ああ、そのこと」母さんはこともなげに言って、人指し指をみなに見せた。切り傷が治りかけている。「あの晩、トムとわたしはカクテルを飲んでから、スチューの店に出かけたの。トムの台所でライムを切ってたら指を切ってしまって。トムが包帯を巻いてくれたとき、シヤツにも血がついたんだと思うわ。あなたに言われるまで、気がつかなかったんだけど」

わたしはテーブルを見まわし、トム・ストックの応援団ひとりひとりの顔を見つめた。この問題をちがった角度から考えてもいいかもしれない。まず、トムが無実だという仮定から始めてみよう。彼は正当防衛で弟を殺したのではなく、そもそもフォードの殺害にまったく関わっていなかったのかもしれない。トムに不利な事実はたくさんあるので、想像するのは難しいけれど。

でもその可能性を受け入れて、あらためて全体の筋書きを考えていると、ふいに答えがひらめいた。どうしてパティの望遠鏡（この場合は複数）がねらわれ破壊されたのか、その謎が解けたのだ。

37

このつづきはまたの機会にとつぶやくと、わたしはメイン通りを駆け出した。途中でディンキーのことを思い出して、携帯でスチューの店に電話し、おばあちゃんに預かってもらうことにした。突然のひらめきに気をとられて、ディンキーを置いてきてしまったのだ。

もういちどパティにかけてみたが出ないので、心配になってきた。ふだんのP・P・パティは神出鬼没、動物の死骸の上で旋回しているハゲタカよろしく、機をうかがってさっと舞いおりてくる。こんなに長いあいだ姿をくらますなんて、どう考えてもおかしい。

パティの家の裏口を、わたしはドンドンたたいた。返事はない。そのあとそばに積んであったヒッコリーの山を腹立ちまぎれに蹴とばし、裏庭にばらまいた。もと夫の空き家を振り返る。パティはあたりを嗅ぎまわっているうちに、またしても窮地に陥ったのではないか、クレイの家がそれに関わっているのではないか、という不吉な予感がした。

空き家はどこもしっかり施錠され、わたしは鍵を持っていない。建前から言えば、家のなかに入れるのはロリと、わたしのもと夫だけ。ただし、ロリはうかつにもあの家を犯罪者に貸してしまった。つまり殺されたフォードも鍵を持っていたわけで、ことによると、彼以外にも合い鍵を持っている人間がいて——たとえば彼の相棒とか——好き勝手に出入りしているとしてもおかしくない。

　ハンターによれば、家に鍵がかかっていても、その気になればだれでも入れるらしい。わたしもこれからそれを実践してみるつもりだ。世の中には生まれついての錠前破りがいて、ヘアピンやクレジットカードなど、どこにでもあるものを使って錠をあけることができる。過去の努力に照らして言えば――紙クリップや安全ピンなども試みたが――わたしは彼らのお仲間ではない。唯一侵入できるのは、窓からだけだ。

　家の周囲をぐるっと回って、窓という窓を試したあと、裏側の窓のひとつをうちの道具箱から持ち出した金槌でかち割った。ちょっとたたいたぐらいで、まさかあんなに大きな音がするなんて。わたしは息を止めた。そうすれば見つからずにすむとでもいうように。だれも駆けつけてこなかった。そちらはよいニュース。悪いほうのニュースは、あいにく窓ガラスにはひびが入っただけで割れなかったこと。侵入するには、あと二度三度、金槌を振るわなければならない。

　わたしは家に戻ってタオルを持ってくると、それで金槌の先をくるんでから、遠慮なく振りおろした。やがてガラスが粉々になって、わたしのまわりに降りそそいだ。タオルを手に巻いて保護し、まだ窓枠に残っている大きな破片を取りのぞくと、体をよいしょと持ちあげて片足を窓枠にかけた。

　あれだけの騒音を立てても反応がないことから考えて、悪人はなかにいないと見てよさそうだ。さもなければとっくに姿を見せているはず。そこでもう一方の足もなかに入れた。

家宅侵入はもはやお約束になりつつある。パティのせいにしたいところだが、近くにいないから、罪をかぶせるわけにもいかない。何やら用事があると言っていたけど、それが何かは明かしたくなさそうだった。そのときは正直、ほっとした。でもいまでは、教えてくれたらよかったのに、と思わずにはいられない。パティの身が心配だった。

もと夫が住んでいた空き家は、わたしがフォードの死体を発見したときから何も変わっていなかった。彼のキャンプ用具はキッチンと寝室に散らかったままだ。ジョニー・ジェイは初動捜査のときにトラックを私道から移動させたが、家の内部は発見したときのままにしていた。

地下室は大まかに言って、男性には愛され、女性には毛嫌いされるという傾向がある。男心を引きつけてやまない独特の魅力に、女たちはどうも鈍感らしい。彼らは機会さえあればいそいそと階段を下りていく。わたしたちはできれば行きたくない。おまけに、ウィスコンシン州の地下室はじめじめしている。あっというまにカビが生え、油断していると一面カビだらけになってしまう。それに虫——クモ、ヤスデ、カメムシ、甲虫、その他ありとあらゆるおぞましいやつらが、それはもううじゃうじゃといる。

わたしは、裏庭にあれだけのミツバチを飼っているぐらいだから、全部がだめというわけではないけど、ものによっては見ただけで足がすくんでしまう。

だから地下室はパスすることにした。

正気の女ならだれでもそうするように。

でも、もしここにパティがいたら、迷わず地下室に向かうだろう。彼女が正気かどうかはさておき。だから、わたしも行かざるを得なかった。パティが先頭に立ってくれないから。わたしが行きたくないと言ったら、きっとばかにされるから。ハンターを呼び出して肩代わりしてもらえだの、どうせまた男に頼るだの、嫌味を言われるに決まってる。

頭のなかのパティに責めたてられ、わたしは腹をくくった。階段の上にある電灯のスイッチを押しても何も起こらなかったが、しりごみしなかった。地下室には裸電球ひとつ灯っていない。

ただし、まったくの暗闇でもなかった。地面の高さに、昔ながらの明かり取りの窓がある。充分とは言えないが、ないよりはましだ。黄昏どきのように、ものの輪郭だけがかろうじて見てとれる。携帯電話を追加の照明代わりに、どうして電気が切れているかはあえて考えず——任務を途中で放り出す言い訳にしてしまいかねないので——階段を下りていった。

階段を下りきったところで、何やら柔らかいものにつまずいたが、かろうじてこらえた。肉体的にも精神的にも。身の毛もよだつような恐怖の叫びを押し殺し、あやうく転びかけたが踏みとどまる。床にあったのはただの丸まった毛布で、死体ではなかった。

毛布を手に取り、どうして地下室の床にこんなものがあるのだろうと首をひねった。どうも気にかかる。この時点で、ただもうやみくもに逃げ出したくなった。いったん退散して、あとで家族に付き添ってもらって戻ってこよう。それがいやなら、大人の女らしく最後までやり遂げるしかない。

階段を駆けあがって外に出るまえに、地下室の片隅で何かが動いた。わたしは一歩踏み出した。

「だれ？」脳みそがたしなめる声に耳をふさぎ、自分を励まして前に進む。のたうちまわる音と、うなるような声に出迎えられた。野生の動物が迷いこんだ？　とびきり大きなアライグマとか？　人間じゃないわよね。ううん、ぜったいにちがう。

そこで毛布を上からかぶせると、ビーチサンダルで蹴飛ばした。毛布越しに手応えがあった。それでも裸足とたいして変わらないので、相手はもがくのをやめなかった。足の先っぽが毛布の端からひょいとのぞいた。予想とはちがって、毛皮もかぎ爪もついていない。

人間の足と靴。しかもその靴には見覚えが……。

毛布をはぎとり、泡を吹いている狂暴な動物と対面した。

P・P・パティ・ドワイヤーと。

後ろ手にしばられ、口にテープが貼ってあるのは、このまえとまったく同じ。ただし今回は、目もテープでふさがれていた。既視感《デジャヴュ》に襲われながら、わたしはまつげを引っこ抜かないように、慎重にテープをはがした。

「大丈夫？」と言いながら、ロープをほどこうとしたが、なにしろ暗いわ、ナイフもないわで、思うようにいかない。携帯の明かりでパティの顔を照らすと、パティは激しくまばたきして、目をきつく閉じてしまった。

「目の見えないモグラにでもなった気分よ」としわがれた声で言った。「ここから出して」

「だいたいこんなところで何をしてたのよ？」

「べつに」とパティ。「長い一日のあとで、のんびりしてただけ」

パティの負けん気と減らず口は相変わらずだった。

「きつすぎてほどけない。助っ人を呼んでくるわ」

「だめ！　あたしを置いてかないで」

「じゃあ電話する」携帯を握りしめているのを思い出して、短縮ダイヤルを押した。パティのポケットのなかで電話が鳴りだした。自分がどれだけうろたえているか、これでよくわかった。

「あたしの電話にかけてるじゃない」パティが文句を言った。

「ちょっとまちがえただけよ。そんなにどならなくても」電話をかけ直す。救出を待つお姫さまにしては、パティはずいぶんえらそうだ。

「それからあんたの刑事の彼氏は呼ばないで」とパティは釘を刺した。「まずは、あたしの話を聞いてから」

わたしはハンターにつながるまえに携帯を切った。

「いいかげんにしてよ。あれこれ指図するのはやめて。助けてほしくないの？」

「手も足もしびれてる。感覚がない」

「このロープをほどいて、手足を動かしたら、すぐにもとに戻るわよ。このまえもそうだったでしょ。じゃあ、わたしは上に行って台所から包丁を取ってくる」

「ここは空き家だったのよ。台所用品なんて何もないわよ。あのキャンプ道具を引っかきまわしたら出てくるかもしれないけど」

そこでわたしはロープに戻って、端はどこかと手探りした。「九一一に連絡しなきゃ」

「やめてよ。町の警察に口出しされるのはまっぴら」

わたしはあきれはてた。「あんたはロデオの牛みたいに縛られて、目隠しされ、猿ぐつわをかまされてたのよ。もしわたしが発見しなかったら、どうなっていたことか。どうして助けを呼ぶのがいやなの？　だれにこんな目にあわされたの？」

「ロープをほどいてくれたら、全部話す」

わたしはさじを投げた。「この場で助けを呼ぶか、それがいやなら、わたしが家に帰ってナイフを取ってくるあいだ、ひとりで待ってのね」

「取りにいってきて、大至急で」

わたしは地下室の階段を駆けあがった。

38

パティはロープを解かれ、クレイの家から脱出すると、監禁されたショックをいつまでも引きずってはいなかった。それはじつは、彼女の精神状態がかなり危ういことを示している。とうとう頭がおかしくなってしまったのか、何がなんでも特ダネを見つけたいという執念のせいか。それとも、そのふたつが微妙に混ざり合っているのかしら。

わたしはパティの過去についても興味を覚えた。不愉快きわまりない状況にも平然と耐えられるようなので。手足を縛られ、目と口をふさがれ、食べ物も水もトイレもなしに一日じゅう地下室に閉じこめられていたのに、なんという立ち直りの速さ。

「あの家があやしいとにらんだのよ」パティはうちの台所の食卓にすわり、熱いハーブティーのカップを前にして話しだした。「だって、あたしの望遠鏡がねらわれたのは、あの望遠鏡で見える範囲で、何かが起こっているとしか考えられないもの」

「わたしもまったく同感」とはいえ、パティに先を越されたのはまちがいない。

「だから今朝もう一度捜索に出かけた。地下室に入ったところで、頭を殴られたにちがいないわ。だって気がついたとき、頭が割れるように痛かったから。おまけに、手も足も縛られて、口には粘着テープ。目もふさがれたけど、声がいくつか聞こえた。犯人はひとりじゃない、それだけはたしかよ」

「男の声だった？　それとも女の声？」

「わからない。声をひそめていたから」

「あの縛り方はこのまえとまったく同じだった」わたしは冷凍庫から保冷剤を出して、渡した。パティはそれを後頭部に当てた。「だから、どっちも同じ人間のしわざにちがいない。だれにやられたか見当はつかないの？」

パティは首を振った。

そんなことがあるだろうか。パティはこれまでに二度、暴漢に襲われ、どちらも白昼の出来事だった。それなのに、正体がまったくわからない？　パティは決してやせっぽちではないので、彼女を痛い目にあわせた人間はがっちりした体格にちがいない。

それに力も強いはず。たとえばボブ・ピートリーみたいな。ことによると、ヒッコリーの実は彼の名刺代わりかもしれない。コミック本で悪役が犯行現場にいつも残していく目印のように。わたしはパティにボブと言葉を交わしたこと、彼の腕にヒッコリーの実の刺青があったことを話した。それに加えて、ハンターの情報によれば、ボブと殺されたフォードが刑務所で知り合いだったことも。

「あいつを蹴っ飛ばしたとき、手かげんするんじゃなかった」パティはロープで赤むけになった手首を見せた。「これを見てよ。《リポーター》に保険金を請求しようかしら」

「病院に行って、警察にも届けたほうがいいわ、パティ」

「それはだめ。正義のためにね。あたしが手を引けば、何もかも水の泡になる」

わたしは彼女をまじまじと見つめた。「それが警察に通報しない理由？　あなたが正義の味方《スーパーウーマン》で、世界を救うのが使命だから？」

「ううん、それだけじゃない」とスーパーウーマンは言った。「あたしは任務をやり遂げるのが好きなの。だれかさんとはちがって」

どうやらわたしへの当てこすりのようだ。

「とりわけ、あなた自身の利益にもかなう場合にはね」と言い返したが、なんだか負け惜しみのように聞こえた。「うちの家族にも最新の情報を伝えておいた。みんな力になってくれるわ」ええ、きっと。出張帰りの夫や、新しい恋人や、インターネットのアプリから少しでも目を離す時間があれば。

そのあと、トム・ストックの金庫と、ボブとフォードの計画が未遂に終わったことについて、わたしの推理を話した。「トムの汚名をどうしてもすすがないと」

「彼の容疑はまだ晴れてないからね」とパティは言った。「あたしたちが何か方策を考えないと、死刑よ」

「クレイの地下室をもういちど調べてみましょう」

そういうわけで、わたしたちはクレイの家に引き返した。通りに目を光らせ、物音に耳をすませながら。パティが地下室に向かった。こんどは抜かりなく懐中電灯を用意している。

わたしは上で待っていた。

パティが階段の一番下で立ち止まった。「わたしを殴った道具が見つかった」

パティが拾いあげたものを見て、わたしは卒倒しそうになった。

「なんとまあ」とつぶやく。「それって、あなたがピートリー家の物置から持ち出したシャベルじゃないの。ほら、畑を掘り返そうとしたらユージーンに見つかって」興奮のあまり、舌がもつれた。「シャベル……ピートリー……アギーがわたしに……樹皮チップを……シャベルが見当たらなくて」でもパティに言いたいことは伝わった。

「どうして同じものだとわかるの？」と彼女は訊いた。「シャベルなんてどれも変わらないのに」

「柄を見て。かじった跡がついてるでしょう」そのせいで、手に大きなトゲが刺さったことまで思い出した。

「あいつを捕まえたら、ただじゃおかない」パティは顔をしかめた。「でも、どうしてボブはシャベルをここまで持ってきたのかしら？」

「そういえばそうね」と言ったが、答えをひとつ思いついた。

パティも同時に思い当たった。「あの人でなし、穴を掘って、あたしを埋めるつもりだったのね」

「落ち着いて」そういうわたしもとても平静ではいられなかった。「証拠はないんだから」

いまにして思えば、トムが弟を正当防衛で殺したと思っていたときは、のんきなものだった。あのころは怖くもなんともなかった。ところが、いまやわたしたちが追ってるのは前科持ちで、人ひとり殺したかもしれず、おそらくはパティの殺害も企てた男なのだ。

わたしはパティの仕事着と同じ黒ずくめの服に着替え、ふたりで出発した。

「まずはボブの家で証拠を捜しましょう」とわたしは言った。「そこに護身用スプレーが入ってるわ。捕まったときの用心に」パティはグローブボックスを探って、小型のスプレー缶を取り出した。

「あたしもここにいくつか持ってるから」パティはベストをたたいた。「じゃあ計画を説明するわよ。まずあんたが先に行く」

「どうして。あなたからどうぞお先に……」

「だめだめ。ボブが出てきて、あたしを見たらまずいでしょうが。このまえのいきさつがあるもの。あんたはノックさえしてくれたらいいわ。それに奥さんとは知り合いなんでしょ？このあいだ訪ねたばかりだし。あやしまれやしないわよ。なかに入って、世間話でもして注意を引きつけておいて。そのあいだにあたしが裏から入って、ざっと調べるから」

簡単な仕事を割り当てられてほっとした。

「せめて十分はもたせてよ」とパティは言った。

ボブの家から見えないところに車を止め、残りは歩いた。アギーとユージーンの家を通りすぎたが、なかは暗かった。電灯はひとつもついていない。気がついたら、いつのまにやら夜になっている。アリシアとボブの家も真っ暗ならありがたいが、そんなにうまくいかないことはわかっていた。

明かりが見えた。

わたしがドアをノックした。だれも出てこない。

ベルを鳴らす。返事はなし。

「ドアはどう？」パティが物陰から声をひそめて言った。「鍵がかかってる？」

ドアが開くかどうか試してみた。「だめ」

「裏口にまわりましょう」

これまでだったら、モレーンのような小さな町に鍵はあまり必要ないと言っただろう。そもそも鍵をかける理由がない。けれども今週、何度も家宅侵入をくり返しているうちに、ある種の人間から家を守ることの大切さを痛感するようになった。わたしも彼らのお仲間になりつつあったから。そう、その種の人間に。

あらためてわが身を振り返った。パティに引きずられて、わたしまで堕落への道をまっしぐらに突き進んでいるのかしら？

裏口にも鍵がかかっていた。でも、それしきのことでひるむわたしたちではない。まず、窓という窓からなかをのぞいてみた。家にはだれもいない。

そこでわたしは言った。「窓ガラスを割るのはちょっと自信があるの。わたしにまかせて」

「それにはおよばない」パティはピッキング用の道具をいくつか取り出して、仕事にかかった。五秒ほどでドアが開いた。

「やるじゃない」とわたし。

「継続は力なりってね」とパティ。

そこで、わたしの携帯が鳴った。パティがじろりとにらむ。電源を切り忘れていたのだ。あらまあ、わたしとしたことが。

電話をかけてきたのはキャリー・アンで、新しい重大な進展を知らせてくれた。

「特別機動隊《SWAT》がクレイの家に突入した」と言う。「店に戻ってパソコンのゲーム、じゃなくて、作業を終わらせようとしていたら、ハンター・ウォレスがすごい勢いで走っていくのが見えた。あんたの家に行くんだと思って窓からのぞいてたら、あっというまにＳＷＡＴが全員集合よ。あそこで何か起こってるみたいなの」

わたしはその意味を考えてみた。ハンターは郡保安官事務所のＫ９係に所属しているが、それとはべつに、緊急事態に対応する重大事件捜査隊《CIT》の精鋭のひとりでもあった。ＣＩＴが出動したとなれば、ただごとではない。

「なんとまあ」とつぶやきながら、さまざまなシナリオを思い描いた。銃を持った男？　人質？　そのふたつを兼ねている？　パティとわたしは間一髪で逃れたのだろうか。ボブ・ピートリーがパティにとどめを刺し、死体を埋めるために戻ってきたのか。あの家に立てこもり、追いつめられ、銃を乱射しながら飛び出してくるのでは？

わたしは電話を切らずに、相棒にその情報を伝えた。わたしたちはまだボブの家の外にいた。

「ハンターにあんたのことを訊かれたわ」とキャリー・アンはつけ足した。「家にいるのかって。心配そうだった」と彼女は言った。「留守だと言っといたけど」

「これからも連絡するように頼んで」とパティが口をはさんだ。

「わかった、ありがとう」とわたしはキャリー・アンに言った。「何かわかったら、また教えて」

わたしは電話を切った。どうしてハンターはまえもって警告してくれなかったのだろう？でも彼は刑事だ。箝口令《かんこう》が敷かれたら、それを守るはず。

「CITはボブを追っているのよ」とわたしはパティに言った。「彼らにまかせましょうよ」

「とりあえずボブの家だけでもざっと見ていかない？　あたしたちは警察の先を行ってるんだし」

そこで家に入った。懐中電灯の光で足もとを照らして。明かりがついているのは台所と玄関だけだった。パティは地下室に向かった。

この事件が片づいたら、

「ほら、これを見て」とパティが隅から言った。

そこに望遠鏡があった。

まだ箱に入ったままで。

39

そのちょっとした発見のあと、パティとわたしは作戦を練った。

「なんだかおかしくない？」わたしは駐車したピックアップの運転席から言った。「ボブがあなたを襲ったのは、望遠鏡のせいよね。でもどうして？　トムの賞金を盗む計画がフォード・ストックの死でおじゃんになったとしたら、いまさら気にするかしら」

「あたしが目ざわりだったのよ」パティがわたしの頭のなかを読みとったように言った。「つぎにどう出るか、わかったもんじゃない。ボブはあたしに悪事を嗅ぎつけられて、恐れをなした」

「でも、警察はすでにクレイの家の捜索をすませていた。フォード殺しのすぐあとで。仮によ……」わたしは口をとじて、しばらく考えた。「もし仮に、トムのお金を奪う計画が継続中だとしたら。そしてボブがあの家をずっとアジトに使っているとしたら」

「なるほど。ありえるわね」そこでパティは目を大きく見ひらいた。「ボブがフォードを殺して、お金を独り占めしようとしたのかも」

「そのとおり。ただ……もしフォードの助けが必要なら、あとで殺せばいいじゃない。盗みのまえじゃなくて」

「けっきょく、フォードの助けは必要なかったってこと？」

「どうせ金庫破りに役立つ人間なんてそういないから」と言ったとたん、これまで気づかなかったのが不思議なくらいの、世にも恐ろしい可能性にはたと思い当たった。「なんてこと、ボブの新しい相棒がだれかわかった」

「だれ？」とパティが訊く。

「ノエル・ペック」とわたし。「スタンリーの孫の。彼に金庫を爆破させようとしてるのよ」

そのあと、わたしたちはこれからどうするかで激しく対立した。

「決行は今晩ね」とパティは言いきった。「だからボブは家にいない。これから爆破するつもりなのよ。それに、目撃者はひとりも生かしちゃおかないでしょうよ。ああ、あの子ったら！　なんでこんな事件に巻きこまれてしまったの」

「ハンターに連絡しないと。もうわたしたちの手には負えない。これまでにわかったことを伝えて、あとはまかせましょう。それに、ハンターはボブの計画をつかんでいるにちがいない。あるいはノエルが巻きこまれていることを。だからこそ、ＣＩＴがクレイの家に突入したのよ」

パティの目は異様なほどぎらぎらした光を放っていた。わたしはそれを見てぴんとくるべきだった。

「じゃあ、あいだを取って」とパティが言いだした。「トムの家にひとまず向かいましょう。

ハンターには途中で電話すればいい。あたしにもニュースのネタは必要だから。それだけのことはやってきたつもりだし」

ごもっとも。パティは二度も襲われて、がんじがらめに縛られ、じめじめした地下室に一日じゅう、食事も水も与えられずに放置された。この事件からなにかを得て当然の人間がいるとしたら、それはパティだ。

わたしはトラックのエンジンをかけた。パティが大声を出した。「ちょっと待って」そして車から飛びおりた。前輪のところでかがみこみ、なにやらごそごそしている。

「いったい……」と言いかけたところで、パティが乗りこんできて叫んだ。「さあ、出発！」その顔をちらりと見ると、してやったりという笑みを浮かべている。

「なんなの、いったい？」わたしは運転しながら、複数の作業を同時にこなした――シートベルトをカチッと締め、路面に注意しつつ、携帯をさぐる。「わたしの知らないことでもあるの？　あれっ、携帯をどこにやったかしら？」

「車を出したときタイヤで踏んづけたのよ」とパティはすずしい顔で言った。「粉々でしょうね」

「あなたが盗んだの？」わたしは叫んだ。「そしてタイヤの下に置いた？　気はたしか？」

体じゅうの血が頭にのぼってくるのを感じた。間欠泉のように、いまにも噴き出しそうだ。わたしはさまざまな重圧にさらされていた。その大半は隣にすわっているこの女のせいだ。

十まで数えた。

一つ、これは本人にもどうしようもないことなのだ。

二つ、だからといってパティに責任がないわけではない。

三つ、そうはいっても、そもそもこの卑劣な人間をトラックに同乗させたのは、わたしの過ちだ。

四つ、何度煮え湯を飲まされたら、懲りるのだろう。

五つ、うちの母の言うとおり。

六つ、わたしは何を学ぶにつけ、痛い思いをせずにはいられない。

七つ、パティの勇み足でけが人が出たら、わたしは人殺しも辞さないつもりだ。

八つ、その行為を隠し立てするつもりはない。

九つ、陪審員が一部始終を聞いたら、無罪になるだろうから。
十、十まで数えても、腹立ちは収まりそうにない。

「まあまあ、落ち着いて」とパティが言った。「これから果たし合いに行くみたいな顔をしてるわよ」

わたしは思いきり鼻を鳴らした。「あなたの携帯はどこ?」と歯を食いしばってたずねる。

「持ってこなかった」

「いつも持ってるじゃない」

「今日は忘れたの」

わたしはよっぽど車を止めて、パティを身ぐるみはいで調べようかと思った。

「もし今晩だれかが怪我でもしたら、全部あなたのせいなのよ、わかってる？」

「ボブのすることで、あたしを責めるのはお門ちがいでしょうが」

「いいえ、あなたのしたことを責めてるの」うんざりして首を振った。「わたしの携帯をわざと壊すなんて、いったいどういうつもり？　ハンターに電話させないため？」

「あんたとあたしで、爆発犯を捕まえにいくのよ」

わたしは指の関節が白くなるほどハンドルを強く握りしめた。アクセルを踏みこむ。

パティは調子に乗って屁理屈をこねている。

「あんたが電話で彼氏にこの件を説明して、トムの家に向かわせたとしても、そのときにはもう手遅れよ。彼は応援を呼びたがるだろうし、それに――」

「応援ならもういるわよ」わたしは声を荒らげた。「トムの家から目と鼻の先に、緊急事態専門のＣＩＴが集結してるんだから！」

なんでわざわざ、気のふれた人間にものの道理を説いているのだろう。たぶんシャベルで頭を殴られたせいだ。あの一撃でパティの脳みそはぐちゃぐちゃになってしまったのだ。それ以外に説明のしようがない。

さあ、落ち着いて。深呼吸するのよ。路上から目を離さない。少しスピードを落として。スピード違反でつかまりたくないでしょう。いえ、ちょっと待って。そうよ、それがいい。

わたしの足がぴくりと震え、アクセルをぐいっと踏みこんだ。

「あと二、三分で着くわ」モレーンの郊外が見えてきた。「これからどうするか考えないと」

「まず、トム・ストックの家に向かって」

「気はたしか？　ボブが金庫を爆破しようとしているところへ踏みこむつもり？　いつ爆発するかもしれない建物に入るのはごめんですからね。そもそも、爆薬のことも、爆発を止める方法も、わたしたちは何ひとつ知らないのよ」

「こっちも丸腰じゃないから、心配しないで」

「へぇ、それを聞いてうんと気が楽になった」

いよいよ町に入った。わたしにも自分なりの予定がある。メイン通りの骨董店には直行せず、わが家のあるヤナギ通りに曲がって、CITチームをつかまえるのだ。わたしたちふたりはもはや一心同体ではない。パティはわたしの案が気に入らないだろう。怒り狂うだろうけど、だからなに？

ハンターとCITのチームはまだこの近くにいるはずだ。もしクレイの家にいなければ、一刻も早く捜し出さないと。

ところが、その計画を実行する機会には恵まれなかった。なぜなら町に入ったとたん、トムの店からもわが家からもまだ数ブロック離れているところで、バンッという大きな音が聞こえた。トラックの右側が左側よりも低くなる。

「パンクだ」と、パティとわたしは同時に答えを出した。彼女はトラックから飛びおり、スキーマスクをすっぽりかぶると、暗がりを縫うようにしてメイン通りを走りだした。
泣きっ面に蜂とは、まさにこのこと。
ジョニー・ジェイのパトカーが、わたしのトラックのすぐ後ろで止まった。

40

警察の捜査を妨害すれば、罪に問われる。

証拠の隠滅もそうだ。

証拠の改ざんもよろしくない。

となれば、気になるのは、わたしがトラックの荷台に放りこんだままのシャベルのこと。

この件は、何ひとつ後ろ暗いところのない人間がしだいに深みにはまり、やがてうそと欺《ぎ》瞞《まん》に首まで埋もれてしまう見本のようなものだ。

小さな町の政界では、公職についた者にはかなりの裁量が許される。彼らは一部の法律を金科玉条とし、大半は無視を決めこみ、おのが都合に合わせて二つ三つでっちあげることもいとわない。ジョニー・ジェイは杓子定規なタイプだが、それでも彼独自の掟を定めている。

前置きはこのあたりにして、ことのしだいを説明すると――

ジョニー・ジェイがピックアップの後ろに停車してすぐ、おなじみの辛辣な応酬が始まった。

そこへ、トム・ストックの骨董店の裏に押し込みが入ったと通報があった。家でテレビを見ていたトムは覆面をした窃盗犯をみごと取り押さえ、右のフックを何発かお見舞いしてパティを（もちろん、その時点ではパティだとわからなかったのだが）ノックアウトしたあと、警察に電話したのだった。

わたしが現場付近にいたことから、ジョニー・ジェイはわたしも一味だと決めつけた。さすがはジョニー・ジェイだ。

というわけで、わたしは取り調べ室にすわり、言い分を述べている。知っていることは洗いざらいぶちまけ、おぼえているかぎりのことを話した。地元の人間が関わっているという疑惑から始め、トムのお金をボブ・ピートリーなる殺人を犯した可能性のある悪党の手から守ってほしいという要望で締めくくった。一つ二つ、取るに足りないささいなことは省略した。たとえば、わたしが招かれざる客として数多くの場所を訪れたこと。それに、この事件全般にノエルが一役買っているという可能性についても。そちらは、まずスタンリーの耳に入れたい。

パティはもうひとつの取り調べ室で順番を待っていた。

「取り引きしない？」わたしはジョニー・ジェイにもちかけた。「パティとわたしはもう二度と捜査のじゃまをしないって約束する。で、あなたのほうは告発を取り下げる」

その提案を、警察長は鼻で笑った。

そういうことなら、と攻撃的な態度に切り換え、「わたしの命を危険にさらした件で、あなたを訴えたほうがよさそうね」と言ってみた。「わたしみたいな一般人に、警察の仕事を肩代わりさせるなんて」

勝算はなかったけど、だめもとで。

「サリー・メイラーがあんたの話の確認を取った」とジョニー・ジェイが言った。「彼女はわたしとちがってあんたのことを信用してるみたいだが、いずれ思い知るだろう。ボブ・ピートリーと家族は、ここから二時間離れたところの骨董市にいたよ。家族総出でくり出し、お互いにアリバイを証明し合ってる」

こうなったら反省し、下手に出るしかない。パティのとんだ思いちがいについてもあやまる覚悟はできていた。ところが口を開いたところで、ジョニー・ジェイがとんでもない言いがかりをつけて、わたしの出端をくじいた。

「それはそうと、うその緊急通報をしたのはあんただろ」と言ったのだ。

「どういうこと？」

「ほう、知らんぷりか。だれか——あんたかもな——から、隣の家で人質が監禁されているという通報があった。CITが突入した。冗談ではすまされんぞ、フィッシャー」

だからハンターとCITの面々が出動したのか。いったいだれが通報したのだろう。

「それはぬれぎぬよ。でも言っときますけど、パティはたしかに、あの家の地下室で拘束されてたのよ」

「だからあんたが通報した、と」彼は手帳に何やら記入した。

「いいえ、してません。そもそも携帯を持ってないんですからね。うっかりトラックで轢いてしまったから」

「ほほう」

けっきょく、わたしは留置場でひと晩過ごすはめになった。ジョニー・ジェイがわたしにかぶせようとした罪は、ありもしない人質事件の通報（状況証拠のみ）と、シャベルの窃盗（立証可能かも）だった。

「シャベルを盗んだ？」わたしはわめいた。「ばかばかしいにもほどがある」

「アギー・ピートリーはそう言ってるぞ」

「言いがかりよ！」

わたしは証拠の改ざんとか、捜査妨害とか、証拠隠滅の罪で訴えられなかったことに感謝すべきなのだろう。そちらのほうがはるかに重い罪だから。それにしても、ジョニー・ジェイはわたしの言い分を信じてくれてもよさそうなものなのに。ものはためしというでしょう。

サリーがわたしの監房にやってきて、毛布を渡してくれた。

「スタンリー・ペックの家に電話してもらえない？」とわたしは頼みこんだ。「ノエルが無事かどうか確かめて」

サリーはしばらくして戻ってきた。「スタンリーはおかんむりだった。寝入りばなを起こされたって。ノエルは変わりないわ」

パティはわたしほど軽い罪ではすまなかった。トム・ストックは、パティが彼の命を救おうとしたと聞いて告訴を取り下げたが、それ以外にも、銃の不法所持という重大な容疑をかけられていた。警察署で上から下まで体をたたいて調べた結果、パティの後ろ暗い部分が暴かれたのだった。

41

わたしたちは夜明けに警察署をあとにした。モグラのように目をしばたたき、バッファロー並みの体臭を放ち、いささか肩を落として。パティ・ドワイヤーにかける言葉はひとつもなかった。彼女に脅されたりすかされたりして、ばかばかしい状況に追いこまれるのはもうたくさんだ。パティの目のまわりの黒あざを見ても、心を鬼にした。トムはこぶしの使い方をよく心得ている。

サリーがわたしたちを家まで車で送ってくれた。何度か軽い話題を振られたが、おしゃべりする気分にはなれなかった。「また嵐になりそうよ」と彼女は言った。「そんなにおいがする」

車から降りると、パティはわたしに言った。「今度の件では、責任の一端はあたしにあるのかもしれない」

その控えめな評価には返す言葉もなく、わたしは憮然として立ち去った。

うちのミツバチたちは、わたしがいなくても元気でやっていた。それは、この愛しい小さな花蜜採集者の長所のひとつ。彼らは小さいなりに、自立した生き物なのだ。ディンキーの場合は、一瞬たりとも目が放せないけど。おばあちゃんに感謝しなければ。

　ずらりと並んだ巣箱をながめて、傷ついた心をいやし、わたしの暮らしになくてはならぬものたちに意識を集中していると、採餌蜂が二、三匹、わたしの体に止まった。最近まで、わたしはこの世界を、ミツバチたちと同様、さまざまな色からなる集合体《モザイク》として眺めていた——青、緑、紫、オレンジ、黄。ただし赤色はべつ。ミツバチの目は紫外線を捕らえることができるのに、赤は灰色にしか見えない。今日のわたしにも、この世は水墨画のように感じられた。

　わたしもミツバチを見習って基本に戻ろう。シンプルに暮らすのが一番だ。小さな働きバチたちが気にかけているのは花と蜜のことだけ。あとは自分たちの巣に危険が迫っていないかどうか。

　でも、わたし自身の巣はそれほど安全には思えなかった。危険が迫っているのをひしひしと感じる。

　何者かがじっと見張り、待ち伏せている。そして、その〝だれか〟が見張っているのは、このわたしかもしれない。パティには恐ろしい尾行者がついていた。わたしがつぎの標的だとしたら？

　それにボブのアリバイについてはどうだろう。もし彼がずっと骨董市に出かけていたのが事実なら、わたしたちの推理はどうなる？　行き止まり、それが答えだ。

　あたりは湿気でじっとりしていた。背中に汗がつたう。このぶんだと気温は三十二度を上まわり、湿度は一〇〇パーセントにちがいない。

シャワーを浴びて服を着替え、いつものようにはちみつバターを塗ったトーストを、たっぷりのコーヒーで流しこむと、出勤して店を開けた。いつもと変わらぬ一日が始まった。

スチューが朝刊を買いにきたが、わたしが留置場で一夜を明かしたことについては、ひとことも触れなかった。町の人たちはだれも気づかなかったのだろうか。ちらちら見られたり、わけ知り顔や、ひそひそ話をがまんしなくてもいいの?

ミリーが〈ワイルド・クローバー通信〉に載せるレシピの試作品を、味見のために持ってきた。毎月の広報誌づくりで、とくに楽しみにしているひとときだ。ミリーのナッツ入りルバーブ・マフィンは頰が落ちそうだった――しっとりしていて、味も申し分ない。それにヒッコリーの実を使っているけど、クルミでも代用できるそうだ。

「これなら絶対受けるわ」と、わたしは太鼓判をおした。「店員がいまだれもいなくて、今月号のレシピを味見できないなんて残念」

「たくさん作ったから、事務所に置いていくわ。嵐がくるまえに、急いで帰らないと。でもそのまえに、こっちも試食して」

ミリーはプラスチックの容器を開けた。わたしたちはなかをのぞきこんだ。

「ブルーベリー・スコーン!」

「はちみつの糖衣《グレーズ》をかけてみたの」とミリーがつけ足した。

わたしはスコーンをまるごと一個、記録的なスピードで平らげ、指をなめてきれいにした。

自分のベッドから引き離され、一睡もできなかった長くつらい夜のあとで、ふたたび人間らしい気持ちを取り戻すことができた。

それから少しして、キャリー・アンから遅刻するという電話があった。ホリーに替わってもらおうとしたけど、つかまらなかったそうだ。どのくらい遅れるのかはっきりしたことを訊くまえに電話は切れた。ホリーはきっと夫と水入らずで、情熱的な一夜の余韻を楽しんでいるのだろう。それはいいとしても、休みの連絡を入れず、代わりの人手も探そうとしないなんて。いつものことだけど。

母さんがやってきた。ご機嫌うるわしい様子から見て、パティがトムの家でひと悶着《もんちゃく》起こしたことはまだ知らないようだ。わたしが留置場に入れられたことも。

「エミリーが言ってたけど、あなたのスカーフがまだ見つからないそうよ」と母は言った。「すごく恐縮してたわ。そのうち出てくると思うけど」

それはどうかしら。

「竜巻が起こりそうな空模様ね」と母は言った。「用心しないと。トムとわたしは午後、ミルウォーキーまでドライブに出かけるの。動物園に行くつもりだけど、お天気がもたなかったら、美術館で雨宿りするわ」そう言い残して、弾むような足取りで出ていった。

スタンリーがやってきた。「ノエルは元気?」とわたしは訊いた。

「うちの孫のことを、よってたかって心配してくれるんだな」とスタンリーは言った。「昨夜はサリー・メイラーの電話で起こされたよ。ノエルの様子を訊くためだった」

「みんな、若い人のことが何かと気になるのよ」とわたし。

「あいつは化学に夢中で心ここにあらずだが、体のほうは問題ない。今朝も早くから出かけていった」

十時ごろハンターから電話があったが、接客で忙しくて話せなかった。手がすいたときに、電話を返した。

「きみは何も言わなくていい」とハンターは言った。「全部知ってるから」

「あらそう」彼は何を知っていて、何を知らないのだろう。ハンターの声を聞くだけで、わたしの鼓動は速まる。

「ジョニー・ジェイから録音を聞いてほしいと頼まれたんだ」

「録音？」なんだかいやな予感がする。ジョニー・ジェイが昨夜の取り調べを録音し、それをわたしの彼氏に届けたということ？　そんな話だったら聞きたくない。「録音の許可なんかしたおぼえはないけど。それは守秘義務とやらに反するんじゃないの？」

ハンターはいい人なので、職務上、彼にはすべての極秘情報を知る資格があることは口にしなかった。でも……。「警察長はその録音を、ＣＩＴが昨夜、無駄足を踏んだことに対する説明として提出したんだ」とハンターは言った。「きみが、人質について通報したのは自分じゃないと否定したことは知っている。でも、どうなんだい？」

ひどい、ひどすぎる。「あなただけは、わたしの言い分を信じてくれると思ってたのに」

「訊かないわけにはいかないんだ」ハンターはわたしに不満があるようだ。「きみに話がある」

彼を避けるのに申し分のない言い訳があった。

「ひとりで店番してるの。いまは手が離せない」

「そこにいると約束してくれ」とハンターは言った。「それと、もめごとには近づかないように」

「わかった」とわたし。これからお目玉をちょうだいする子どもみたいで情けない。ハンターとわたしはお互いを尊重していて、ふだんはふたりの貴重な時間を、責めたりなじったりして無駄にすることはなかった。それなのに……。

とりあえず考えないことにしよう。

遠くで雷がごろごろ鳴りだした。ディンキーがおばあちゃんに迷惑をかけていないといいけど。あのおちびちゃんは嵐が大の苦手なのだ。その件については、祖母があとに引けなくなるまで、できれば伏せておきたかった。いま、どんな様子かしら。

それからしばらくして、ユージーン・ピートリーがやってきた。うちの店にくるのは、これで二度目だ。レジの下に隠れようかと思ったけど、もう遅かった。

「骨董市に出かけてると思ってた」わたしはこわばった笑みを浮かべた。

お返しの笑顔はなかった。「そうだろうな」と彼は言った。「おれがここにきた理由はふたつある」

わたしははっとした。ユージーンはわざわざだれもいないときを見はからって、現われたのだろうか？　ずっと店の外で見張っていたとか？

「あらそう」わたしも笑顔を消した。

「まずひとつ。うちの家族には近づくな」

「お安いご用よ」わたしは泣きべそをかくまいとした。もうしばらく、彼が帰ってしまうまでは。

ユージーンは顔をわたしの顔にぐいと近づけた。ひどいご面相だ。長い鼻毛が何本も伸びている。噴火口を思わせるにきびの跡。毛細血管が切れて赤らんだ肌。口臭ときたら、蜂の群れが空中でぴたりと止まってしまうほど。

「ふたつめ」と彼はつづけた。「おれのシャベルを返してもらいたい」

「ジョニー・ジェイに渡したわ」とうそをついた。警察長には、ピートリー家の物置に返したと、すでにうそをついていた。ユージーンがそう言うからには、まだこの店の裏手にまわって、トラックに積んであるのを見つけていないということだ。さもなければ、とっくに持ち去り、こんな会話は交わしていないはず。とはいえ、どうしてシャベルを返そうとしないのか、自分でもよくわからなかった。

ユージーンはわたしの答えに満足しなかった。「何をたくらんでいるかは知らんが、いますぐ止めるんだな。さもないと」それは疑いようのない、あからさまな脅迫だった。

なんてあつかましい。うちの店にきて、わたしを脅すなんて。「わたしが、どこであなたのシャベルを見つけたか知ってる？」と彼をねめつけるようにして言った。

「いいえ、うちの隣の家。フォードの死体が発見されたのと同じ場所よ」

「物置だろうが」とユージーンがうなるように言う。

ユージーンは頬をゆがめた。「おれをはめようとしてるんだな。あんたとパティ・ドワイヤーで」

いいえ、わたしが追っているのはあんたじゃなくて、あんたの息子よ、と言ってやろうと思ったが、手のうちを見せるのは得策ではないだろう。

「買い物がなければ」わたしは言った。「そろそろ帰ったら」

わたしはユージーン・ピートリーを見そこなっていた。これまではずっと、彼が結婚した性悪女よりは上等な人間だと思っていたが、しょせん同じ穴のムジナだった。

ユージーンは何かを探しているように、あたりをきょろきょろ見まわした。うちの店にきた理由がほかにもあるのだろうか。彼の目がはちみつ製品の棚に留まった。「はちみつスティックはないのか?」といらだたしげに言う。

「何種類かあるけど」こんなごろつきはさっさと追い出すにかぎる。

「ルートビア味を」と彼は言った。

わたしはあやうく卒倒しそうになった。

42

ルートビア味のはちみつスティック!

ノエル・ペックの大好物だ。

「い、いま切らしているの」わたしは口ごもりながら答えた。うそじゃない。ノエルが一本残らず買い占めていったから。ところがそのとき、あまのじゃくな性格が顔を出し、言わずもがなのことを言ってしまった。「そういえば……たしか……化学肥料もいるんじゃなかった? あとは過酸化水素水に、マッチも?」爆弾作りには、ほかにどんな材料が必要だったかしら。

さらなる追い打ちを考えているうちに、ユージーンはドアに向かった。わたしの声が聞こえなかったようなふりをしている。ひと言も口をきかないところが、かえってあやしい。ドアのところでくるりと振り向いた。その顔に浮かんだ表情を見て、わたしは言いすぎたことを悟った。

このへらず口のせいだ。

どうしていつもひとこと多いのだろう。ついつい調子に乗って、彼のたくらみに気づいていることを教えてしまった。

ああ、しまった。どうしよう。

ルートビアが好きな人は大勢いる、と屁理屈をこねてみた。ユージーンがそのひとりだとしてもおかしくはない。ただの偶然よ。そもそも、ルートビアが嫌いな人なんている？　それに彼の態度にしても、説明のつかないことはない。ユージーンはこれまでの人生の大半を、人をばかにするのが趣味という人間と、ひとつ屋根の下で暮らしてきたのだ。

でも、そこまでルートビアに肩入れできないわたしは、入口まで走って錠を下ろし、身のまわりのものをかき集めると、裏口から抜け出して、トラックを発進させた。空はいつのまにか暗くなり、黒々とした雲が湧き出していたが、ヘッドライトはつけなかった。あたりは不気味なほど静まりかえっている。

ノエルが実際に面倒に巻きこまれているのか、それともただ面倒を起こしたがっているだけなのか、これはそれを突き止める最初で最後のチャンスかもしれない。十二歳の子どもがこれほど重大な罪を自分の意志で犯そうとしているとは、わたしにはどうしても思えない。たとえその子が爆弾オタクでも。となると、だまされているのか、脅されたのか、それとも……。

ユージーン・ピートリーの姿が見当たらなかったので、一か八か、コルゲートにある自宅に向かって北上しているものと考えた。わたしもその道を取り、スピードを上げると、まもなく前方に彼が運転する白いヴァンが見えてきた。行き先についての推測は当たっていた。

やれ、ありがたい。少し距離をあけてついていけば、あやしまれずにすむだろう。彼を尾行しがてら、応援を依頼すればいい。ハンターに電話して、銃を持ちベンを連れて合流してほしいと頼もう。彼がこちらに駆けつけるまでに、何もかも説明できる。

ところが、携帯がポケットになかった。

パティがわたしの携帯をどんな目にあわせたかを思い出し、またしても怒りがこみあげる。この事件が片づいたら絶交だ。パティのせいで、もうじき葬式に参列するはめになるかもしれない――わたしか、爆発に巻きこまれたなんの罪もない通りすがりの人の葬式に。あるいは、わたしが死ぬまえに捕まえることができたら、P・P・パティの葬式に。

前方では、ユージーンがカーブを曲がって視界から消えた。心臓が止まりそうになる。トムのお金もそれがどうなるかも、もはやどうでもよかったが、あの手の連中は血も涙もない。一度、殺人を犯せば、同じことをくり返す。そして、もしノエルが巻きこまれているなら、やつらがスタンリーの孫を生かしておくことはありえない。真相を明かされてしまうからだ。

さっきから〝やつら〟と複数形を使っているが、ボブやピートリー家の面々がどうかまだ留守でありますように。相手にするなら、ユージーンひとりに越したことはない。それでもわたしの手にはあまる。

何度かバックミラーに影がよぎるのを見たような気がしたが、そのたびにいくら目をこらしても、だれも尾行してくる者はいなかった。神経がおかしくなりかけている。幻覚を見ているのだろう。

ユージーンの白いヴァンがふたたび視野に入ってきた。ハンドルを握る手は汗ばみ、頭がうまく働かない。なんとかもうひと踏んばりしてほしいが、脳みそにしてみれば、これまでこんな状況に対処した経験がないのだ。

ユージーンが自宅に向かっていると確信した矢先、彼は急にスピードを落として左折した。わたしは少し速度を落として車間距離をあけた。つづいて左折する。

彼はさらに右折して私道に入った。売り家の看板がその奥に立っている。わたしは少し手前の道路脇に車を止めた。さて、これからどうしよう。

公衆電話が見つかれば、ハンターに連絡を取ることができる。彼はきてくれるだろう。この状況が気に入らなくても、きっときてくれる。恋人なら、わたしが困ったときにはいつでも手を差しのべてくれる。そうじゃない？

ああすればよかった、こうしていればと、なかば麻痺した頭をしきりに後悔がよぎった。スタンリー・ペックを連れてくるべきだった。銃の知識があり、使い方も知っている。それに何よりも、彼にとってこの事件は他人ごとじゃない。もう、このとんま。もっと自分を叱りつけたかったが、とりあえずいまは、家のなかの状況を正確につかむことが必要だ。具体的な証拠がなければ、どうすることもできない。

となれば、あの家に近づいて調べてみるしかない。ただし、人目につかないように物陰にひそみ、くれぐれも見つからないように用心しなければ。

道路からでは、木立や低木にはばまれて家がよく見えなかった。このあたりにはカエデやスイカズラがよく茂っているので、わたしの姿をすっぽり隠してくれるだろう。そもそもユージーンはわたしが尾行しているとは思っていない。そんなに難しくはないはずだ。家の壁に沿って進み、窓からなかをのぞきこみ、証拠をつかむ。そしたらさっさとおいとまして電話を探し、スタンリーとハンターに電話をかければいい。

運がよければ、ノエルの元気な姿を見ることができるかもしれない。

車が一台そばを通りすぎ、運転手がわたしに手を振った。このあたりではごくふつうの挨拶だ。路上ですれちがう人は、みな隣人。なにしろ気さくな土地柄なのだ。それにいまは隣人でなくても、そうなる可能性はある。いま車を止めているその家を、買うつもりかもしれない。

とまあ、そういうわけで、わたしも手を振り返した。こそこそしているのが、ばからしくなってきた。

その車が行ってしまうと、わたしはピックアップから降り、私道の端を通って家が見えるところまできた。そこで木立のなかにだっと駆けこんだが、そんな自分が決まり悪くてしかたなかった。これはどう見てもパティ・ドワイヤーの仕事でしょう。木陰からのぞき見するなんて、わたしには似合わない。

空は刻一刻と暗さを増し、遠くで雷がゴロゴロと鳴っている。あたりがうす暗くなったおかげで、身を隠すには好都合だったけど。

ユージーンのヴァンが見えた。後部ドアは開け放たれているが、なかまでは見えなかった。

近くで動きまわる音がしないので、ユージーンは家のなかにちがいない。これから荷物をヴァンの後部に積みこむところか、あるいは運び出したばかりか。

いずれにせよ、いつ家から出てきてヴァンのドアを閉めてもおかしくない。

わたしはしゃがんだ姿勢でヴァンに駆け寄ると、荷台にもぐりこんだ。

そこには、どんなテロ集団のリーダーであれ連行するのに充分な証拠がそろっていた。さまざまな種類の薬品の容器が目を引く。わたしは爆弾を作る方法は知らないけど、ここにあるのがその材料なのはまちがいない。とくに、パソコンの基盤みたいなものは、たしか起爆装置とかいうやつだ。

これで証拠はつかんだ。なんて簡単。造作もない。

このヴァンに爆弾の材料が積みこまれているとハンターに連絡さえすれば、彼とCITの面々が駆けつけてくるだろう。

ところが、ヴァンから退却するまえに、家のほうでドアがバタンと閉まる音がした。わたしは車の前方まで這って進み、座席のあいだに身を伏せて、まる見えの体を隠すものはないかと探した。私道を近づいてくる足音がする。わたしはダチョウのように頭だけ隠した。とっさにできることといえば、それが精いっぱいだった。

頭を砂に埋めていると、だれかに足首をつかまれた。後ろ向きに引きずられていく。力で勝る男にそんな姿勢を取らされては、女にできることはあまりない。キックや空手チョップはもちろんくり出せないし、ヴァンのつるつるした床に爪を立てるのがせいぜいだ。それはなんの効果もなかった。

ロープが足に巻きつけられる。身をよじって逃れようとしたとき、ユージーンの姿がちらりと目に入った。わたしの足を縛っている。

しかも、おそろしく手際がいい。

どうしてパティが二回とも逃れられなかったのか、ようやくわかった。自分を襲った犯人の姿を見ていないことも。パティの場合は不意打ちだった。わたしは近づいてくる足音が聞こえたのに、それでも手も足も出なかった。

そういえば、ユージーン・ピートリーは軍隊にいたのだと思い出した。捕虜を縛りつけて拷問する残虐な兵士だったにちがいない。きっと水責めにしたんだわ。わたしとパティを菜園で見つけたとき彼はそう言って脅したが、あれは冗談ではなかったのだ。

ユージーンはさらにわたしの片腕をつかんで、背中にねじりあげた。不利な体勢にもかかわらず、わたしは必死に抵抗し、武器になるものはないか懸命に探した。ふたりともひとこともしゃべらず、ぜいぜいと荒い息づかいをしながらもみ合った。

もとより、わたしに勝ち目はない。

ユージーンはガムテープをわたしの口に貼り、車に置き去りにした。わたしはごろごろ転がって、ヴァンの後部から落ちた。あまりの痛みに息がつまった。

ユージーンが玄関から出てきた。彼のすぐあとからノエル・ペックが現われた。縛られてもいないし、何もされていない。

「ストーリーをどうするつもり?」

ノエルがユージーンに訊いた。

「ヴァンをこそこそ嗅ぎまわっているところを捕まえた。一緒に連れていくしかない。荷台に積みこむのを手伝ってくれ」

わたしはノエルに警告しようとした。走って逃げなさいと伝えたかったが、もごもごとしか言えなかった。

「大丈夫?」とノエルが訊いてくれた。もちろんわたしは答えられなかったけど。ノエルはユージーンに言った。「これじゃ約束とちがう」

「こいつが悪いんだ。おれのせいじゃない」

「ストーリーを逃がしてやって」

「おまえが約束をきちんと果たしたらな。それと、いいか。ちょっとでもおかしなまねをしたら、おまえのじいさんをフォード・ストック殺しの犯人として警察に突き出すからな」

「ぼくが言われたとおりにしたら、この町から出ていってくれるんだよね?」

ノエルの言い方は、十二歳の子どもそのものだった。ひよっ子で、世間知らずで、大人の言うことはまちがいないと思っている。

スタンリーがフォード・ストックを殺した? そんなことはありえない——でも、ノエルは信じこんでいるようだ。これはまずい。ユージーンがマスクで顔を隠していないのも、よい兆候とはいえなかった。ことわざでなんて言ったっけ? 死人に口なし? この場合は、死んだ女と子どもに口なし、だ。

ふたりはわたしの体を持ちあげて、またヴァンに戻した。わたしが同じことをくり返さないように、ユージーンはロープをどこかに固定してから、前の座席に乗りこんだ。

「暗くなるまで待ったほうがよくない？」とノエルが言った。

「昼間のほうがかえってあやしまれない。裏道を通っていくしな。みんな業務用の車だと思うさ。それに、家主は数時間留守にするとわかってる。絶好の機会だ」

わたしは母さんの言葉を思い出した。トムと一緒にミルウォーキーへ出かけると言っていた。押し込みにはおあつらえむきだ。

これまでのところ、ピートリー家のほかの面々は見当たらず、声も聞こえない。つまり、ユージーンは今日は単独で行動しているのだ。息子のボブは、あの望遠鏡泥棒は、いまどこに？　そして、彼がこの事件で果たしてきた役割は？

わたしはロープをほどこうとむなしくもがきながら、白昼の押し込みについて考えた。ミルウォーキーに住んでいたころ、昼間の住居侵入窃盗は夜間の強盗よりもむしろ多かった。みな日中は仕事に出かけている。それに隣人は互いのことをよく知らない。だから引っ越しトラックが止まって、家具をひとつ残らず積みこんでも、だれもあやしみもしない。

このあたりでは、その作戦がそんなにうまくいくとは思えない。でも裏道を通るのはうまい手だ。人目を引かずにすむ。とりわけ嵐の襲来が近いとなれば。モレーンの住人たちは悪天候にそなえて、家に閉じこもっているだろう。

永遠にも思える時間のあと、ヴァンが急に曲がったかと思うと、路面がでこぼこになり、車は止まった。

43

雷の音がずいぶん近づいてきた。町に竜巻を知らせるサイレンが鳴りひびいた。ひときわ大きく長いのはこれが警報だからで、竜巻が発生したことを知らせている。ユージーンにとっては願ってもないタイミングだ。通りには人っ子ひとりいないだろう。

ヴァンの後部ドアが開き、ユージーンのむさ苦しい顔がわたしをのぞきこんだ。

「必要なものを持っていけよ」とノエルに命じ、自分は手袋をはめた。

ノエルは逃げ出したいようなそぶりをした。ユージーンはそれに気づき、現実を思い出させた。

「じじいはどうなる？　まさか忘れちゃいないよな？　刑務所に面会に行きたいのか？」

ノエルは荷台のわたしの横にもぐりこむと、なにやら針金だらけのものと、中身のよくわからない容器を二、三かき集めた。わたしは彼に目で訴えた。さっさと逃げるのよ。脅迫のことは忘れなさい。そんなもの、こけおどしだから。わたしは九九・九パーセント、ユージーンははったりをかけているとにらんでいた。スタンリー・ペックに不利な証拠などひとつもないはずだ。

でもノエルは十二歳の子どもらしく、わたしの訴えには耳を貸さなかった。こうするしかない、祖父の自由は自分の腕にかかっていると信じている。

「ぼくも手袋をしないと」とノエルは言った。

「いや、かまわん」というユージーンの返事は、目撃者とその行く末についてのわたしの懸念を裏づけるものだった。

ユージーンはヴァンの後部ドアを、今回はたたきつけずにそっと閉めた。わたしはひとり残された。あれこれ考えて、やきもきするばかり。まるで悪夢だ。汗が顔をつたい、心臓がドキドキ音を立て、希望はまさに風前の灯火。

間近に迫った死について思いめぐらしていると、ヴァンの運転席のドアが開いた。ユージーンが今度は何をたくらんでいるのかのぞこうとしたが、思うような体勢が取れない。爆発のまえに殺すつもり？　わたしは逃げようともがいた。いまにも銃弾が頭に撃ちこまれるものと覚悟しながら。

前の座席から奥に向かってくる物音がした。

足が見えた。

ちょっと待って。

その靴にはなぜか見おぼえがあった。

視線を上げていくと、パティ・ドワイヤーが見たこともないほど研ぎすましたナイフを手に、わたしを見下ろしていた。ぎらりと光る刃が、目のまわりの不気味な黒あざを映し出す。

凍りついたような数秒間、わたしはパティもユージーンの一味だと思った。まともにものを考えられなくなっていた証拠だ。だが、わたしの胸にナイフを突き立てると思いきや、パティは腰をかがめ、ガムテープを一気に引きはがした。わたしは苦痛の悲鳴を押し殺した。

「あんたにもあたしの気持ちがわかったでしょう」パティはにやりと笑った。まるでこれが大きな冗談のように、それみたことかと言わんばかりに。

わたしはひりひりする唇をなめた。

つぎにパティはロープに取りかかった。

「どこからきたの?」

これまでだれかに会えてこんなに嬉しかったことはない、たとえ相手がパティでも。いえ、いまのは取り消し。パティだからこそ、こんなに嬉しいのだ。

「あんたのトラックの荷台に隠れてた」

そういえば、ユージーンを尾行していたとき、視界をかすめる影を何度か目にした。

「バックミラーを何かがよぎったような気がしたのよ」

「それがあたしよ」パティは自慢げに言った。「ユージーンのヴァンが出発したとき、あたしもピックアップに便乗してあとを追ったわけ。あんたがキーを差しこんだままにしとくのが悪いのよ」

ナイフが二度、三度とひらめいたかと思うと、ロープがほどけ、わたしは痛む腕をさすった。

「助けを呼びにいかなきゃ」わたしは声をひそめて言った。「いますぐに。あいつはノエルもろとも爆破するつもりよ」

「そんな時間はないわ。なかに入りましょう」

「あなたの携帯は？」とわたしは訊いた。

「充電切れ」

いやはや。

「ユージーンは銃を持っているかもよ」とわたしは言った。「見たわけじゃないけど」

「ほら」と、パティがスズメバチ用のスプレー缶を渡す。パティお気に入りの護身用グッズだ。「これだけじゃないわよ。あんたのトラックからシャベルも持ってきた。ふたりで彼をやっつけましょう。でも、あいつは手ごわいわよ、覚悟しておかないと」

「いいわ」と言ったが、ちっともよくなかった。これまでパティと組んで何度か捜査のまねごとをしたが、計画どおりに進んだためしがない。「さっさと片づけないと、全員、空高く吹き飛ばされちゃうわよ」

ふたりですばやく計画を練ったが、名案にはほど遠く、お粗末きわまりない代物だった。地下室につづく庭側のドアには南京錠がかかっていた。金庫が隠されている、機械室のドアと同様に。

パティが位置についた。

雷がすぐ近くに落ちて、そのあと、あたりはしんと静まり返った。

わたしは玄関にまわって、家のなかに忍びこんだ。

44

台所から地下室に下りるドアは大きく開いていた。金属がぶつかるカンカンという音やくぐもった人の声が聞こえてくる。

外では、パティがシャベルを振りかぶり、攻撃の態勢を整えているはずだ。わたしはスプレー缶を構えた。ユージーンが爆弾と、それを使いこなせる少年の人質、その他あれやこれやらを持ち合わせていることを考えたら、互角の戦いは望めない。わたしは階段の一番上に立って、息を整えようとした。過呼吸に陥って気を失い、階段を転げ落ちたら大変だから。

パティが庭のドアをシャベルでがんがんたたきだした。「出てこい、ユージーン・ピートリー」とわめく。「おまえは包囲されている」

家の窓から、稲妻が空をジグザグに走るのが見えた。雷がとどろく。ふだんの日なら、シャベルの音に驚いて人が駆けつけてきただろう。でも今日は、嵐の襲来にそなえて、みなそれぞれの地下室に避難していた。

パティがふたたびドアをたたいて、ユージーンに投降を呼びかけた。

階段を上がってくる足音がしたので、わたしは後ずさって姿を隠した。やってきたのがユージーンで、ノエルではないと確認すると、啞然としている顔をめがけてスズメバチ駆除剤を浴びせた。パティがわたしの後ろからさっと現われたかと思うと、止めるまもなく、シャベルを振りおろした。ユージーンの頭に命中する。

彼は仰向けに階段を落ちていった。

「無茶しないでよ」どんなひどいことになっているのか、怖くて見る気になれない。

パティはすでに階段を下り、犠牲者をまたいで地下室に入っていた。わたしも階段を駆けおりた。

機械室のドアは開いていた。金庫の一部が見えた。何やらまがまがしいものが取りつけられている。

部屋に飛びこむと、ノエルが金庫のとなりの床にすわっていた。口にテープを貼られ、右手は壁を走るパイプにつながれている。

ユージーンは今回、あいにくロープを使っていなかった。せっかくパティが切れ味鋭いナイフを持っているというのに。あの男の得意技はロープよ、ロープのはずよ。どうしてチェーンと頑丈な南京錠なの。気が動転して、頭がうまく働かない。

「鍵はどこ?」落ち着こうと努めながら、ノエルに訊いた。

「鍵はないよ」テープをはがしてやると、ノエルは言った。顔にはまったく血の気がない。

「組み合わせ式なんだ」

わたしは振り返り、ユージーンが気を失って動かないのを確かめているパティを見やった。

彼の状態から見て、しばらくは番号の組み合わせを教えてくれそうもない。もしここから無事に出られたら、ただじゃおかないからね、パティ。ユージーンの頭をぶん殴るなんて。もし彼が気絶していなければ……。

「爆発まであとどれくらいある？」とわたしは訊いた。

ノエルは金庫をちらりと見た。「九十一秒」

「わたしたちでも止められる？」

「たぶん。落ち着いてゆっくりやれば」

「あたしがやってみる」とパティが言った。ノエルとわたしを運命の手にゆだね、自分だけ逃げ出そうとしなかったことで、彼女をほんのちょっぴり見直した。

わたしはトムの作業台まで行って、役に立ちそうなものを物色した。おばあちゃんが農場をやっていたころよく納屋で遊んだので、道具類にはくわしい。

外では嵐が猛威をふるっていた。風がうなりをあげ、雨が庭側のドアをたたきつけている。爆風がどれだけの被害を与えるかはまったくわからず、訊くこともできなかった。ノエルはいまパティに指示を与えている最中なので。彼の声だけがこの部屋で冷静にひびいた。作業台の奥の隅にチェーンソーがしまってあるのを見つけたが、そんなものを使ったら、ノエルの手首ごと切断しかねない。弓のこもあったが、時間がかかりすぎる。そのとき板金用のはさみが見つかったので、それをチェーンに試してみた。手が震えないようにと念じながら。

「だめみたい」とパティが言った。わたしに負けないくらいうろたえた声で。

「時間は？」とわたし。

「あと四十秒」とノエル。

わたしははさみを放り出した。「手を貸して、パティ」

パティはためらわずさっと立ちあがると、わたしのあとについて作業台のある壁ぎわまでやってきた。トムはそこにベニヤ板を何枚も立てかけていた。

ふたりがかりでベニヤを一枚運んだ。

「二十九秒」ノエルが金庫に取りつけられた装置を見つめて言った。

わたしたちはベニヤ板をノエルと金庫のあいだに立てかけた。

そしてノエルの隣にしゃがみこんだ。

「十九……十八……」

「十……九……八……」

三人で身を寄せ合う。

ちょうどそのとき、残り五秒となったところで、地下室の庭側のドアがバタンと開いて、世界がひっくり返った。突風がうなりをあげて地下室に吹きこみ、部屋じゅうのものを空中に巻きあげながら、機械室の壁に激しくぶち当たる。

わたしは物理が得意だったためしはないけれど、竜巻の速度、向き、規模の微妙なかげん、および竜巻が爆発の衝撃ともろにぶつかったことで、どうやらわたしは命拾いしたらしい。

地下室の床で倒れているあいだに、これまでの人生が走馬灯のように目の前をよぎり、それがなぜか百ドル紙幣となってわたしの上に降りそそいだ。意識を失うまえ――それとも意識を失ったあとだったのかしら――ハンターの男らしい顔がわたしをじっと見下ろしていた。わたしは死んで天国へ行ったのだと思った。

45

目をさますと、聞き覚えのある声がわたしを取り囲み、大きな舌がわたしの顔をぺろりとなめた。

「気がついたみたい」おばあちゃんの声が聞こえた。「でかしたね、ベン。さあ、写真を撮りますよ。みんな集まって」

わたしは片目をあけた。部屋がぼやけている。何もかも白一色だ。

「きみは病院にいるんだ」とハンターが言った。彼はわたしの手を握っていた。「脳しんとうを起こして」

わたしは見舞客を見渡した――ベン、ディンキーを抱いたキャリー・アン、母さん、写真をパチパチ撮っているおばあちゃん、ホリー、スタンリーもにっこり笑っている。それにトム・ストックもいた。

「ノエルは？」わたしはかすれた声を出した。

するとと彼が目の前に現われた。手帳を持ち、顔から頭にかけて包帯がぐるぐる巻かれている。

「ぼくのほうがラッキーだったね」とノエルはわたしに言った。「自分の姿を見てごらんよ」

看護師が入ってきた。「動物はだめですよ。ここは病院ですからね」

「ベンは使役犬なんです」とハンターが説明した。キャリー・アンはディンキーを腕のなかにこそこそと隠した。

看護師は気に入らないようだったが、カフェテリアでアイスクリームを買ってあげるといってノエルを連れ出した。

「どれくらい気を失ってたの？」とわたしは訊いた。

「ほんのしばらくよ」と母がごまかした。

「あたしが代わりに店の面倒を見てるから、心配しないで」とキャリー・アンが口をはさんだ。

体のあちこちを確かめてみると、たしかにあまり具合がよくない。

「いったいどうなったの？」

「竜巻に巻きこまれたんだ」とハンターが言った。

ああ、そういえば、わたしはトムの地下室にいたのだ。たしか最後に見たのは……。

「ユージーンは？　彼も助かったの？」

「いや。木の枝がドアを破って飛びこんできて、その下敷きになった」

しばし沈黙がつづき、わたしはその恐ろしいニュースをかみしめ、ピートリー家の人びとはさぞやショックを受けるだろうと思いやった。ただし、ユージーンの計画がうまく運んでいたら、悲しみに暮れる家族はもっと多かったはずだ。わたしは友人や家族に囲まれた病室で、ハンターからいくつかの空白部分について説明を受けた。

「ボブ・ピートリーの役割は小さなものだった」と彼は言った。「いうなればただの使い走りになんだが、途中の経過をくわしく知っていた。逮捕したら、何もかも自供したよ」

「アギーも事件にからんでいたんでしょう」とわたしは言った。「陰で采配を振るってたにちがいないわ」

ハンターは首を振った。「ボブ、アギー、それに嫁のアリシアは例の骨董市に出かけていて留守だった。アギーは何も知らないと言っているし、ボブの供述もそれを裏づけている。アギーは夫が不審な状況で死んだことについて、訴訟を起こすと息巻いてるよ」

ホリーがちょっとした心理分析を披露した。「彼女は性格がきつすぎるのよ。それに攻撃的な行動は、家族にも伝染する。だから夫も息子もあんなふうになってしまったわけ」

部屋にいる全員が彼女をまじまじと見た。ホリーはその視線に気づいた。

「ちょっと本で読んだだけ」

わたしは折を見て、ホリーに今後の進路について助言しようと心に決めた。彼女なら優秀なカウンセラーになって、悩める家族のよき相談相手になるだろう。

ハンターがつづけた。「ボブは刑務所でフォードと同房だったことを父親のユージーンに話した。すると、ユージーンもフォードと軍隊で顔なじみだったことがわかった。なんと、フォードは軍で武器弾薬を専門に扱う部署にいたんだ。それが、トムの金庫を爆破するという計画のそもそものきっかけだった。ピートリー親子はフォードに、彼の兄のトムが宝くじに当たったことを話し、フォードのほうは、トムが昔から銀行を信用せず、蓄えはすべてタンス預金にしていることを伝えた。ユージーンがフォードに連絡を取って、お膳立てをした」

「彼らはわたしの賞金を盗み出す計画を立てたんだ」とトムが話を継いだ。「そして、もうけを三等分することになっていた。息子のボブはそんな計画に関わりたくないと言ったが、勝手は許されなかった。やがてユージーンが欲を出した」

「そしてあなたの弟を殺したのね」とわたし。

「だが、そのまえに爆弾の専門家をもうひとり見つけていた」とトムがつけ足した。「ノエルがアギーのブースに爆竹を投げつけたことをおぼえているかい？」

わたしは思い出してにっこりした。笑うと頭痛がした。

「ユージーンは金庫破りはノエルで間に合うと判断した。そうすればフォードに分け前をやらずにすむ。そこで相棒を厄介払いすることにした」

「でも、どうしてフォードの死体を移動させたの？」とわたし。「墓地に置いておいてもよかったのに」

ハンターがその問いに答えた。「ユージーンはできるだけ時間を稼ぎたかったんだ。もしロリがあの家を訪ねたりしなければ、金庫破りが終わるまで、フォードの死体は発見されずにすんだかもしれない。ユージーンにしてみれば、事前にあの地域で警察の動きが活発になるのが一番困るから。まあ、実際、そのとおりになってしまったんだが。よもやロリが現われて、計画を混乱させるとは予想もしていなかっただろう」

「わたしは彼がフォードの死体を移動させている最中にじゃまをしたのね」

まかりまちがえば、満月の下でユージーンと鉢合わせしたと考えると、体に震えが走った。いったいどんなことになったのやら、考えるのも恐ろしい。

ちょうどそこにべつの看護師が入ってきて、見舞客を病室から追い出した。ただし、ハンターだけはバッジを見せて、あと少しだけとどまる許可をもらった。

「ユージーンはアリシアのスカーフでフォードを絞め殺したの？」わたしはみんなが出ていくなり、それを訊いた。

「どうしてそう思うんだい？」ハンターはけげんな顔をした。「いいや、ヴァンの荷台からロープが見つかった。フォードの遺体から発見された茶色の繊維と一致したよ」

じゃあ、スカーフはまったく関係なかったのだ。わたしのにしろ、ほかのどれにしろ。

「それとノエルは？」

「脅されていた。ユージーンは、祖父のスタンリーを有罪にする証拠を握っているとだましたんだ。ノエルはどうしていいかわからず、協力するしかないと思いこんだ。じつは、ノエルはずっと、きみとパティの注意をユージーンに向けさせようとしていた」

「というと？」

「ヒッコリーの実を置いていたのは彼だったんだよ」

わたしは起きあがろうとしたが、それはまだ無理だった。ふたたび、仰向けに倒れこんだ。

「でも、あれはいったいどう関係してたの？　わたしは見当はずれの方向へ行ってしまったけど」

「ボブの腕にあった刺青をおぼえてるだろ？　じつはユージーンとボブの親子は、おそろいの刺青を入れてたんだ。ユージーンは海兵隊で、第七代大統領のアンドリュー・ジャクソンにちなんで〝ヒッコリーおやじ〟と呼ばれていたらしい。なんでも、ずいぶん強引だったそうだ。そしてボブも、父親のとそっくりな刺青を彫っていた」

「つまり、ノエルはユージーンが犯人だと教えようとしていたのね、ボブじゃなくて。それなら、クレイの家に人質がいるという通報は？」

「そっちもノエルだ。パティを助けようとしたんだよ。ユージーンはあの家をアジトにしていた。パティは作戦の遂行に目ざわりだったんだ」

そう言えば、P・P・パティは？　わたしは彼女のことをすっかり忘れていた。あのときの情景が一気によみがえる――スズメバチの駆除スプレー、パティがユージーンをシャベルでなぐったこと、彼が階段を落ちていったこと、ふたりでノエルを救出しようとしたこと、竜巻と爆発。「ああ、どうしよう」とわたしはつぶやいた。「パティは無事なの？」

「あたしならここよ」と部屋の奥から声がした。

そのとき、部屋のなかほどにカーテンが引かれ、そのカーテンの向こうから声が聞こえてきたことに気がついた。ハンターがカーテンを寄せると、パティが隣のベッドに寝ていた。

たったいま目がさめたばかりのように見える。頭に大きな包帯を巻き、目のまわりは黒というより紫に近い。

「頭ががんがんする」とべそをかいた。「ずっと痛み止めを頼んでるのに、ちっともくれないの。それに、あのシャベルのおかげで両手がトゲだらけ。それをひとつずつ抜くもんだから、痛いのなんのって」

ハンターは笑いをかみ殺そうとしていた。でも、わたしの表情を見たとたん、たまらず笑いだした。

「こんなところじゃおちおち寝てられないわ」とP・P・パティはぼやいた。「でも、ひとつだけよかったのは――」とわたしに満面の笑みを向ける。「あたしたちが同じ部屋だってこと」

わたしは病院のベッドに沈みこんで、顔をしかめた。

46

ハンターがわたしを病院から家に連れて帰ってくれた。ふたりで庭にすわり、ベンは足もとで丸くなっている。わたしがあやうく死にかけたことは、ふたりの関係によい影響をおよぼした。恋人はわざわざ休みを取って、かいがいしく世話を焼いてくれた。

そしていま、パティオのテーブルをはさんで見つめ合っているところで、ハンターが切りだした。

「そろそろ、もう一歩踏み出してみないか」

わたしは訊き直した。「というと？」

「つまり、そろそろ一緒に暮らしてもいいいんじゃないかな」

え、ほんとに？　わたしは内心、嬉しくて飛びあがった。でも、その気持ちを抑えて、笑顔でさらりと言ってのけた。「うちにする、それともあなたのところ？」

ハンターもにやりとした。「ふたりで暮らせるならどっちでも。このつづきは、きみがすっかりよくなってからにしよう。いまの状態につけこむようなまねはしたくないんだ」

その舌の根も乾かぬうちに、彼は言葉とは裏腹な行動に出た。

ふだんの生活、もとどおりの忙しい暮らしが戻ってきた。うちのミツバチたちは、わたしが天国へ召されかけたことも知らずに、わたしの留守中も元気いっぱい飛びまわっていた。入院中は、スタンリー・ペックが蜂たちの世話を買って出てくれた。ノエルも新学期が始まって家に帰るまでのあいだ、養蜂場を手伝ってくれた。スタンリーの話では、孫とじっくり話し合った結果、金庫破りの一件はノエルの母親には伏せておくことにしたそうだ。もし彼女の耳に入れれば、モレーンや祖父から一〇〇マイル以内に近づくことを、もう二度と許してもらえなくなりそうなので。

町の住人のなかには、ノエルがいなくなって平和と静けさが戻ってきた、と安堵の声を洩らす者もいたけれど。

店のほうは、わたしが休んでいた数日間も、キャリー・アンのおかげで順調だった。オンラインゲームを脇に置いて、店を支えてくれたのだ。本気で彼女の昇進を考えてみようかしら。

それから数日後、母さんが〈ワイルド・クローバー〉を訪ねてきたとき、わたしはレジに戻っていた。母さんはトムと腕を組んで、にこにこしていた。

「お金は銀行に預けたほうがいいわよ」と、わたしは母の彼氏にすすめた。「そのほうが、わたしたちも安心だから」

「もう手続きはすませたよ」とトムは請け合った。

おばあちゃんがふたりのすぐあとからやってきた。ディンキーがリードを力いっぱい引っぱっている。「ディンキーを飼うことにしたわ」とおばあちゃんは言った。「しばらく預かっているうちに、情が移って。まだおもらししてるけど、ハンターがしつけを手伝ってくれると言うから」

なんていいニュースなんでしょう。

「じゃあ、記念に家族写真を撮りましょう」おばあちゃんはそう言うなり、さっとカメラを取り出した。

ホリーもちょうど倉庫から出てきて、一緒に写真に収まった。ミリーがシャッターを切ってくれた。

店の正面の窓から、ロリ・スパンドルとディーディー・ベッカーの姉妹が見えた。ロリは店をのぞきこんだかと思うと、つかつかと入ってきた。

「食品を扱っている店に、犬は立ち入り禁止よ」とえらそうに鼻を鳴らす。ディンキーのことを言っているのだ。「この件は報告しますからね」

ちょうどそのとき、ディーディーが窓のほうに近づいてきた。よく見ると、首にスカーフを巻いている。アニマル柄のスカーフだ。房につけたビーズが、陽光を反射してきらりと光った。

母さんが、「ロリ・スパンドル……」と言っているのもそこそこに、わたしはドアから飛び出した。図書館からスカーフを失敬した万引き常習犯をキッと見すえながら。

ディーディーは振り向くなり、わたしの顔に浮かんだ表情から命の危険を読みとったのか、一目散に逃げ出した。

ブルドッグのように猛然と（母方の血のなせるわざ）、わたしはそのあとを追った。

ワイルド・クローバー通信

8月号

養蜂場からのお知らせ

●アキノキリンソウとアスターが咲きはじめました。ミツバチたちは、花蜜集めにますます忙しくなるでしょう。

●ミツバチには飲み水や、濃いはちみつを薄めるための水が必要です。雨がずっと降らないときは、おもてに水飲み場をつくってあげてください（バケツか鳥の水浴び容器）。

●八月末から九月は養蜂場を訪ねるのに絶好の時期です。運がよければ、切り取ったばかりの巣蜜を味見できるでしょう。

はちみつを使った簡単レシピ

●はちみつスティック
——熱い紅茶に入れてかき混ぜてください。

●くさび形に切った塩気の強いチーズに、はちみつをとろりとかけて召しあがれ。相性バツグンです。

●お風呂に少量のはちみつを加えると、癒し効果があり、肌当たりもなめらかになります。

ナッツ入り ルバーブ・マフィン

［材料］24個分

ブラウンシュガー……1½カップ
はちみつ……½カップ
バターミルク……½カップ
サラダ油……⅔カップ
卵……2個
バニラエッセンス……小さじ2
中力粉……3½カップ
オートミール……½カップ
重曹……小さじ1
塩……小さじ½
ルバーブ（刻んでおく）……2カップ
ヒッコリーの実、もしくはクルミ……½カップ
シナモン……小さじ1

［作り方］

❶ オーブンを190度に温めておく。
❷ ブラウンシュガー1カップ、はちみつ、バターミルク、サラダ油、卵、バニラエッセンスを混ぜておく。
❸ 中力粉、オートミール、重曹、塩を合わせてふるっておく。
❹ ②と③を一緒にして、よく混ぜ合わせる。
❺ ルバーブを加える。
❻ マフィン型に油を塗る。スプーンで生地をすくい入れる。
❼ ブラウンシュガーの残り½カップ、ナッツ、シナモンを混ぜて、マフィンに振りかける。
❽ オーブンで20分焼く。

ブルーベリー・スコーンのはちみつグレーズかけ

［スコーンの材料］

小麦粉……2カップ
砂糖……⅓カップ
ベーキングパウダー……大さじ1
塩……小さじ¼
バター（刻んでおく）……大さじ6
シナモン……小さじ½
ナツメグ……小さじ¼
卵（よく泡立てる）……大1個
ホイップクリーム……½カップ
ブルーベリー（生）……1カップ
粗糖か
シナモンシュガー（お好みで）

［グレーズの材料］

粉砂糖……1カップ
オレンジジュース……大さじ1
はちみつ……小さじ3
（または適量）

［作り方］

❶ オーブンを200度に温めておく。
❷ グレーズの材料を混ぜ合わせ、べつにしておく。
❸ 中くらいのボウルに、小麦粉、砂糖、ベーキングパウダー、シナモン、ナツメグ、塩を合わせてふるったものを入れる。
❹ サイコロ状に切ったバターを、ペイストリーブレンダーかナイフ2本を使って③に混ぜこみ、バターが粗い粒状になるまで砕く。
❺ 卵とホイップクリームを合わせたものを④に入れて、よく混ぜ合わせる。
❻ ブルーベリーを加える。
❼ ③を打ち粉をした台にあけ、生地がなめらかになるまで10回ほどこねる。
❽ 直径20センチほどに丸くのばす。
❾ ⑧を8〜12等分する。

❿ 粗糖かシナモンシュガーをまぶす。
⓫ 油を引いていないクッキングシートに3センチぐらい間隔をあけて並べ、オーブンで12分〜15分、きつね色になるまで焼く。
⓬ グレーズをかける。

焼きトウモロコシのアンチョはちみつバター添え

［材料］
トウモロコシ
アンチョ・チリ……1個
（メキシコ産の辛さが控えめな唐辛子）
――生ならみじん切り、乾燥したものは種を取って細かくちぎる。
無塩バター……1本
（常温に戻し軟らかくしておく）
ニンニク……3片
コリアンダー……¼カップ
ライムの果汁……大さじ1
はちみつ……大さじ1
コーシャー塩
（食卓塩より大粒で添加物を含まず味がマイルド）
……小さじ1½
コショウ

家庭菜園からのお知らせ

1. 熟したトマトはもう1週間収穫を延ばすと、うんと甘味が増します。

2. キュウリなどつる性の野菜では、最初に咲く花はすべて雄花で、実はなりません。

3. 肥料をやるのは、雄花と雌花がそろって咲く二度目の開花から始めましょう。

［作り方］

❶ 乾燥したアンチョ・チリを使う場合、ぬるま湯に30分ほどひたしたあと水気を切る。

❷ フードプロセッサーでコリアンダーとニンニクをみじん切りにする。さらにアンチョ・チリ、ライム果汁、はちみつ、塩を加える。

❸ バターを加えて、ペースト状にする。

❹ トウモロコシの皮をむき、③を塗り、塩、コショウで味つけをして、焼き色がつくまで10分～12分焼く。
または、皮をむかずに丸ごとグリルに入れ、高温で皮が黒く焦げるまで10分～15分焼き、③を添えて出す。

生姜とはちみつ入りピーチヨーグルト

［材料］

桃……1個（種をのぞいて薄切り）
お好みの牛乳……½カップ
ピーチヨーグルト……½カップ
はちみつ……大さじ1
生姜をすりおろしたもの……小さじ1
氷……6個

よく混ぜて召しあがれ。

訳者あとがき

ウィスコンシン州モレーンの町で毎年八月の週末、二日間にわたって開催される〈ハーモニー・フェスティバル〉は、今年も大盛況。

町で一軒だけの食料雑貨店〈ワイルド・クローバー〉を営むストーリー・フィッシャーも沿道に屋台を出し、人気のはちみつ製品を出品。ガラスケースに入ったミツバチの巣箱も展示して、大勢の見物客を引きつけていました。

ところがこのお祭りのあいだに、ストーリーは二回も死体に出くわします。まずはお祭り初日の夕暮れ、犬の散歩に出かけた古い墓地で、黒いビニール袋をかぶった死体につまずきますが、その死体はちょっと目を離したすきに消失。翌日のパレードのさなか、隣家――離婚した夫の家で、いまは空き家――の暖炉に詰めこまれているのをまたもや発見するのです。

被害者は、この週末だけ空き家を借りていたフォードというよそ者の中年男でした。

やがて殺人の容疑者として、町の骨董店の店主トム・ストックが浮上します。フォードがトムの弟で、かつてトムの妻を誘惑して駆け落ちしたという過去が明るみに出たからです。

ところが、このトムという男、ストーリーの母が亡き夫以外で初めて心を寄せた相手でした。ストーリーは、世間体を気にする口うるさい母が苦手でしたが、その母がトムとつきあい始めてから、やさしく思いやりのある母親に変身。〝生まれ変わった母さん〟のため、そして改善の兆しを見せてきた母娘の関係のために、ストーリーは事件の捜査に乗り出します。

本シリーズは、森や川など豊かな自然に恵まれ、住人どうしが顔なじみというアメリカの田舎町の暮らしと、そこで生活する個性豊かな登場人物が、生き生きとユーモラスに描かれています。三巻目となる本書では、ページをめくるにつれて、まるでモレーンの町が実在し、主人公のストーリーや家族、友人たちがなつかしい顔なじみのような気がしてきました。

なかでも注目すべきは、これまで犬猿の仲だったストーリーと母親との関係の前進でしょう。今回の事件を通して、ストーリーが心の底では母のことを大事に思い、ずっと仲よくしたいと願っていたことが、言動のはしばしから伝わってきて胸を打たれました。恋する乙女となったお母さんもほほえましいですね。

また、初めて登場したときはただのゴシップ通だったパティが、念願かなって地方紙の記者になり、ストーリーとコンビを組んで捜査をリードします。抜群の（抜群すぎる？）行動力には脱帽です。

さらに、幼なじみで刑事のボーイフレンド、ハンターとの仲も気になるところ。はた目には、ハンターは理想の彼氏だと思うのですが、浮気症の夫と離婚してから、食料雑貨店と養蜂業を苦労して両立してきたヒロインだけに、自立した大人どうしの、ほどよい距離感を模索していくようです。そんなふたりの関係が少しずつ深まっていくさまも、シリーズものならではの楽しみといえるでしょう。

今回、モレーンの町は殺人事件だけでなく爆発と竜巻にも翻弄されます。ちょうど今年の四月にはボストン爆破事件が世界に衝撃を与え、五月にはオクラホマ州で大規模な竜巻が発生して、猛威を振るいました。前者は市民をねらった無差別テロなので本書とはちょっとちがいますが、後者の竜巻については、アメリカの中西部に位置するウィスコンシン州もオクラホマと同様、竜巻の通り道に当たります。黒雲が湧いて空が急に真っ暗になり、町に竜巻警報のサイレンが鳴りひびいて、人びとがいっせいに地下室に避難する描写から、竜巻の恐ろしさがうかがえます。

著者のホームページによると、本書はFresh Fictionというエンターテインメント小説の情報サイトで、二〇一二年度のコージーミステリのベスト一〇に選ばれ、また次巻に当たる*BEELINE TO TROUBLE*（邦訳は二〇一四年秋刊行予定）はバーンズ&ノーブルを初めとする大手ブックサイトで初の全米ベストセラーに名を連ねたそうです。五巻目の*BEEWICHED*も完成間近とか。日々、ドジや失敗を重ねつつも、前向きにがんばっているストーリーからますます目が離せません。

二〇一三年　七月

コージーブックス

はちみつ探偵《たんてい》③
泣《な》きっ面《つら》にハチの大泥棒《おおどろぼう》

著者　ハンナ・リード
訳者　立石光子《たていしみつこ》

2013年　9月20日　初版第1刷発行

発行人　成瀬雅人
発行所　株式会社　原書房
〒160-0022 東京都新宿区新宿1-25-13
電話・代表　03-3354-0685
振替・00150-6-151594
http://www.harashobo.co.jp
ブックデザイン　川村哲司(atmosphere ltd.)
印刷所　中央精版印刷株式会社

落丁・乱丁本はお取り替えいたします。
定価は、カバーに表示してあります。
 ISBN978-4-562-06019-1 Printed in Japan